KiWi Paperback

KiWi 570

Über das Buch:
Ein Schuss fällt und die Geschichte beginnt. Sofort wird der Leser eingesponnen in ein Netz aus Erzählung und innerem Monolog, mit einem Tempo, das der neuen Hauptstadt zu Eigen ist. Sven Lagers Ich-Erzähler scheint am Anfang einsam zu sein, nur in der Matrix seiner eigenen Gedanken und Wahrnehmungen zu leben und weder seine Schwester noch sein Freund Mikro können ihm das geben, wonach sein Hunger nach Leben ständig verlangt: Mehr. Statt dessen treiben sie ihn zur Weißglut mit ihrer Langsamkeit und ihrem Mangel an Leidenschaft, bis plötzlich Fanny auftaucht, in die er sich verliebt. Mit ihr geht er durch ein Berlin, das sich nicht nur wegen seiner plötzlichen Liebe ständig zu verändern scheint.

Scharfsinnig und anrührend zeigt Sven Lager in einer ganz besonderen Sprache, dass das Leben nur Sinn macht, wenn man den Dingen einen Sinn zuerkennt.

Über den Autor:
Sven Lager, 34, lebt und arbeitet in Berlin. Seine Leidenschaft sind die Insekten, die er schon seit frühen Jahren beobachtet und sammelt.
Mit Elke Naters gründete er im Juni ’99 pool, zu finden unter www.ampool.de.

sven lager

phosphor

roman

Kiepenheuer & Witsch

1. Auflage 2000

Umschlaggestaltung: Sven Lager, Berlin
Gesetzt aus der 11/13° Adobe Caslon
Satz: Greiner & Reichel, Köln
Druck und Bindearbeiten: Clausen & Bosse, Leck
ISBN 3-462-02906-1

„In dieser Welt ist alles organisch und gleich groß: das morgendliche Rauschen des Laubes, Geiselerschießungen, die Herstellung von Möbeln, eine Atomexplosion, Political Correctness, holländische Tulpen, das Abziehen der Haut bei lebendigem Leibe, die erste Liebe, Gaskammern, das Sammeln von Schmetterlingen, der Flug zum Mond, die Elefantenjagd, der Film ‚Der Terminator'."
Vladimir Sorokin

„Du gemachtes Tier."
Aziza A.

Die Stadt macht ein Geräusch. Die Vögel auch. Dann ist eine Pause.

In meinem Kopf sind Landschaften aus Strom. Und Gras, das leuchtet wie Phosphor.

21 sekunden glitzern see

Ich sitze in der U-Bahn, denke an gar nichts. Eigentlich bin ich nur froh, dass um mich rum keiner mehr sabbelt, weil meine Arme und Beine schön voll sind von diesem Pfirsichgefühl und es ist still, wirklich still, so dass ich nur noch das Scheuern der Schienen höre. Dann knallt kurz vor der nächsten Station die Scheibe hinter mir. Ein kurzer, trockener Knall und eine Splitterwand knistert neben mir hoch und knackt. Als würde sie es sich noch überlegen, ob sie jetzt zusammenstürzen und den warmen Wind reinlassen soll. Aber sie bleibt stehen wie ein Spinnennetz. Ich setze mich auf die andere Seite. Falls sie es sich doch noch überlegt. Knack. Knaack, sagt sie und ich seh mir das Loch an, so ein Fastdurchschlag, der aussieht wie von einer Kugel oder einem Geschoss, das seinen Schwung verloren hat. Danke Scheibe, denke ich jetzt, dass du dich in den Weg geworfen hast und dabei sehe ich mich selbst wie einen toten Schatten auf der anderen Seite sitzen. Oder nein, das Loch ist zu hoch. So wie's aussieht, wäre das Ding gleich neben mir durch und rein ins Knie von der Alten. Die hat überhaupt nichts gemerkt. Hält ihre Tasche mit beiden Händen auf ihren Knien und schielt mich böse an.

Scheint keinen zu stören, dass einer aus dem Dunkeln auf uns schießt. In der „Zeitmaschine" von H. G. Wells kommen die Morloks aus der Unterwelt, um die Menschen aus der Oberwelt zu verschleppen, aber die kümmert das nicht. Die aus der Oberwelt haben weiße Tenniskleidung an und

langweilen sich den ganzen Tag. Und die Morloks, die aus ihrer Unterwelt kriechen, sehen natürlich aus wie verwarzte Hippies. Dann wird mal einer und dann wieder ein anderer weggeschleppt und kaltgemacht. Aber die aus der Oberwelt stört das nicht. Denken nur, irgendwann ist jeder dran. Denken gar nicht. Alles scheißegal.
Die hier glotzen auch nur blöde und das Einzige, was der Alten neben mir wirklich Sorgen macht, ist, dass ich mich zu ihr setze. Klammert und würgt ihre Tasche, dass sie davon ganz weiße Knochen kriegt. Alte, was hast du denn drin in deiner Tasche? Alte Strümpfe, wette ich und einen vermoderten Kaninchenkopf.
„Da ist ein Loch in der Scheibe“, sage ich, „kann man von Glück sagen, dass nicht alles voller Scherben ist.“ Ist doch so oder? Aber keiner sagt was. Dazu knistert die Scheibe wie Eis auf einem See.
Die U-Bahn fährt über der Stadt, zwischen dem zweiten und dritten Stock der Häuser und vorher sogar noch durch ein Haus durch, schräg rein, da wohnen Leute drin, denke ich jedes Mal, da müssen alle Zimmer aussehen wie Tortenstücke. Da fährt sie rein, in das Haus und in einen Tunnel, der ganz oben am Haus klebt, wie ein Wurm, der zurück in die Erde will.
Nein! Halt, falsch. Die grüne Linie Eins ist das, die mit dem Haus. Wenn ich die fahre, klebe ich jedes Mal an der Scheibe und atme schneller, pumpe Sauerstoff in mein Blut, bis mir die Finger kribbeln. Dann kommt – Zack – das Haus und der Tunnel, der reißt mir fast das Gesicht weg und die Kabelkanäle flitzen über meine Augäpfel: Pupillenbeat der krummen Leitungen, die auf- und abzittern bis zur Kurfürstenstraße. Der Zug bremst ab und ein lang-

sames Reingleiten kommt und das Blut, das mir in den Ohren rauscht. Und auf den Bänken sitzen die Junkies und sind high.

Aber ich sitze in der Roten. Die macht hier eine Kurve in der Luft und streift dabei die Kirche, die allein auf ihrer Verkehrsinsel steht. Sie wird langsamer in der Kurve und fädelt sich dann ein unters Bahnhofsdach. Und genau da knallt es. Schön langsam fahren die Waggons in der Kurve und gemütlich liegt einer im Schatten auf dem Flachdach der Kommerzbank, paff. So wie der Junge in „Targets", denke ich. Liegt da auf dem weißen Dach eines Tanks und hat die Patronenschachteln um sich aufgereiht für sein Heckenschützenpicknick. Mit seinem Zielfernrohr schaut er sich erst mal die Landschaft an.
Ich steige aus. Jetzt will ich es wissen. Ich schaue zurück auf die Dächer, die schwarz sind und die nächste U-Bahn kommt und legt sich wieder in die Kurve und kommt näher. Aber nichts passiert. Sie kommt und drückt einen Schwall warmer Luft in den Bahnhof. Nicht alle steigen ein, ein paar bleiben stehen und lümmeln weiter rum. Gibt es Leute, frage ich mich, die im Sommer nur wegen der Zugluft am Bahnsteig stehen? Die Lampen blinken und ruhig fährt sie weiter. Ich weiß nicht, was ich sein soll: Erleichtert? Oder enttäuscht?
Die U-Bahn ist ja kein schöner Ort zum Sterben. Aber jetzt stehe ich hier und will den Zug sehen, wie einer schießt und die Scheibe knackt und drinnen sitzen Leute, die gucken ziemlich blöd. Zurückspulen will ich, mich selber sehen, wie ich da sitze und auf das Loch in der Scheibe starre. Und? Wo zum Teufel ist sie jetzt, die verdammte

Taste zum Zurückspulen? Nur die dünne Luft um mich herum und der jetzt stille Bahnhof. Und wenn schon sterben, dann lieber im Schnee. Oder in einem teuren Laden, mit Sachen an, die ich nicht bezahlen kann. Quatsch, mit einem Mädchen, das sich über mich beugt mit seinem herabfallenden Haar, im letzten Moment.

Ich denke an Laura, ein Scheißtag. Lieber nicht. Lieber nicht an Laura denken.
Also denke ich wieder an den Jungen in „Targets", darum ging es auf dieser Geburtstagsparty, was eigentlich passiert in „Targets", weil es schon Jahre her ist, dass alle den Film gesehen haben. Aber alle können sich an das Ende erinnern. Es läuft ein Boris-Karloff-Film auf einer riesigen Leinwand in einem Autokino und der Junge – der Mann, der boy, wie nenne ich ihn? –, an den ich gerade denken musste, der schießt jetzt durch die Leinwand auf die eingekeilten Autos und die knutschenden Pärchen, die in ihnen drin sind. Die Kugeln floppen nur so durch die Windschutzscheiben und die Teenager kreischen dazu und geraten in Panik. Was natürlich keinem auffällt, weil ein Horrorfilm läuft. Dann taucht Boris Karloff selbst auf und erledigt ihn mit einem Spazierstock, den Jungen, der gerade abhauen will und Boris Karloff auf der Leinwand sieht und im gleichen Moment den echten Boris Karloff vor sich, wie er auf ihn zukommt, Zack.
Die Studenten auf der Party finden das eine runde Sache, das Ende. Sind ja nicht nur einfach Studenten. Sie sind Filmstudenten und sie nicken anerkennend, wegen des gelungenen Schlusses, den sie sich gegenseitig in Erinnerung gerufen haben. Eine gute Wendung, finden sie, schlüssig,

gut ausgedacht. Diese Langeweiler. Sie können sich nicht an den Anfang erinnern, wie der Junge seine Familie tötet und dann hoch oben auf den Gastanks liegt und eine große Stille ist um ihn herum. Alles ist leer. Sein Gewehr, sein Kopf. Die ganze Welt ist angenehm leer. Das ist der Moment, in dem sein Leben aufhört und etwas anderes anfängt. Er ist genau dazwischen, in diesem körperlosen Nichts, ein kleiner Fleck auf einem Tank und langsam packt er seine Sachen aus. Er sieht glücklich aus. Genießt die seltsame kurze Schönheit dort oben, über der Welt. Dann muss er schießen, zurückkehren zu Leben und Tod und diesem ganzen Quatsch, den er nie besonders mochte, deshalb fängt er an, auf die Autos auf dem Highway zu schießen. Aber die Filmstudenten lachen nur und klopfen sich gegenseitig auf die Schulter und reden vom Ende. Ist doch genial, sagen sie, wie sich da alles verbindet am Schluss. Leben und Film und so. Sie stellen sich in einem Kreis auf und trinken Flaschenbier und reden von Ebenen, die verschmelzen und genialen Kamerafahrten. Das mit den Tanks, auf denen einer liegt und merkt wie sinnlos sein Leben ist und wie schön der Moment, als er es begreift, besser als je einer vor oder nach ihm, das ist nichts für sie. Zu religiös, keine Ebene. Blöd. Nur eine Sequenz. Stehe ich allein damit, dass mich diese amerikanischen Auflösungen am Ende nicht interessieren. Dass mir gerade so was gefällt, wie der da oben liegt und da ist gar keine Handlung. Und auch kein Ausweg. Nur diese seltsame Klarheit. Und es vergeht keine Zeit. Steht still, die Zeit. Die Welt hält an und Licht kommt in sein dunkles Leben und das Leben ist plötzlich so nackt, dass er es versteht. Dass es keine einfache Lösung gibt dafür. Gar keine.

Die Filmstudenten hören sich das gar nicht erst an. So wie alle Menschen, die sich für etwas zuständig fühlen. Da kann dann keiner kommen und ihnen reinreden.
Nur, so genau kann sich keiner mehr an den Film erinnern, es ist schon zu lange her. Die erinnern etwas, denke ich und ich, ich erinnere etwas ganz anderes. Vielleicht liegt es daran. Die Erinnerung mutiert ja ständig. So viele Wiederholungen kommen im Fernsehen und jedes Mal denke ich, den kenne ich doch den Film, aber ging der nicht anders? Dabei ist es der gleiche, schon völlig verwachsen in meiner Erinnerung. Es ist das Plasma im Hirn, denke ich, das ständig mutiert, das Gedächtnis. So stelle ich es mir vor. Ein durchsichtiger Glibber, in dem manche Dinge leuchten. Erinnerungen, die leuchten. Der Junge auf dem Dach der Tanks zum Beispiel.
Und Laura natürlich. Ja, Laura leuchtet da auch wieder, weil sie auf der Party war. Stand da mit einem der dummen Filmstudenten. Ihre Haare ganz kurz. Laura ist auch mutiert in meiner Erinnerung, denke ich. Sie ist nett. Sie sagt Hallo und ich sage Hallo, wie geht's, ja okeh. Dann schweigen wir uns ein wenig an. Dann geht sie zurück zu ihrem Filmstudenten und nimmt seinen Arm, während er redet. Ich weiß nicht, ob das noch die gleiche Laura ist, die ich kenne. Nicht wegen der kurzen Haare, sondern weil es eine Laura ist, die mir plötzlich schlechte Laune macht.
Ich stehe immer noch auf der Straße und schaue rauf in den Himmel. Nachthimmel. Eine schwüle Nacht, keine Sterne, nur das Licht der Laternen über mir. Überall sind Laternen. Von wo aus soll ich da raufschauen? Vielleicht war es auch ein Meteor, überlege ich, der verglüht ist. Und der winzige Rest, der von ihm noch übrig geblieben ist, der

floppte mit letzter Kraft in das Glas der U-Bahn. So ein erbsengroßes Stück, nicht mehr, im All gerade noch so groß wie das Europacenter, ein Riesenbrocken, der auf die Erde zusteuerte, verglüht zu einem winzigen Projektil.
Im Fernsehen läuft gerade „Asteroids". Eine grottenschlechte Serie, in der die Leute zu Hause sitzen und sich Sorgen machen wegen ihrem Girokonto oder zu wenig Sex in ihrem Leben und dann kommt wumms so ein Asteroid oder Meteor durch die Decke gekracht. Jedes Mal wieder. In jeder Episode. Erst die kleinen Sorgen und dann so ein fettes Ding mitten rein. Fettes Leben, denke ich. Deshalb schaue ich das gerne. Auch wenn es nur ein fetter Stein ist.
Ich gehe weiter, so lange, bis ich auf einem Platz nach oben schauen kann und ich schaue ins All. Schwarz. Da sind keine Sterne. Die Nacht über mir ist glatt und hart. Vor mir geht einer und seine Sporttasche schlenkert lässig. „Tommy" steht hinten drauf und ich denke plötzlich, da in seiner Tasche, da hat er sein zerlegtes Sportgewehr drin. Kleiner Angeber, stellt sich vor mich hin an den Hot Dog Stand und bestellt sich zwei Dänische. Aber ich denke nur, du Sau, hast mich fast erwischt mit deinem Scheißgewehr und starre auf seinen Kopf unter mir und als er sich umdrehen und in seinen Hot Dog beißen will, sage ich, „Macht ganz schön Hunger so ein Sport, hä?" Aber der kleine Sportsmann macht sich gleich aus dem Staub, die Würstchen in der einen, sein Schießbeutelchen in der anderen Hand.
„Auch zwei", sage ich zu dem Mädchen. Sie hat eine große Brille und einen engen Pullover über ihren großen Brüsten. Und sie sieht mich nett an. „Ja, dänische. Und

eine Cola", sage ich und sie setzt sich in Bewegung. Oder stimmt das wieder nicht, dass Fleisch sich in Cola auflöst? Ich schaue ihm nach. Der Zwerg. Geh zu den anderen, denke ich, da wo der Bär los ist, alle einen draufmachen, sich gegenseitig ins Gesicht furzen. Warum fällt mir so was nicht gleich ein, verdammt? Ganz am Ende der Straße wippt sein winziger Schatten.

Sie macht mir so viel Soße drauf und von den Gurkenscheiben auch einen ganzen Haufen, dass sie mir runterfallen und die Soße mir über die Hand tropft. Ganz sicher, das war so ein Securitydepp, denke ich, der Wache schiebt mit einem anderen Hirnlosen in einem leeren Büro. Für fünf Mark die Stunde. Und sich tödlich langweilt. Tödlich für so einen wie mich.
„He, zeig mal. Wo hast'n die her?"
„Zweiundzwanzig Millimeter, Gas, aber durchgebohrt."
„Glaub ich nicht."
„Na komm mit, ich zeig's dir", und dann liegen sie auf dem Dach und da ist es lauschig so wie früher bei der NVA und eine leuchtende U-Bahn zieht vorbei im Dunkeln und sie denken sich, verdammt gute Zielscheibe, gleich mal ausprobieren. Und das Gleiche werde ich jetzt auch immer an dieser Stelle denken. Dass ich eine gute Zielscheibe bin. Und – Zack ist ein Loch in der Scheibe.
„Und, haste getroffen?"
„Glaub schon. Sauber ausgebohrt."
Und dann schicken sie sich bei Gelegenheit mal eine Weihnachtskarte. So geht das. Fragen sich noch nicht mal, ob sie einen getroffen haben. Stumpf, Mütze ins Fach, Feierabend. Nicht so Unterdrückte, die dann erst richtig

loslegen, wie der Junge in „Targets“. Das sind die Sparsamen, denke ich. Hier und da mal ein Schuss. Nicht auffallen. Unheimlich oder? Die ganze Stadt ist doch so. Ständig knallt was. Kann ein Auspuff sein oder die Tür von einem Laster oder jemand, der gerade erschossen wird. Schon völlig integriert die Amokläufer, unsichtbar.

Die Geschichte fällt mir ein, von einem, der in seinem Boot steht und auf einen Hai schießt und die Kugel prallt einfach ab an der Wasseroberfläche und fliegt weiter und weiter in einem großen flachen Bogen, kommt langsam runter und ploppt in die Schläfe einer schönen Blondine. Ihre Haare flattern im Wind. Das rote Cabrio fährt noch eine Weile weiter und schmackt dann gegen die Leitplanken, schleudert noch ein wenig und bleibt stehen. Die Highwaypolizisten kommen und finden das Mädchen. Mit einem verträumten Gesicht sitzt sie am Steuer ihres Autos und ist tot. Und erst viel später finden sie das kleine, rote Loch, dieses winzige Loch unter ihren langen Haaren.
„Das Leben ist nur ein Traum.“ Oder so ähnlich hieß die Geschichte. Nein, nicht wirklich, es war eine Readers-Digest-Geschichte. Deshalb hieß sie wahrscheinlich „Die rätselhafte Tote“. Oder nur knapp und brutal „Tod auf dem Highway“. Dass ich das nicht mehr weiß, dabei sitzen diese Readers-Digest-Geschichten fest in meinem Hirn. Das ganze „Hoch die Technik!“ und gleichzeitig diese Zivilisationspanik, was da alles passiert, wenn mal einer eine Kugel abfeuert und die tötet dann so was Schönes wie diese flatterhaarige Blondine. So sinnlos der Fortschritt, so spannend!, schreit jeder Readers Digest. Eine Klappe geht auf bei mir, in meinem Hirn, so viele Jahre später. Die ganzen

Geschichten fallen da raus aus dieser Geisterkammer, der ganze Müll, jetzt, wo ich daran denke.
Zum Beispiel die Geschichte der Familie, die von einem seltsamen Summen geweckt wird mitten in der Nacht. Der Mann geht runter in die Küche und sieht große Flecken vor seinem Haus leuchten. Überall leuchtet es und ein Summen liegt in der Luft. Wie grünen durchsichtigen Slime habe ich es mir immer vorgestellt, das Leuchten. Der Mann holt seine Familie und die Kinder und die Frau schauen sich auch verwundert um, weil die seltsamsten Dinge leuchten. Der Wasserhahn, das Gras und manche Bäume leuchten und die Blätter, die mit dran sind. Wie die Tiefseefische, die plötzlich hochgeholt werden und an die Luft kommen. Alles leuchtet, als würde es leben. Und alles, was leuchtet, summt. Und dann merken sie, dass es der Strom ist, der von einer kaputten Starkstromleitung kommt und alles zum Leuchten bringt. Eine lange Geschichte. Wie es dann weiterging, habe ich vergessen. Das hat mich auch nicht interessiert.
Vielleicht kommt daher auch meine Vorstellung, dass das Gehirn leuchtet, die Erinnerung darin. Dass die Erinnerung leuchtet wie Phosphor, wie ein elektrisches Gallert. Das passt gut zu den Readers-Digest-Geschichten und es passt auch zu Laura. Plötzlich ist da wieder Strom und etwas flackert in meinem Kopf und mir wird schlecht. Wenn ich an Laura denke. Dabei habe ich sie verlassen. Nicht sie mich. Ich bin gegangen. Ich habe den Stecker rausgezogen und trotzdem ist da immer noch Strom. Ich habe sie auf dieser Party getroffen und plötzlich sind wieder leuchtende Flecken um mich, die summen. Und ich weiß nicht, was ich davon halten soll.

Zehn war ich und über mir wohnte eine Frau, die mir die Readers-Digest-Bücher brachte. Sie wohnte im neunten Stock und war Stewardess. Wenn sie ihre Readers-Digest-Bücher ausgelesen hatte, kam sie runter, klingelte und gab mir die dicken Bände. Große farbige Cover hatten die und es war immer ein gutes Bild vorne drauf. Schön bunt. Aber innen drin war dann nur Text und noch mehr Text und grauenhafte Fünziger-Jahre-Zeichnungen, die auch immer etwas Grauenhaftes darstellten wie Brände, Zugunglücke, Familien am Abendbrottisch, Gottesdienste, Wüsten und Raumfahrtzentren. Ich wusste da natürlich noch nicht, dass die Welt nur so abstoßend aussieht in diesen Büchern, weil sie von dieser kaputten Kriegsgeneration gemacht wurden und immer noch so gemacht werden, damit sie den Wachtturmzeitungen zum Verwechseln ähnlich sehen. Alle Geschichten in den Readers-Digest-Bänden sind so, immer Katastrophen oder Wunder und kleine menschliche Menschen mittendrin.
Die Geschichten habe ich verschlungen und dann haben sie sich festgesetzt in mir, denn vom Balkon unserer Wohnung aus gab es nicht viel zu sehen. Eine Siedlung war da für Siemensarbeiter, mit einem Bahnübergang, hinter dem ein Truckstopimbiss stand. Und ein Silo für Trockenputz. Mehr war da nicht.
Neben mir der Stapel Bücher, habe ich eine Geschichten nach der anderen gelesen und mich Sachen gefragt, wie wohin die ganzen Kugeln fliegen, die ständig in den Himmel gefeuert werden, weil jeder, der ein Gewehr hat, eine Maschinenpistole oder einen Revolver, in die Luft schießt. Daran denke ich jedes Mal, wenn ich es im Fernsehen sehe. Soldaten, die wild in die Luft schießen, wenn sie ge-

wonnen haben und Polizisten, Räuber, Amokläufer und Revolutionäre. Alle schießen sie wie wild in die Luft. Und wo zum Teufel, frage ich mich noch heute, wo kommt das wieder runter? Bleibt ja nicht im Himmel stecken, so einen Quatsch. Wer hat mir das erzählt?
Jedes Mal, wenn es einen Platzregen gibt, denke ich, dass jetzt die ganzen Kugeln wieder runterkommen, das ganze Blei. Wie ein kurzer harter Sommerregen.

Mein Kinderzimmer war im achten Stock in diesem Hochhaus und es war vollgestellt mit gelben Resopalschränken. Sogar die Leselampe war mit eingebaut in die Resopalwand, die bis über mein Bett ging. Und dann gab es ein Fenster in diesem winzigen Zimmer, das ließ sich nur kippen. Aber ich wusste, wie es gleich dahinter runtergeht. Es ging gerade runter bis auf ein Stück platt getretenen Rasen und in der Mitte von diesem Rasen stand ein unverwüstlicher Dornenbusch oder was auch immer das für eine Pflanze war. Keiner hat es je geschafft, die totzutreten. Dieses Fenster. Ein klaustrophobisches Gefühl, dass man es nur kippen konnte und nicht richtig aufmachen. Deshalb war es die ganze Zeit auf und nachts konnte ich durch den Spalt das Zischeln der Autobahn hören. Hörte sich an wie das metallische Keuchen von Ameisen, die es eilig haben, irgendwohin zu kommen. Es war ein gutes Geräusch. Ich machte es mir gemütlich, lauschte und las ein Buch dabei. Ein Buch, dessen Buchstaben immer haltloser wurden, an dem die Augen abglitten.
Das Geräusch der Ameisen hatte mich hypnotisiert. Mein Atem ging flach dabei. Ich las ein Buch über die Seefahrer, die dem Sirenengesang lauschten. Wann hört das auf?, dachte ich irgendwann. Was für ein unendlicher Soundtrack ist das? Wie eine Platte, die keine letzte Rille hat. Dann wachte ich wieder auf, die Leselampe brannte noch über mir und ich lag angezogen im Bett. Ich musste zur

Schule. Der Sirenengesang war weg. Laut war der Tag wieder da.

Am Abend dann lag ich wieder mit meinem Buch auf dem Bett und lauschte. Das Rauschen, dachte ich, erzählt mir doch alle Geschichten der Welt. Mehr als nur Reader-Digest-Geschichten. Weil es muss noch mehr geben als Readers-Digest-Geschichten, es muss! Und ich hatte das tröstliche Gefühl, der Singsang der Ameisen erzählt mir diese anderen Geschichten. Alle auf einmal. In meinem Kopf ist das so geblieben, dass ich denke, in so einem Rauschen, da ist alles drin. Das ganze Leben. Und so viel davon, dass es mit einer unvorstellbaren Geschwindigkeit zu mir kommt – und trotzdem kein Ende findet.

Davon habe ich Laura erzählt, einmal an einem See. Es war still und ich habe sie gefragt, was sie hört. Ob sie das auch hört, das Rauschen, das im Ohr entsteht, weil es so still ist. Ich dachte, vielleicht habe nur ich das, weil das Rauschen der Autobahn zurück in mein Ohr kommt, wenn kein Geräusch da ist. Aber Laura meinte nur, nein, es ist ganz still. Dann wollte sie mich küssen. Aber ich wollte dem Rauschen lauschen. Ob es das gleiche ist wie das in meinem Zimmer. Ob es geblieben ist in meinem Kopf und sie war noch nicht einmal sauer, so nett war Laura, so unglaublich nett.

Nach der Zeit mit Laura war ich in Paris. Ein paar Monate. Weg von den alten Gesichtern. Ich wohnte in einer kleinen Dachkammer, die so klein war, dass ich mich schon beim Reinkommen bücken musste. In der Schräge war eine winzige Luke und wenn ich auf die anderen Dächer sehen wollte, dann musste ich meinen Kopf durch die Dachluke

stecken. Ich stellte mir jedes Mal vor, wie das ist, wenn ich da stecken bleibe. Mit dem Kopf draußen. An meinem Zimmer kam ja nie einer vorbei. Ich habe nicht viel gesehen von den Dächern von Paris, schon allein die Vorstellung, mit meinem Kopf nicht mehr zurückzukönnen, ließ mich fast in die Hose pissen.
In die Kammer passte eine Klappliege und mein Koffer. Mit mir war es dann voll, dieses Zwergenloch. Ich hatte kaum Geld und lag im Bett, über mir das Dachloch und keine Sterne. Nur weißer Dunst in der Nacht und graublauer Dunst am Tag. Nie eine Sonne. Sonne und Dachloch kannten sich gar nicht.
So wenig Geld hatte ich, dass es manchmal nicht einmal für Zigaretten reichte. Rauchen muss aber sein, dachte ich, wenn man kein Geld hat. Aber das hat auch nichts geändert. Also lag ich da auf dieser Liege und dachte, lieber vor mich hindämmern als ohne Geld durch die Stadt laufen. Ab und zu kam ein bisschen laue Luft rein durch mein Dachloch und nach ein paar Tagen ohne Bewegung wurde mir ganz leicht beim Liegen, als wäre ich flüssig. Ohne Geld hatte ich keine Lust auf die Stadt und auf die Leute und die Leute in der Stadt hatten keine Lust auf mich, ohne Geld, also war das Schweben in meiner Dachkammer die beste Beschäftigung. Über die Tage wegschweben und die Nächte im Halbschlaf verdunsten lassen.
Es muss Opiumreserven im Körper geben für solche Fälle, wenn einer so daliegt wie ich. Wie ein abgedrehter Rockstar, der nur noch rumliegt, weil ihn die Welt nicht mehr interessiert. Oder eine von der Evolution vergessene Winterschlafdrüse wird wieder aktiviert, wenn man erst mal so daliegt und über den Punkt hinaus ist, dass man sich lang-

weilt und auch nicht mehr schlafen kann. Einfach liegen bleibt ohne jeden Grund. Ein viel schwächerer Strom beginnt zu fließen und dann geht ein kleines rotes Licht an. Standby.

Am Anfang dachte ich noch, es wäre still in der Dachkammer. Aber durch die Dachluke kam das Geräusch der Stadt zu mir. Nicht Geräusche aus dem Haus oder von der Straße, sondern das Geräusch einer Stadt, die man von einem Hügel hören kann. Entfernt und gleichförmig. Und in diesem Geräusch hörte ich dann immer mehr die Untergeräusche. Erst dachte ich, es ist der Verkehr, den ich höre, so wie das Geräusch der Autobahn auch nur das Reiben von Reifen auf dem Asphalt ist und das Pfeifen der Luft. Aber es sind viel mehr Geräusche in einer Stadt. Unvorstellbar viel mehr. Manchmal dachte ich jede Bewegung macht ein Geräusch, jeder Atemzug. Sogar die Nervenimpulse machen ein Geräusch, gerade an einem Ort, an dem so viele Menschen leben.
Also, dachte ich, was soll ich runtergehen in diese blöde Stadt? Paris, was ist das schon? Ich kann sie doch hören hier oben. Alle Städte der Welt kann ich hören hier oben. Sogar die Städte, die ich träume, kann ich sehen zu diesem Soundtrack. Wie sie sind. Dicht an dicht und alles übereinander gestapelt. Unzählige Leben, Gerüche, Lärm und Licht. Mehr als mein Hunger nach Leben je fassen kann. Alles ist da, alles, was ich mir vorstellen kann. Und alles, was ich mir nicht vorstellen kann, hat Platz in meiner Stadt, so komprimiert ist sie und komplex. Da sind nicht nur ein paar Straßen und Denkmäler und Leute, die zum Einkaufen auf die Straße gehen. Da ist nicht alles platt wie

ein Kuhfladen und man muss nicht ewige Wege zurücklegen, um in einen guten Club zu kommen oder um einen Freund zu besuchen. Die Stadt, von der ich träume, ist ohne oben und unten, ein Kosmos, ein Sack voll rasender Moleküle. Da ist ein Ausstatter am Werk in meiner Stadt, da sehen „Blade Runner" und „Das Fünfte Element" blass aus dagegen. So ein popeliger Chinaimbiss, der bis vor die Haustür geflogen kommt, ist doch das Mindeste.
Ab und zu bin ich natürlich runter, um nachzusehen, ob nicht die Schlangenmenschen aus „V" die Herrschaft übernommen haben. Aber alles war friedlich. Die Kellner strichen den Milchschaum in die Tassen und die Schulkinder schubsten sich gegenseitig an den Bushaltestellen. Die Stadt, die ich da oben gehört hatte, die hätte ich wahrscheinlich gar nicht ertragen.
Ich ging zum Roten Kreuz und sie waren begeistert von meinem Blut. Macht ein sauberes kräftiges Blut, dachte ich, das Rumdösen und nichts essen und nach einer Zigarette lechzen. So völlig vergeistigt war ich schon, in der Zwischenwelt, in meinem Loch unter dem Dach, dass sie mir reinstes Blut abzapfen konnten. Vielleicht nicht schlecht, mein Blut, für einen, der es braucht, dachte ich mir, dann kommt er auch in so einen gedankenlosen Dämmerzustand. Und vielleicht sieht er dann was von meinen Städten. Oder ab und zu etwas Plasma, das leuchtet auf dem Rasen um sein Haus. So weit war ich schon, dass ich so was dachte auf der Liege in diesem Rot-Kreuz-Anhänger auf der Place de la Bastille. Umlagert von Berbern, die sich um den Zucker im Kaffee stritten.
Später schrieben sie mir, mein Blutplasma wäre erste Sahne. Sie hätten gerne mehr davon und ich dachte nur,

nee, nee, so geht das nicht weiter, jetzt wollen sie schon mein Plasma. Wozu liege ich denn da oben und habe nichts zu essen? Ein Oberarzt schrieb mir das, ich wäre ausgewählt worden. Die hätten sich mal zufrieden geben sollen mit ein bisschen Blut ab und zu.

Der Neger nebenan zog aus. Er hatte genauso ein Loch wie ich und als er sich verabschiedete, gab er mir seinen Fernseher. Die Rettung, dachte ich. Mal ein bisschen was von der Welt sehen, nicht nur an die Decke starren die ganze Zeit. Alles gut gestaucht im Fernseher, dachte ich, das Leben, zack, zack, nonstop. Ein großer Schwarz-Weiß-Kasten, der eine Weile brauchte, um in Gang zu kommen. Ich schaltete ihn ein und er lief und lief und lief. Ich bin davor eingeschlafen und wieder aufgewacht. Immer was los, dachte ich, schön. Bis sich meine Augen anfühlten wie Gelatine. Schon ganz weich, wie aus der Mikrowelle. So einen Heißhunger hatte ich aufs Leben, viele, viele Bilder mussten her und pausenlos Bewegung. Eine langweilige Welt ist da im Fernsehen, natürlich. Aber sie bewegt sich. Ich saß da, hypnotisiert und auch heute noch denke ich: Da kommt was. Gleich kommt was, was richtig Gutes. Aber es kommt natürlich nichts richtig Gutes. Nur schnelle Schnitte. Mit Laura habe ich auch ferngesehen. Serien oder einen alten Film. Wir lagen im Bett und wenn es uninteressant wurde, machten wir was anderes. Es ist was ganz anderes, zu zweit fernsehen. Alleine falle ich in eine Art Totenstarre, sauge die Geschwindigkeit ab wie ein Insekt und dabei schlafen mir die Beine ein. Oder der Hintern. Die seltsamsten Körperteile schlafen mir dabei ein, sterben ab, weil sie nicht mehr gebraucht werden.

Ich saß hinter meinen Eltern und durfte eine Kindersendung sehen und als die zu Ende war, blieb ich sitzen. Ganz still. Meine Beine schliefen ein, sogar meine Hände, aber ich durfte mich nicht bewegen. Ich schaute auf den Fernseher und wusste, nur eine falsche Bewegung und sie schicken mich ins Bett. Sie saßen da, rauchten und aßen Nüsse und hatten mich vergessen. Ich kann mich an das Fernsehprogramm nicht erinnern. Ich kann mich fast nie an das Fernsehprogramm erinnern und hinter meinen Eltern war ich auch viel zu sehr damit beschäftigt zu verschwinden, nicht zu atmen, mich nicht zu räuspern oder zu schnaufen.
Mein Atem ging ganz flach und den Mund hatte ich voller Spucke. Die konnte ich erst schlucken, wenn der Film etwas lauter wurde. Ich konnte die Stille hören, die mikroskopischen Geräusche, das Ächzen der Polster, die Tropfen aus dem Wasserhahn in der Küche, das Husten weit weg in einer anderen Wohnung. Das Husten der Welt. Geräusche, die seltsam waren. Da war so ein Knacken, als würden der Plattenspieler und der Glastisch, die Vasen und Spiegel ebenso knacken wie Holz, das sich ausdehnt und dabei leise stöhnt. Manchmal war da sogar Geflüster, als könnte ich alte Gespräche hören, von denen noch ein Rest in den Möbeln oder Wänden steckte.

Ich hätte so den ganzen Abend durchgehalten und auch heute noch halte ich das durch, ganz alleine, nicht aufs Klo zu gehen und keinen Pullover anzuziehen, obwohl ich friere. Sogar zu schlucken vergesse ich manchmal, wenn ich fernsehe. Aber dann sagte meine Schwester plötzlich, hol mal Chips oder, hast du die Hausaufgaben schon gemacht? und dann schickten mich meine Eltern ins Bett. Meine verdammte Schwester, sie hat es mit Absicht gemacht.

Ach, Laura. Mit dir läge ich jetzt gerne in einem Bett. Wir würden unter die Decke kriechen und uns ausziehen. Manchmal würden wir einen Arm herausstrecken und rauchen und uns weiter den Film ansehen. Warum habe ich sie nur ..., eine dumme Frage. Ich weiß schon, warum ich sie verlassen habe.

23 rhythmus tee

Meine Schwester ist älter. Manchmal lungere ich bei ihr rum, weil sie meine Schwester ist und ich denke, dazu ist sie doch da, dass ich es mir ab und zu gemütlich mache und auf ihren hässlichen Möbeln herumlungere, schließlich sind wir verwandt. Wir haben doch die gleichen Erinnerungen denke ich jedes Mal, oder jedenfalls ähnliche. Der Blick vom Balkon über die trostlose Landschaft, die Schallplatten, die unsere Eltern abends auflegten, der verpisste Fahrstuhl, der Geruch der Araltankstelle, an der wir jeden Morgen vorbei sind zur Schule. Das ist schon eine ganze Menge.

Manchmal komme ich vorbei und dann sagt sie, Hallo und dann läßt sie mich rein und ich sitze in ihrem Wohnzimmer und schaue mich um. Was denkt meine Schwester, frage ich mich dann jedes Mal, was ist das für ein Leben, das sie führt? Weil ich wissen will, wie sie denkt, mit den gleichen Erinnerungen im Kopf. Was überhaupt in ihrem Kopf vorgeht. Aber alles ist anders bei ihr. Sie ist eine Frau. Sie ist älter. Aber sie ist doch meine Schwester. Die muss zu mir halten. Wir kommen aus derselben Mutter. Wir haben dasselbe Blut in unseren Adern, aber es hilft nichts. Es bedeutet gar nichts.

Ich sitze hier und sie könnte irgendeine Frau sein, der ich gerade geholfen habe, die Möbel hochzutragen. Für zehn Mark die Stunde. Und mit genau dem Gefühl sitze ich auf ihren Polstermöbeln herum, als würde ich eine Pause ma-

chen beim Möbelhochtragen und auf den Tee warten, obwohl ich lieber eine Coke hätte. Hat sie aber nicht, eine Coke, also macht sie Tee und ich bin allein in ihrem Wohnzimmer und warte und wundere mich wie immer über die Möbel, die aussehen wie aus einem trendy Möbelhaus, über meine Schwester, die wie immer ewig in der Küche rummacht, nur um den lausigen Tee in die Tassen zu kriegen.
Jetzt kommt sie gleich mit zwei Henkelbechern, setzt sich hin und fragt mich, Milch, Zucker? Ja, immer Milch und Zucker, jedes Mal. Wenn ich sage, ja Milch und Zucker, dann steht sie wieder auf und verschwindet wieder in der Küche. Fällt mir nichts dazu ein. Ich gehe eh gleich. Ich merke schon, wie ich jedes Mal meine Zigaretten auf den Tisch lege, obwohl ich sowieso nicht rauchen darf bei ihr.

Ich lehne mich ein Stück vor und sehe den flockigen Staub unter dem Sofa. Große Flocken sind das, wie sie angeblich Milben zusammenkleben, als hätten Milben nichts Besseres zu tun, als den Staub zu Flocken zusammenzukleben. Ganz viele Flocken sind da und ich denke seltsam, wo die doch so ordentlich ist, meine Schwester. Wo hat die nur wieder ihren Kopf, die ist doch geradezu hysterisch, wenn es um Staubflocken geht. Vor allem, weil sie tatsächlich glaubt, dass Milben fleißig den Staub zu Flocken zusammenkleben. Wenn sie sich das vorstellt, wird sie panisch, das erträgt sie nicht, dass andere den Staub aufsammeln, den sie nicht gesehen hat und dann auch noch zusammenflocken. Also wundere ich mich. Ganz schön viele Staubflocken sind da unter ihrem Schneller-Wohnen-Sofa. Ich mache mir schon so was wie Sorgen.

Im Grund ist es mir natürlich schnuppe, wie viele Staubflocken unter ihrem Sofa sind. Nur, warum merkt meine Schwester das nicht? Ich habe schon ein bisschen zu viel Blut im Kopf, das in meinen Schläfen pocht, aber weiter hinten sehe ich so etwas wie eine Haarbürste. Eine zugeflockte Haarbürste! Ich bin schon schockiert, so herum funktioniert das noch, dass man bei jemanden, den man für einen absoluten Spießer hält, etwas Ungewöhnliches entdeckt und davon schockiert ist.

Ich stelle mir vor, wie meine Schwester würgt, wenn sie die Haarbürste unter ihrem Sofa entdeckt. Da hat einer sein Würstchen unter ihr Sofa fallen lassen. Wenn das ein Würstchen ist, bekommt sie einen Erstickungsanfall. Und ich male mir das aus, wie an so einem Abend, wenn sie mal wieder ihre Kollegen vom Verlag und andere vertrocknete Leute zu sich nach Hause eingeladen hat und die herumlaufen mit kleinen Tellerchen in der Hand und einer von denen bückt sich über das Sofa, weil er dieses blödsinnige Gekrakel auf dem Stück fusseligen Büttenpapier sehen will, das über dem Sofa hängt. Wie er sich so nach vorne bückt und hoppla, das Würstchen da runterfällt und sich in Sicherheit rollt. Das merkt der aber gar nicht, weil der nur denkt, hat die das selber gemalt oder gekauft oder ist das was Teures oder was Selbstgemaltes. Und was soll es überhaupt darstellen? Dabei bohrt er ein bisschen in der Nase rum, während das Würstchen da liegt und anfängt, langsam zuzuflocken und zu verschimmeln, weil meine Schwester anscheinend überhaupt nicht mehr unter ihr Sofa schaut und das deshalb dermaßen zuflockt und in die Höhe schimmelt, dass es am Ende aussieht wie eine Haarbürste.

Genau das denke ich in dem Moment, als meine Schwester zurückkommt. Dass es aussieht wie eine dieser runden Plastikhaarbürsten, die manchmal im Bad auf der Ablage liegen und völlig zugehaart sind. Und dass sie denken wird, das ist so eine Haarbürste und die da rausholen will. Und diese Vorstellung schlägt voll auf den Zünder und ein Gelächter bricht aus mir heraus und ich falle vom Sofa und keuche und fiepe hysterisch und halte meinen Bauch, der schon wehtut vom Lachen. Meine Schwester steht daneben und ich sehe sie durch den Glastisch über mir, wie sie in jeder Hand eine Tasse Tee hält und mich anstarrt wie einen Epileptiker, der leider ausgerechnet in ihrem Wohnzimmer seinen Nachmittagsanfall bekommen muss.

Wie kommt diese Haarbürste in meinen Kopf, denke ich, und dieses haarige verschimmelte Würstchen, wie kommt das in meinen Kopf? Unter das Sofa und dann in meinen Kopf? Als wäre das die Pointe, auf die ich schon so lange gewartet habe und die nicht kommen wollte und ich immer nur dachte, dieses Wohnzimmer, diese Schwester, da fehlt doch was, wo ist der Witz? Ich habe schon lange nicht mehr so gelacht. Es schüttelt einen noch mehr, wenn man so lange nicht mehr gelacht hat.

Aber für meine Schwester gibt es da nichts zu lachen. Sie findet das nur komisch. Nicht lustig. Komisch. Weil sie so ein Mensch ist, der was er nicht kennt, nur komisch findet und wegwirft. Sie löscht es sofort aus in ihrem Kopf. Denkt gar nicht darüber nach, da bleibt nichts kleben, weil das Denken ja so eine Art Klebstoff ist, der die Erinnerung zusammenhält. Und ohne Denken bleibt da nichts kleben.

Alles, was sie denkt, ist, mein komischer Bruder hat einen pseudoepileptischen Anfall unter meinem Glastisch, den ich für die Hälfte vom Neupreis bekommen habe, weil da ein Kratzer im Glas ist, den aber noch keiner gesehen hat, weil ich meine Lampe so geschickt aufgestellt habe, dass kein Licht auf den Kratzer fällt. Und das war's. Kommt in ein Kästchen mit der Aufschrift „komisch", in dem fast alles ist, was ich rede oder mache. Ich sage ihr natürlich nicht, warum ich lache, weil ich das, was ich komisch finde, auch lustig finde, komisch eben, heiter und nicht so Augen dabei mache wie ein Hamster, der gerade kackt.
Sie ist ein Stehenbleiber. Und ich mochte sie auch nie wirklich. Aber jetzt sind wir beide groß. Sie muss nicht mehr hinter mir herlaufen oder wegen mir auf einem Spielplatz rumsitzen. Ich gehe zu ihr und sage, lass uns das vergessen, sei nicht bockig. Wir sind jetzt beide groß. Aber so sage ich ihr das nicht wirklich. Vielleicht ist es wie mit einer alten Liebe, denke ich. Man kann es nicht fassen, dass sie einem nichts mehr sagt. Ich würde auch gern zu Laura sagen, Schwamm drüber, sei nicht bockig. Dabei ist sie nicht bockig. Sie ist sehr nett. Das ertrage ich nicht. Sie kommt zu mir und ich denke: liebe Laura. Dann fällt mir nichts mehr ein. Alte Liebe eben. Kann es nicht umgekehrt sein? Meine Schwester ist nett und ich habe ihr nichts zu sagen. Dafür ist Laura bockig und ich beschimpfe sie. So wäre es besser, viel besser.

Aber meine Schwester ist die Stehengebliebene. Wenn man sie so sieht, so groß und dünn, mit ihrem ernsten Blick, denkt man, das arme Mädchen, musste auf dem Bauernhof ihrer gelähmten Mutter und dem immer besoffenen Vater

zur Hand gehen. Ohne die ging gar nichts in der zehnköpfigen Familie und die wären alle verhungert und verdurstet ohne diese große Schwester, denkt man, wenn man sie so sieht. Weil sie aussieht wie die älteste Schwester, die nie Spaß hatte, sondern immer nur die Verantwortung.
Nur dass unsere Mutter nie gelähmt war und unser Vater nie betrunken und ich ihr einziger Bruder bin. Und ich kann mich auch an keinen Bauernhof erinnern. Unsere Eltern sind immer noch die gleichen SPD-Bürger, die die Welt mit ihrem SPD-Weichzeichner sehen und enttäuscht sind, weil sie von ihren Kindern ein bisschen mehr Jugendrebellion erwartet haben. Weil sie ständig Futter brauchen für ihre gewissenlose Toleranz. Das muss sie fertig gemacht haben. Die Großschwester vor allem, das hat sie wahrscheinlich wahnsinnig gemacht, diese ordentliche Großschwester aufzuziehen, die immer alles gemacht hat, was der Mann von der Bausparkasse sich von seiner magersüchtigen Drogentochter gewünscht hat.
Wo die anderen in ihrem Hinterkopf ein sattes Rauschen haben, ein easy, das kommt und geht, da hat sie einen Kontrollton, einen durchgehenden Kontrollton, den saubersten aller sauberen Kontrolltöne, der seinen sauberen geraden Laserweg geht.
Das letzte Mal habe ich zu ihr gesagt, lies doch mal Hornby oder so was. Aber ich weiß inzwischen, dass das in ihrem inneren Müllschlucker verschwinden würde, auch wenn es nur Nick Hornby ist und ganz harmlos. So direkt geht das nicht, ihr einfach zu sagen, was sie mal tun soll. Wenn ich von etwas begeistert bin und ich will, dass sie davon auch begeistert ist, dann landet das bei ihr sofort auf der schwarzen Liste. Außerdem geht es bei Hornby um Mädchen

und Musik. Sogar um Fußball. Da fühlt sie sich dann wieder ausgeschlossen und alles bestätigt sich, was sie über mich denkt. Dass ich ihr komische Sachen erzähle. Musik, Fußball, Mädchen, dass ich sie damit doch nur ärgern will.

„Lies doch mal Jane Bowles", sage ich diesmal. Gab es für zwei Mark im Antiquariat. „Zwei sehr ernsthafte Damen" heißt der missratene deutsche Titel. Ich habe es nur angelesen und mag es nicht. Das merke ich gleich, ich kann es nicht zu Ende lesen. Das ganze Leben, alles ist schwierig in diesem Buch. Und zu grotesk. Aber es tauchen auch lustige Typen drin auf. Und es erinnert mich an Steinbeck. Nicht eins A also, aber gut genug für meine Schwester. Außerdem ist hinten ein süßes Foto von Jane Bowles drin, auf dem sie aussieht wie ein Derwisch mit Schmollmund.
„Habe ich dir mitgebracht", sage ich. „Hat mir eine Freundin empfohlen." Was gelogen ist. Klar sage ich ihr nicht, dass es mir nicht gefällt, nur so la la ist, aber lesbar, sonst hält sie mich ja für völlig verrückt, dass ich ihr was mitbringe, was mir nicht gefällt. Also sag ich ihr nur, dass die Bowles damit berühmt geworden ist und dass ihr Mann der ist, der „Der Himmel über der Wüste" geschrieben hat, was auch verfilmt wurde. Also so ziemlich genau das, was auch im Klappentext steht und ich lege es ihr auf den Glastisch; dann findet sie es beim Aufräumen, denke ich.
Aber sie sagt nur, „Kenn ich schon."
„Ach nee", sage ich, „kennst du sicher nicht." Wozu mache ich das ganze Theater? Nur damit sie mal sagt, echt, ist ja interessant, danke, lese ich gleich heute Abend. Aus der Küche höre ich nur, „kenn ich schon." Woher soll sie das denn kennen, die Kuh. Weil sie sich „Himmel über der

Wüste" angesehen hat und sich dann dachte, dass die Frau des Autors des Buches, das die Vorlage war zum Film, bestimmt auch gute Bücher schreibt? Oder hat ihr schon einer ihrer vertrockneten Freunde gesagt, sie soll doch mal das Buch lesen, damit wäre die Bowles bekannt geworden und so weiter, der Mann, das Buch und dann der Film. Das wäre schrecklich, wenn einer von denen das Gleiche zu ihr gesagt hätte wie ich jetzt.

Was die Vertrockneten sagen, findet sie ja immer ganz gut. Mit denen redet sie auch ganz normal. Das ist dann immer sehr originell, was die ihr erzählen und sie sagt dann auch, oh, danke, lese ich gleich heute Abend.

„Worum geht es denn?", frage ich Manela, meine Schwester, „sag mir doch mal, worum es da geht" und ich werde schon ein bisschen lauter, nicht nur, weil sie schon wieder diesen Tassenlärm in der Küche macht und dabei denkt, jetzt mach ich dem Jungen einen schönen Tee und hole noch mal extra Milch und Zucker und dann trinkt er ihn wieder nicht.

Sie heißt Manuela, läßt sich aber von ihren angestaubten Freunden Elá nennen. Ich sage nur Manela zu ihr. Das klingt für mich wie ein Fremdenlegionär, der seinen Tripper nicht los wird, Manela, das Arschloch der Wüste. Es befriedigt mich, ich weiß nicht warum. Es ist wirklich sehr weit hergeholt. „Wovon handelt es denn, Manela?", sage ich. Aber es funktioniert nicht. Ich bin im roten Bereich. Ganz schwach vor Wut frage ich sie noch mal, aber sie ignoriert mich und ich lasse es einfach da liegen und gehe. Ärgerlich. Ich will nicht laut werden. Schon gar nicht sie anschreien. Das hab ich schon hinter mir, das gegen die Mauer anschreien. Nein, ich will sie besiegen, so! Mit ei-

nem Fingerschnippen. Und wenn sie dann am Boden liegt, dann schenke ich es ihr, ihr Leben, ihr lausiges kleines Leben. Dann kann sie machen, wozu sie Lust hat. Den ganzen Tag Tee kochen oder Jane Bowles lesen.
Verreck, du Fotze, denke ich. Nein! Das ist es, was falsch ist, immer falsch, wenn ich in den roten Bereich gerate. Wie kann ich nur Fotze denken? Niemand ist weiter entfernt davon, ein ordinäres Gechlechtsteil zu sein, als meine Schwester. Das ist das Schwierige bei Schimpfworten. Niemand sagt, du schleichende Bluterkrankung oder du Geschwür an der Backe eines räudigen Hundes. Die Araber vielleicht. Aber hier, da sagt das keiner. Schon gar nicht, wenn er im roten Bereich ist, ich nicht, niemand, nur dumme dreckige Wörter kommen einem dann noch über die Lippen.
Im Hof höre ich sie über mir. Sie steht am Fenster und spricht mir auf den Kopf.
„He, du hast deinen Walkman vergessen." Scheiße, den brauche ich, denke ich. Wieder hoch, die vier Stock. Der Walkman, der ist jetzt leider wichtiger als so ein schneller Abgang. Ist ein neues Tape von Mikro drin. Ein ziemlich gutes Tape.

Mikro, der hat wie ein Autist einen mathematischen Instinkt, nur hat er ihn für Neunziger Cassetten, für den Sound, den Rhythmus, wie alles zusammenpasst und am Ende nichts abgeschnitten ist und die Stimmung auf jeder Seite den richtigen Bogen macht. Das ist höhere Mathematik. Auf Bildern vom Gehirn habe ich das mal gesehen, im Fernsehen, rot die Mathematikzellen bei den Musikern, wenn sie Bach spielten oder Strawinski. Das kann bei

dem jetzigen Sound auch nicht anders sein, denke ich, ist auch Kopfmusik. Und das nimmt der nie wieder so auf, der Mikro. Also brauche ich das jetzt, allein schon um nicht den ganzen Tag schlechte Laune wegen meiner Schwester zu haben.
In ihrer Hand der Walkman. Danke. Tschüss. Tür zu. Zwecklos. Musik, das ist etwas ganz Schwieriges bei Manela. Sie würde nie auf die Idee kommen, sich das Tape anzuhören. Ich kann ihr auch nicht sagen, dass mich dieses Stück, dieser Klang oder die Melodie überrumpelt, überschüttet mit Glück und dass man nach so etwas süchtig werden kann, dass der Sound mit einem redet und es so was wie Hoffnung gibt, immer wieder, in dieser, in jeder Musik, ein repeat one. Dass es ein gutes repeat one gibt. Nicht das Stehenbleiber-Repeat-one. Ein Glücks-Repeat-one.

Ich dachte mal, mit Musik, damit kriege ich sie, weil Musik geht einfach rein in die Ohren und dann ins Hirn, ohne viel Nachdenken. Ganz feine Sachen habe ich ihr mitgebracht. Larry Heard, Stereolab, Moon Dog und die Platte mit dem Trommeln der Gendang Karo aus Sumatra. Von allem was. Ich habe die Platten aufgelegt und dann ist sie entweder ans Telefon gegangen und hat ewig geredet oder hat mich blödsinniges Zeug gefragt, womit ich jetzt mein Geld verdiene und so weiter. Mädchen, dachte ich, jetzt halt doch mal den Rand. Jedes Mal das Gleiche, Manela. Sei doch mal still.
Manela ging dann in die Küche. Irgendwas muss sie da ja immer machen und ich kann mir das dann alleine auf ihrer Anlage anhören. Was nicht das Schlechteste ist, weil sie eine gute Anlage hat. Wie alle Leute, die keine Ahnung

von Musik haben. Guter Sound. Aber das war es nicht, was ich wollte, nicht in diesem Wohnzimmer, mit der Wut, die mir dabei jedes Mal hochstieg.

Also habe ich damit aufgehört, ihr aufrichtig zu einer Musik oder zu einem Buch oder sonst was zu raten. Die Welt liegt dir zu Füßen, bück dich, sag ich, bück dich doch, du stumpfes Stück Fleisch, du Sack ohne Augen, sage ich leise. Das muss ein Hormon sein, denke ich, so ein Nervenblocker. Oder eine ganz einfache Verkalkung, wie sie bei den meisten Leuten um die dreißig eintritt, die immer weiter wollen, weiter, wie sich das gehört im Leben, wie jeder normale Mensch das will und die plötzlich stehen bleiben. Stopp.

Als wäre der Tank leer. Und von da an machen die Stehengebliebenen nur noch das, was sie vorher getan haben, bevor sie stehen geblieben sind. Sie hören ihre alten Plattensammlungen wieder von vorne, lesen die gleichen Bücher noch mal oder lesen neue Bücher, in denen genau das gleiche drinsteht wie in ihren alten Büchern. Oder sie kaufen sich CDs, auf denen genau die gleiche Musik drauf ist wie auf ihren alten Platten oder nur die Hits, an die sie sich erinnern, oder neue Stücke, die sich anhören wie alte Hits. Händel hört sie gerne und Paul McCartney. Neulich legte sie sogar was von Sally Oldfield auf und fragte mich dann allen Ernstes, ob ich das schon kenne.

Alles Retro, sagt Mikro und wir sitzen in einem Lastwagen. Wir schauen uns einen Film an, sitzen eng zusammen auf Kisten und alten Sesseln mit vielleicht noch sechs anderen im Dunkeln. Auf dem Laster draußen steht „Fahrendes Kino". Der Laster parkt am dunklen Landwehrkanal und ein alter Film läuft, über die Notaufnahme im Urbankrankenhaus. Allerhärteste Notaufnahme der Stadt. Nur Typen, die sich gekloppt haben, oder Frauen, die sich gekloppt haben. Übelste Verletzungen im Suff, Schlägereien, Stürze und Unterleibsschmerzen ohne Ende und alle jammern und schreien auf ihren Bahren, die in den engen Gängen stehen, weil alle Zimmer voll sind. Frauen und Männer wie aus einer Zeitmaschine, fertige Siebziger-Jahre-Rock'n-Roll-Rüpel und Jammerschlampen, die alle aussehen wie fünfzig plus und rumgreinen, weil der Alkohol langsam nachlässt. Wenn die Kamera kommt, dann beschweren sie sich, dass es nicht vorangeht, wo gibt's denn so was in Deutschland, von wegen Steuern und so und die Frauen kriegen Heulkrämpfe oder starren an die Wand und die Männer fallen ins Koma oder grölen. Als hätte irgendwo eine Bombe eingeschlagen. Nordirland. Oder auf dem Balkan. Aber es sind nur besoffene Kreuzberger.
Der Film ist zu Ende und der Typ, der uns den Film gezeigt hat, will noch darüber reden und ich frage ihn, ob er sicher ist, dass der Film von Mitte achtzig ist und nicht so was ganz weit weg, siebzig irgendwas und der nickt nur

und Mikro sagt plötzlich, er will sein Geld zurück, weil der Film nur vierzig Minuten lang war. Dabei habe ich ihn eingeladen. Der Typ ist natürlich sauer, weil er ein Sozialarbeiter ist. Da geht's doch nicht ums Geld, für Aufklärung kann man nie genug bezahlen, sagt er, aber Mikro nervt weiter, dass er für das Geld woanders eine Lasershow kriegt und noch einen Film dazu. Dann schmeißt der Typ uns raus und wir stehen am dunklen Kanal und hören das dumpfe Klappen der Eisentür, die hinter uns zugeht.
Alles Retro, stimmt, denke ich. Alles kommt wieder. Der Film hätte auch von heute sein können. Das Fertige hört nie auf. Aber es war meine Idee. Ich wollte Mikro einladen in „Another Day in Paradise" von Larry Clark. Aber dann war die Vorstellung ausverkauft und wir kamen an diesem Laster vorbei. Ich dachte, Notaufnahme, so ein Film könnte Mikro auch bewegen. Aber alles, was ihm einfiel, war sein Geld zurückzuwollen.
„Junge, was soll das?", sage ich, „für fünf Mark kriegst du doch keine Lasershow mehr", aber Mikro sagt nichts. Ich höre ihn nur leise schnaufen, während er neben mir hergeht. Er will nichts wissen von der Aufklärung.
Immer denke ich, wenn Mikro schon nicht spricht, dann sollte er wenigstens was lesen. Wenn ihm die Welt zu viel ist, kann er doch lesen. Jeder kann ein Buch lesen. Viele Autisten, die kein Wort sagen und nie zuhören, die nur an eine Wand starren, können lesen. Das muss doch funktionieren. Mikro, sage ich, nun lies doch mal ein gutes Buch, mal was, das fetzt und deine ganzen Glocken klingeln lässt. Aber Mikro liest nicht. Das gibt's, Leute, die nicht lesen können. Nicht weil sie eine Blockade haben, wenn Buchstaben auftauchen, die dann gleich verschwimmen zu ei-

nem Brei aus wilden Strichen und Punkten, sondern die nicht lesen können, weil sie Hemmungen haben. Weil sie denken, Lesen ist wie fortgeschrittene Raumfahrttechnik oder komplizierte Gleichungen.
Das kennen sie aus der Schule, dass neun harmlose Zahlen und ein paar Zeichen zu einer absolut giftigen Suppe werden können. Was soll da erst bei sechsundzwanzig Buchstaben herauskommen? Dann kommen auch noch die Slawen und schleudern durchgestrichene W's durch die Luft und L's und Haken, die mal hier und mal da an einem Buchstaben kleben. Das macht die Leute misstrauisch. Darum lernt auch keiner Französisch. Überall Haken und Dächer und doppelte I Punkte und Buchstaben am Ende, die kein Mensch aussprechen darf.
Deshalb liest Mikro nur TV Spielfilm oder Anzeigen oder Gebrauchsanweisungen und manchmal Interviews. Die am liebsten, wenn's darum geht, welches Equipment wer für was benutzt hat und welchen Sound man wie herstellen kann. Alles, was Mikro liest, muss ein Ding beschreiben, eine Entsprechung in der Welt haben. Die Welt ist das, was man anfassen kann. Wörter sind für Mikro da nur Diener, wie Geld immer nur ein Diener ist. Nur dass Geld ein viel besserer Diener ist als Worte.
So habe ich Mikro kennen gelernt, auf dem Flohmarkt, als er sich hingestellt hat mit seinen abgegrabbelten Platten und einer Kiste Bücher von seinem toten Vater. Die musste er mitnehmen, weil er sonst den Honda von seiner Mutter nicht bekommen hätte. Dann stand Mikro da und machte große Augen, dass die Leute für seine Bücher richtiges Geld bezahlten, so viel Geld, dass er am Ende seine abgeschabten Platten verschenkt hat. Was gar nicht so einfach

war, weil keiner auf dem Flohmarkt sich für Weißpressungen interessiert. Die Leute wollen keine Platten geschenkt haben, deren Label leer ist oder auf denen nur etwas mit Kugelschreiber draufgekritzelt ist.
Ich kam an seinem Tisch vorbei und fragte ihn, was willst du für das hier und zeigte auf Thomas Bernhard, eine gebundene Ausgabe, wie neu. Fünfzig Pfennig, sagte er. Was fünfzig Pfennig? Ich schrie schon fast. Okeh, dreißig, sagte er und ich sagte zu ihm, hör mal, ich geb dir drei Mark, sonst schäme ich mich. Das sind gute Bücher, sagte ich, die sind was wert und ich setzte mich zu ihm hin und schrieb ihm ordentliche Preise in seine Bücher hinten rein und am Abend hatte er so viel Geld, dass er mich eingeladen hat in den Toaster.
Das erste und letzte Mal überhaupt, dass er mich eingeladen hat, weil er ein elender Geizknochen ist. Hat den Eintritt bezahlt und zwei Cola. Das erzählt er mir jedes Mal, wenn ich ihm sage, dass er ein dummer ausgetrockneter Geizknochen ist, dass er mich das eine Mal eingeladen hat, mit Eintritt und zwei Getränken. Das Taxi nach Hause ging wieder auf mich, was mich mehr gekostet hat als ihn sein knauseriger Abend.

Mikro kann es einfach nicht fassen, dass man für benutzte Bücher Geld kriegt. Viel Geld. Wenn man bedenkt, dass eine TV Spielfilm das Programm für zwei Wochen drin hat und nur zwei Mark achtzig kostet, eine Gebrauchsanweisung gar nichts und ein Groove oder Loop, das ist auch umsonst. Und was neue Bücher erst kosten! Und es steht nichts drin, was man benutzen kann. Manchmal gehen wir zur Internationalen Presse am Zoo und blättern durch die

teuren, englischen Magazine und manchmal kaufe ich eins und er kann es nicht fassen, dass ich was kaufe, obwohl ich schon darin gelesen habe.
Wozu überhaupt lesen, denkt sich Mikro wahrscheinlich. Kann man doch alles ersetzen durch bunte Bilder und Sound. Womit er nicht ganz Unrecht hat. So wie in „Fahrenheit 451", diesem Science Fiction aus den Siebzigern, in dem alle Bücher verboten sind. Wenn jemand mit Büchern erwischt wird, werden die Bücher konfisziert und sofort verbrannt. Ich kann mich nicht erinnern. Vielleicht wird man sogar erschossen dafür, dass man Bücher hat.
Der Oberbücherverbrenner sagt nur, wozu Bücher? Alles, was ist, ist. Wozu es beschreiben. Bücher lügen. Die Menschen in „Fahrenheit 451" schauen alle Fernsehen oder lesen Bilderzeitung, die in dem Film leider ziemlich miserabel aussieht. Und gute Musik gibt es in dem Film auch nicht. Mit guter Musik würde sich keiner beschweren, dass es keine Bücher gibt und Mikro würde der Film auch ganz gut gefallen.
Außerdem gäbe es weniger Bücher und für jedes Buch, jedes heimliche Buch, müsste man einstehen, weil man dafür an die Wand gestellt werden kann. Es gäbe auf keinen Fall jedes Jahr Millionen neuer Bücher darüber, wie man das Rauchen aufgibt oder mit dem neuen Windows umgeht. Dafür würde keiner sterben wollen. Das ist es, was ich Mikro immer zu erklären versuche, dass man für ein gutes Buch sterben wollen kann. Für einen guten Remix würde er auch sterben, wie man das so sagt. Aber er sagt ja nichts. Und er liest nicht.
Noch schlimmer als Militär oder Zivildienst wäre für Mikro ein Job in einem Antiquariat. Eine regelrechte Strafkolo-

nie wäre das für ihn. Schlimmer als jeden Tag Liegestütze, im Schlamm robben oder Abspülen in einem Altersheim. Viel schlimmer als ohne Geld und sogar noch schlimmer als ohne Musik. Ich frage ihn, „schlimmer als AIDS?" „Ja", meint er, „schlimmer als AIDS." Nichts Toteres gibt es für Mikro als Bücher.

„Pass auf Mikro", sag ich zu ihm und er ist gut einen Kopf kleiner als ich und wir gehen gerade auf dem dunklen Bürgersteig zum Sexyland.
„Vergiss alles, was du gelernt hast in der Schule, damit endlich wieder freie Sicht ist. Und dann, Mikro, sieht du die kleinen Sachen wieder, die es dir antun. So wie du einen Sound findest oder ein Stück auf einer Maxi, das dir mehr bedeutet als alles andere und das du nur auf der dritten oder siebten CD findest und nicht auf der hundertachtzigsten im größten Musikstore Europas. Mit dem Lesen ist es genauso."
Viele Menschen stehen auf der Straße und Mikro geht jetzt dicht hinter mir. Ich pflüge ihm einen Kanal durch die Leute, die vor den Cafés stehen und trinken und denke, Größe ist es, ja die Größe, die man entdecken muss. Auf dem Mickrigsten und Dümmsten steht: Größe. Und auf dem Schlichten und Guten steht gar nichts, weil man seine wahre Größe erkennen muss. Mikro denkt auch immer, es darf nichts kosten, aber das Gute muss teuer sein. Ein Mischpult muss teuer sein. Und groß. Vielleicht würde er ja ein Buch lesen, das so teuer ist wie ein großes Mischpult.

In einem Antiquariat fand ich ein abgegriffenes Taschenbuch. Henry de Montherland. Ein wirklich großes Buch, es heißt „Erbarmen mit den Frauen". Ein junger Mann macht sich lustig über die Frauen und der Autor macht sich lustig über den jungen Mann. Laura und ich haben uns gegenseitig aus dem Buch vorgelesen. Und dann kauften wir uns die beiden anderen Bücher aus der Trilogie, weil wir richtig süchtig danach wurden. Laura hat Humor. Sie konnte über die weinerlichen Briefe lachen, die eine abgelegte Geliebte dem jungen Mann schreibt und über die bösen Antworten, die er ihr zurückschickt.

Sie hat mir nie so einen Brief geschrieben, später. Weder einen weinerlichen noch einen bösen. Sie hat mir überhaupt nicht geschrieben. Vielleicht hatte sie doch Angst, ich würde mich über sie lustig machen. Dabei war ich es, der ihr einmal einen Brief schrieb. Und über den hätte sie sich zu Recht lustig gemacht. Ich schrieb ihr, wie ratlos ich bin und dass ich nicht weiß, warum ich sie verlassen habe. Ich schrieb ihr, dass mir dafür kein Grund einfällt. Wie peinlich. Zum Glück habe ich ihn nie abgeschickt. Wie könnte man eine Verlassene mehr kränken als durch das Eingestehen, dass es keinen besonderen Grund gab sie zu verlassen.

Die unerträglichen Briefe, die wir uns vielleicht geschrieben hätten, die haben wir uns erspart, indem wir zusammen die unerträglichen Briefe der verlassenen Geliebten gelesen haben. Dafür sind Bücher gut. Nicht Steuertipsbücher oder Bücher zum Film oder Nebel-von-Avalon-Bücher oder Koch- und Fitnessbücher. Nein, richtige Bücher, in denen das Jetzt passiert, die vom Leben handeln, diesem Leben, hier und jetzt.

Ein schönes Buch oder ein schöner Film oder eine schöne Musik handelt doch nicht vom Jetzt, sagen jetzt wieder die

Erbsenköpfe. Das kann doch nur die Erinnerung, schön sein. Und genau das ist es, was die Stehenbleiber alle wollen, das Tote, Alte, mit Gefühl und sauber gerahmt, immer wieder, nur nicht das Jetzt, das weiter weiter, den Rhythmus vom Jetzt, diesen unerträglichen Beat, den hassen sie. Komische Vorstellung, dass einem das Jetzt zu viel wird, dass einem das zu schnell kommt. Dabei ist es schon da, ständig, die ganze Zeit schon.
Ich schaue Mikro an. Noch ist es nicht zu spät, du kleine Krücke, denke ich und ich weiß gar nicht mehr, was ich jetzt gesagt und was ich nur gedacht habe. Ich weiß ja noch nicht einmal, ob Mikro mir zuhört. Weiß ich nie. Ich merke schon gar nicht mehr den Übergang vom Reden zum Denken, wenn ich mit Mikro unterwegs bin. Es läuft weiter und weiter in mir, Reden und Denken ist das Gleiche.
„Mikro", sage ich und im Dunkeln glänzt sein Auge kurz auf. „Die Welt ist so voll und die Leute haben Angst. Alles ist zu bis oben und jeden Tag stapelt sich mehr drauf und keiner findet sich mehr zurecht und gibt dann klein bei. Jeder sucht sich nur noch sein Spezialding, das er studiert oder sammelt und dazu macht er einen guten oder schlechten Job und einmal im Jahr Urlaub oder zweimal oder bleibt gleich ein halbes Jahr in Indien. Einer interessiert sich nur noch für Fußball und raucht von morgens bis abends schlechtes Hasch, dann sortiert er wieder Ersatzteile in einem Computerladen oder verkauft Kinokarten. Ein anderer ist Artikelschreiber und hat ständig Angst, dass ihm nichts einfällt und wenn ihm nichts einfällt, dann kauft er sich erst mal teures Zeug zum Anziehen und wieder ein anderer macht was mit Musik- und Eventmarketing und kokst dazu und dealt, weil das mit dem Musik-

und Eventmarketing nichts einbringt und weil er beim Dealen selber viel koksen kann und das dann billiger kommt. Überall ist das so, ein unehrenhaftes Scheitern befällt die Menschen, weil sie denken, alles ist zu viel, jeder muss sich seine kleine Ecke basteln und da bleiben. Und da sitzen sie dann und werden alte Säcke, die vertrocknen und sich von keinem anderen mehr etwas sagen lassen. Schon gar nicht von einem, der jünger ist.

Ein alter Sack ist einer, der davon redet, dass er gerne jünger wäre, weil er denkt, Jugend, das wär was Tolles. Der Jugend gehört die Welt, denkt er. Scheiß auf die Jugend, sage ich. Scheiß auf den Jugendirrsinn. Die Jugend ist dumm. Es gibt nichts Dümmeres als die Jugend. Ich bin auch dumm, aber die, die älter sind, sind noch dümmer, weil sie jünger sein wollen und schon ganz krank sind vor lauter Neid auf die Jugend und deswegen jedem, der jünger ist, auf den Kopf scheißen.
Nicht, weil sie denken, dass die Jugend dumm ist, sondern weil sie neidisch sind auf diese kraftstrotzende Dummheit und weil sie Angst haben vor ihrer eigenen vertrockneten Schlauheit, die eigentlich nur eine abgeschlaffte Dummheit ist. Damit machen sie uns auf den Kopf. Wenn alle schreien weiter weiter, was ist denn los, warum geht es denn nicht weiter? Dann sagen sie ja ja, Moment mal, immer langsam, alles in Ordnung, kommt doch näher und dann saugen sie uns aus, weil sie wollen, dass wir auch vertrocknen. Sie wollen den Saft der Jugend.
Eine Bierflasche knallt auf den Bordstein und Mikro und ich, wir springen auf die Straße. Ein Mann steht auf einem Balkon, eine Frau mit einem weißen H&M-Kleid in sei-

nem Arm und während sie vor Vergnügen quietscht, wirft er mit Bierflaschen nach uns und reckt jedes Mal eine Faust in den Himmel, wenn sie aufschlagen. Dann brüllt er: „Die Inter-natio-na-ha-le erkämpft das Menschenrecht."
Was fühlt man beim Austrocknen? Fehlt da plötzlich dieses Geräusch, das der Wasserstrom macht, wenn er über den Damm schießt und brüllend unten aufschlägt? Fehlt da plötzlich das Geräusch von Flüssigkeit? Wenn man austrocknet, hat man ja keine Flüssigkeit mehr, die einem in den Ohren rauscht. Stille ist in den Hirnen der Ausgetrockneten und sie sehnen sich nach dem sehr feuchten Pochen und Klopfen, dem Plätschern der sehr feuchten Jugendflüssigkeit.

Ein paar Schüler stehen da und grölen mit und prosten dem Mann zu. Die Jungs tragen Käppis und federn mit in den Knien. Eins der Mädchen streicht sich ständig die Haare hinter ihr gepierctes Ohr und fummelt an der noch geschwollenen Stelle. Es ist eine ekelhafte Sache, so bis oben voll zu sein mit Jugendsaft, dass er schon aus einem rausquillt und dann überall Pickel sind und Mundgeruch vom ständigen Scheißereden. Und dann muss man sich auch noch vor dem Spiegel ausziehen und sich überall anfassen, weil einem der ganze dumme Saft so unheimlich vorkommt. So wie die Alten sich anfassen, weil der schöne dumme Saft zu Ende geht. Das hab ich nie begriffen, warum sich alle ab einem bestimmten Alter selber anfassen und nach dem Saft abtasten müssen.
Ich meine das Ausziehen, vor dem Spiegel stehen, Bodycontrol, ein paar Gewichte stemmen, sich eincremen und in den Arsch kneifen und so einen Schwachsinn. Wo

kommt der nur her, dass man sich vor einem Spiegel anfasst und dabei noch Gefühle für seinen Körper bekommt, dass man in ihn verliebt ist oder ihn hasst aus vollem Herzen. Was für eine absurde Idee. Wer bringt die Menschen auf so was? Haben die Jugendzeitschriften damit angefangen und jeder Teenager denkt, er muss das machen?
Und dann findet das kein Ende mehr und sie entwickeln eine lächerliche Leidenschaft für ihren eigenen Körper und stehen vor dem Spiegel und fassen sich an mit verklärtem Blick oder Todesverachtung, starren auf ihre Körper und denken, wer bin ich? Oder flüstern verschwörerisch: Ich mag mich oder: Ich hasse dich!, weil sie das so gelesen haben in einem Jugendmagazin, dass man das so machen muss als Jugendlicher, dass man mit seinem Körper klarkommen muss, sich mit ihm anfreunden und ihn verstehen lernen. Dabei besteht doch so ein Jugendlicher nur aus Körper. Soll sich lieber mit seinem Hirn anfreunden, das ist noch ganz frisch. Dass da keiner auf die Idee kommt, sein Hirn könnte der Fremdkörper sein, den er mal abtasten muss. Dass es das Hirn ist, das mal ein bisschen Pflege braucht und Aufmerksamkeit, weil das sonst ruck zuck geht, dass sie da oben nur noch einen dürren Zweig haben, wo normalerweise ein Hirn ist.

25 licht spucke vorwärts

Ganz ehrlich, ich bin nicht hässlich und ich sehe auch nicht umwerfend gut aus, so wie die Mädchen das mögen, mit viel Speichel in den Backen und Flaum auf den Armen. Ich bin okeh, alles dran, nichts Besonderes. Und ich starre nicht auf meinen Körper, als wäre er jemand anderes. Ich starre viel lieber auf das Mädchen, das mir gefällt. Ich schaue auf ihre Bewegungen, was gerade ausnahmsweise ganz gut geht, weil sie hier bedient und ich im Dunklen sitze und keiner sieht, wie ich dieses Mädchen anstarre und gerade anfange, ein bisschen verliebt zu sein. Was ein um so süßeres Gefühl ist, weil ich hoffnungslos im Dunklen sitze und sie mich nicht sieht und wenn ich an die Bar gehe und etwas bestelle, wird sie mich freundlich anschauen wie jedes Gesicht, das sie zum ersten Mal sieht, dabei kenne ich sie schon seit einer halben Stunde, kenne jede ihrer Bewegungen in dieser halben Stunde und mein Gesicht würde sagen, Hallo, schön, dass wir uns wiedersehen und ihr Gesicht würde darauf antworten, Hallo, keine Ahnung, wer du bist.
Also gehe ich da gar nicht erst hin. Es gibt nichts Schwierigeres als in so einem dunklen lauten Loch, in dem keiner ein Wort versteht, die Aufmerksamkeit der einzigen Lichtgestalt auf sich zu lenken, die einzige, deren Gesicht man deutlich sehen kann, weil ich und die anderen im Dunkeln sitzen wie die zottigen Höhlenbewohner der Steinzeit in ihren Löchern.

„Wir sind doch keine Höhlenbewohner", schreie ich zu Mikro. Ich bin jung, denke ich, ich sehe gut aus und mein Körper ist dazu da sich an einem Mädchenkörper zu reiben. Dazu ist mein Körper da. Ich will das Mädchen in meinem Arm haben und seinen Geruch an mich pressen und es ist mir völlig egal, was das Mädchen zu meinem Körper sagt und wenn dem Mädchen was nicht passt und wir schon einige Male Liebe gemacht haben und zusammen auf der Terasse eines Urlaubslandes sitzen, dann soll sie es kurz machen, weil entweder es gefällt ihr oder nicht. Dann müssen wir nie wieder auf Terrassen von Urlaubsländern sitzen und über so einen Unsinn reden.
So einfach ist das und so ein großer Vorteil völlig durchschnittlich auszusehen. Die Mädchen sind dann nicht abgestoßen und fühlen sich auch nicht mies, nur weil du besser aussiehst. Und wenn sie dich mögen, finden sie an deiner Durchschnittlichkeit immer etwas Liebenswertes, ein paar Kleinigkeiten, von denen sie sich einreden, dass sie ganz verrückt danach sind und wenn's zu Ende geht, können sie sich trösten und sagen, na ja, so toll war der auch nicht, mittelmäßig eben und sie nerven dich nicht ewig weiter und klammern, weil du das Beste bist, was ihnen jemals über den Weg gelaufen ist.
Stimmt natürlich nicht ganz. Wenn so was zu Ende geht, passieren immer ganz andere Sachen, aber das ist jetzt nicht so wichtig, weil es viel wichtiger ist, dass der letzte Satz den Gedanken sauber abrundet, ob er nun stimmt oder nicht. So was ist auch wichtig, dass etwas einen guten Schluss findet, vor allem, weil Liebesgeschichten selbst nie einen guten Schluss finden.

Ich denke jetzt auch vielmehr ans Anfangen als ans Aufhören und wie ich aus diesem Höhlenbewohnerzustand herauskomme und auch so eine Lichtgestalt werde wie dieses Mädchen, damit sie mich mal sieht und ich nicht nur so ein dummer verlauster Clubbesucher bin, der in der Ecke lümmelt und Mädchen aus dem Dunkeln anstarrt.
Wieso lernt man so was nicht? Jahrelang die Schulbank gedrückt und immer noch keine Ahnung, wie man die Mädchen hinter der Bar anspricht. Millionen kostet so eine Schulbildung für jeden und viele Jahre des eigenen Lebens noch dazu. Und dann? Jetzt weiß ich, dass es in Marokko erstklassige Phosphorminen gibt und dass Streik auf Französisch la grève heißt.
Ich weiß auch noch, dass man eine Schnecke theoretisch durch mehr als vier Dimensionen wandern lassen kann, so rein rechnerisch und völlig unverständlich und dass der Fischfang in der Nordsee auch nicht mehr das ist, was er mal war. Aber die wichtigen Dinge, die entscheidenden Dinge, die werden geheim gehalten. Zum Beispiel, wie man ohne reiche Eltern eine gute Wohnung findet, wie man im Gehen einen Joghurt ohne Löffel isst oder wie man ein Mädchen hinter der Bar anspricht und sie dabei auch noch das Gefühl hat, dass sie einen unbedingt kennen lernen will. Das ist schon eine der schwierigsten Disziplinen. Wenn man nicht aussieht wie Robby Williams und einfach sagen kann, komm, wir knutschen ein bisschen, weil auch die schlauen Mädchen da nicht Nein sagen würden bei Robbie Williams. Aber für jeden anderen ist das schwierig, auch weil jemand, der im Licht steht hinter einer Bar, immer mehr wert ist als einer, der im Dunkeln steht davor, im Nichts, den keiner sieht.

Das ist die Lichtenergie, in der die Beleuchteten schweben und die im Dunkeln sind die Paria, die sich kein Licht leisten können. Wenn ich mich jetzt anstelle, dann stehe ich im Mob, der aus dem Dunkeln seine Hände reckt und nach etwas zu trinken bettelt. Was ist denn überhaupt hier los? Was ist das für ein Laden? Ich mache mich gleich auf die Suche nach dem Lichtschalter und dann hat -Zupp- der Zauber ein Ende. Auch der DJ steht in voller Beleuchtung. Was muss der denn alles sehen, den Staub auf dem Plattenspieler? Die Kippen auf dem Boden?

Ein Licht braucht er über der Plattenkiste und die Plattenspieler haben sowieso ihr eigenes. Muss reichen. Sollten das Licht auf alle verteilen, dann könnten die Mädchen hinter der Bar bei uns Höhlenbewohnern sitzen, auf gekühlten Bierkisten und jedem eins geben, der eins will und keiner würde sie aus dem Dunkeln anstarren und jede Bewegung kontrollieren. Sie könnten sich lustige Geschichten erzählen mit ihren Freunden, ganz entspannt von Halbdunkel zu Halbdunkel oder aufstehen und ein wenig zur Musik tanzen.

Aber in allen Köpfen steckt das Beamen, seit alle Star-Trek-Fans geworden sind. Plötzlich wollten alle beamen und beamen und noch mal beamen, in einem hellen Lichtstrahl stehen und herausgehoben werden aus dem Dunkel, weil das die letzte Rettung ist für jeden, der nicht mehr Popstar werden kann oder Model oder ein bekannter DJ. Und seitdem stehen sie da und lassen sich beleuchten hinter den Bars, die Allerweltsmädchen und die hässlichen Gesichter über den Plattentellern, jeder mit seinem eigenen Scheinwerfer, der ihn rausbeamt aus dem Dunkel.

Nur Mikro ist gerne im Dunkeln. Der ist gerne ein Höhlenbewohner und er sitzt da und denkt sich, logisch, die Welt ist so wie sie ist. Der DJ steht da, wo er steht und da, wo er steht, muss er auch stehen, sonst würde er da nicht stehen, weil ihm Mikro sonst nicht auf die Finger starren könnte, so wie die Gitarrenprols ständig auf die Finger der Leadgitarristen starren, wie jeder Depp, der ein Instrument spielt, dem auf der Bühne mit dem gleichen Instrument auf die Finger starren muss.

Eifersüchtig und mit Bewunderung. Wie Mikro das mit jedem DJ macht. Weil das seine Musik ist, sein Revier. Und was soll sich Mikro auch sonst angucken. Diese asexuelle Assel. Wieso gehört er nur zu diesen Freaks, die auf die Übergänge hören, wie was gemixt ist, wie der das jetzt wieder gemacht hat und dabei überhaupt nichts hören, diese hirntoten Bastler und Besserwisser, die nie aussterben? Ich meine, er hört gute Musik, aber er denkt nur über die Technik dabei nach.

Warum sind das immer Jungs, diese Besserwisser? Wenn eine Frau auflegt, die gut aussieht und man ihr deswegen nicht mehr nur auf die Finger schauen kann, dann sind sie beleidigt. Das mögen sie nicht. Die ganzen Bastlerjungs, die Spezialisten und Tollkönner, die keine Frauen mögen bei so was, weil sie denken, selbst können sie sich nicht mit denen vergleichen, weil das ja Frauen sind und die haben in ihrem Spezialgebiet nichts zu suchen. Da müsste man schon eine Frau sein, um besser zu sein oder etwas besser zu wissen, weil eine Frau immer in einer anderen Liga ist.

Darum schaut Mikro auch der Frau, die jetzt anfängt aufzulegen, nicht auf die Finger. Er starrt jetzt mit mir in die gleiche Richtung, auf das Mädchen hinter der Bar. Oder auf die Getränke in der Bar. Ich glaube nicht, dass er wirklich das Mädchen anstarrt. Er schaut sie sich einmal an, wie er sich alle Mädchen einmal anschaut und das reicht ihm dann schon. Zu Hause holt er sich einen runter oder auch nicht. Keine Ahnung. Ich weiß nicht, ob er an Mädchen denkt. Oder an Jungs. Das hätte ich gemerkt.

Er denkt an eine Mischung aus Mischpult und Mädchen oder Klinkensteckern und einem Kühlschrank randvoll mit Cola. Sex ist nicht gleich Sex. Aber ich möchte das Mädchen jetzt gerne mal freundlich abtasten, an ihrem Nacken riechen, mit ihr nach Hause gehen. Mikro dagegen ist ganz froh, dass er im Dunkeln sitzen kann, dass das Mädchen hinter der Bar bleibt und er alleine nach Hause gehen kann.

Mikro steht auf und geht zur Bar. Wahrscheinlich holt er wieder nur eine Cola für sich. Ich sehe ihn, wie sich das Mädchen zu ihm rüberbeugt, er etwas zu ihr sagt. Und das Mädchen lacht ihn an, nicht so, wie sie jeden kurz anlacht, damit er verschwindet oder noch was kauft. Sie lacht ihn an, als wäre er ein alter Freund und ich sehe wie sie beide reden und das Mädchen weiterlacht und er nicht bezahlt für seine Cola. Dann kommt Mikro zurück und ich denke nur, Junge, das geht mir alles zu schnell.

Mikro hat das Mädchen für morgen um eins an die Weltzeituhr am Alexanderplatz bestellt. „Bestellt" hat er wirklich gesagt. Da habe ich mich nicht verhört. Und nicht den blassesten Schimmer, was er da will. Mit dem Mädchen irgendwelchen Trickradfahrern zuschauen, die immer nur halbe Kunststückchen machen, weil sie nur üben? Oder den schlecht angezogenen Ausreißermädchen aus den Randbezirken, die versuchen, die versuchen Groupies der Panflötenspieler zu werden?
Die stehen im Clan mit ihren derben Indiogesichtern herum und machen ständig Faxen, wenn sie nicht gerade auf ihren Instrumenten spielen und die Mädchen ziehen dabei die Hände hoch in die Ärmel ihrer Sackjacken und umarmen sich selbst damit. Der Platz ist voll mit Ostfamilien und jungen Männern in Lederblousonjacken, die sich als Taschendiebe versuchen oder versuchen Taschendiebe zu fangen. Und ein paar miserable Imbissbuden.
Aber okeh, kann ich verstehen. Hat auch was, die Weltzeituhr, dass man sich da trifft, als wär man so ein Jugendlicher mit Schlaghosen, der sich da mit anderen Jugendlichen mit Schlaghosen trifft, um den schönen DDR-Nachmittag mitten in den Siebzigern auszukosten. Und dann, was machen wir dann? Wir können ja nicht den ganzen Tag unter der Weltzeituhr stehen bleiben. Er will sich ja nicht mit ihr alleine treffen, ganz sicher nicht. Mit der Zunge poke ich schon in der Zahnlücke vorne, durch die

ich auch pfeifen kann. Ich sage: Pause Zunge, mach mal Pause.

Ich bin ja dabei, denkt er sich wahrscheinlich. Ich grab sie dann an und er hat seine Ruhe und spart sich den Ärger. So kommt mir das manchmal vor, dass Mikro denkt, dass er sich dann den Ärger spart. Weil jeder, mit dem man sich einlässt, irgendwann Ärger macht. Nur dass zwischen dem Einlassen und dem Ärger der Hauptteil der Geschichte ist. Die Action. Daran denkt er nicht. Warum hat er sich dann mit ihr verabredet? Ich verstehe ihn nicht.
Keine Panik, sage ich zu mir, alles im Lot. Was ich nicht packe, das packt Mikro. Ich hasse es Kennenlernsprüche bei Mädchen zu machen und das auch noch unter einer Weltzeituhr. Ich will ja was von ihr, weil sie mir gefällt. Da kann ich nichts sagen. Dafür ist Mikro gut. Sieht immer gut sexneutral aus und die Mädchen verabreden sich sofort mit ihm.
Nicht wirklich, weil er nur so was murmelt wie, kannst ja mitkommen, ich wollte da dies und das und das Mädchen denkt, prima da komm ich mit, weil da so was mitschwingt, dass da auch noch andere mitkommen, mit denen man vielleicht ein bisschen mehr anfangen kann, bevor einem langweilig wird bei dies und das. Und das mit der Weltzeituhr, das mögen sie auch gerne, weil jedes Mädchen einen heimlichen Schlaghosenwinkel in ihrer Seele hat. Ziemlich schlau, der Kerl.
Einmal hatte ich ihn mit bei Laura und nach ein paar Minuten hat sie ihm schon was zu trinken gebracht und eine Jacke geschenkt, in der er aussah wie ein kleiner Dealertürke aus der Oranienstraße. Das hat ihr Spaß gemacht.

Es hätte mich auch nicht gewundert, wenn sie ihren Arm um ihn gelegt und ihm die Haare aus dem Gesicht gestrichen hätte. Mikro hat so was und wenn er schlau wäre, könnte er die Mädchen so rumkriegen. Später wollten Laura und ich noch was trinken gehen, aber das Geld war in der Jacke, mit der Mikro inzwischen abgezogen war und es gab den ersten Streit. Es fängt immer an mit einem Streit um nichts.

Mikro ist auf eine noch viel schlauere Art durchschnittlich als ich, er ist durchsichtig. Nicht durchschaubar, sondern durchsichtig wie eine große Qualle, durch die man durchschauen kann und sie deswegen für völlig ungefährlich hält, aber trotzdem nicht begreift wie sie funktioniert, eben weil sie völlig durchsichtig ist. Menschen wie Mikro bleiben auch lieber undurchschaubar, weil da sonst jeder merkt, dass da nicht so viel ist zum Durchschauen. Das nennen sie dann rätselhaft, die Mädchen, und mögen das. Die ganz Blöden sagen interessant, weil das interessiert sie, so ein schweigsamer undurchschaubarer, aber durchsichtiger durchschnittlicher Mensch. Mädchen glauben an Wunder.
Ich bin das Gegenteil von Mikro. Ein offenes Buch, ein sich selbst zappender Fernseher, eine ständig blinkende Signallampe, eine nervöse Hupe. Früher dachte ich, dass ich so ein Schilddrüsenkranker bin, der zu viel von diesem Hormon in seinen Kreislauf ausschüttet und deswegen immer fressen muss und weiterfressen und zappeln muss wegen der sofort freigesetzten Energie und immer so hin und her. Aber ich bin kein Schilddrüsenkranker, bei mir ist das anders. Ich bin hysterisch. Ganz gewöhnlich hyste-

risch, ohne essen zu müssen. In meinem Hirn läuft ein Lichtband, so eins, wie es in den Wäschereien steht für die laufenden Angebote oder in den Schaufenstern von Ramschläden. So eins, das immer läuft und blinkt, so eins habe ich vorne drin in meinem Hirn und das Lichtband blinkt und sagt, schneller schneller, Herrgott noch mal, schneller, mehr mehr mehr.

Das ist der Grund, warum mich Mädchen nicht gleich mögen. Weil ich zu schnell rede oder zu schnell tanze und kein großes Geheimnis aus irgendwas mache. Was eigentlich erst erlaubt ist, wenn man die Mädchen ein bisschen kennt und sie keine Angst mehr haben, dass man sie gleich zerstückelt oder überhaupt so ein Irrer ist, der immer nur von sich redet und sein Gift in sie reinspritzen will.

Aber ich kann mich bremsen. Nein, das ist das falsche Wort. Ich kann mich beschleunigen, so dermaßen beschleunigen, dass ich ganz ruhig bin, eine ruhige Frequenz, ein Summen. Dann ist mein Puls ein Kinderpuls, auf hundertzwanzig Beats pro Minute oder mehr, die angesagten Beats pro Minute. Rauf auf hundertdreißig bpm, akustisches Ecstasy, Schwebefrequenz. Ruhe und Schnelle in einem. Aber dafür muss ich sehr gut drauf sein. Oder sehr schlecht.

Ich kann das nur, wenn ich daneben bin. Eine Frage der Verschiebung, sich rauszubolzen aus dem Normalen. Dahin, wo Kranksein und Gesundsein sich schon wieder die Hände schütteln, die Frequenzen sich doppeln. Gleichklang. Weil das der gleiche gute Zustand ist, völlig verlangsamt aus dem Schlaf aufzuwachen, dieses verklebte Plattsein von zu wenig Schlaf die gleiche sinnlose Euphorie

auslösen kann, die gleiche Klarheit wie ein aufgeschraubtes gut durchblutetes Wachsein.
So muss ich sein, um eins an der Weltzeituhr, unausgeschlafen oder extra aufgedreht. Ich will einen guten Eindruck machen und den mache ich nur, wenn ich so ausgebolzt bin, dass mich so ein Mädchen erst mal nicht interessiert, weil ich an was ganz anderes denke oder an gar nichts, nur dann kann es nett werden. Nur dann sind die Mädchen nett, wenn sie auch was machen müssen und nicht nur rumgeschleudert werden von so einem ausgeschlafenen Irren, der sie gleich auffressen will, weil er so verdammt hungrig ist, nach Mädchen hungrig ist, nach diesem Mädchen, weil er ein schwarzes Loch ist, das alles in sich aufsaugt, sogar das Licht, das sich in seiner Nähe krümmt. So fühle ich mich manchmal. Da haben wir es wieder. Das Mädchen kennt mich noch nicht einmal und in meinem Kopf zerlege ich sie schon zum Abendessen.

Manchmal wäre ich gerne Mikro, weil Mikro so ein überzeugter Höhlenbewohner ist. Was sich sonst keiner traut zu sagen, dass er gerne in seiner Höhle lebt, weil alle immer lieber im Licht stehen und nur aus Versehen Höhlenbewohner sind. Wie sie ja alle nur vorübergehend und ausnahmsweise arbeitslos sind, statt heilfroh zu sein, dass sie gerade nicht irgendeine idiotische Arbeit tun müssen, bei der sie ihr sowieso schon schwer zu definierendes Ich versauen.
Mikro denkt, dass es ein Privileg ist, ein Höhlenbewohner zu sein, so wie jeder anständige Mensch denken sollte, dass es ein Privileg ist, nicht arbeiten zu müssen. Egal, scheiß drauf, ich will kein Höhlenbewohner sein, das ist nur so ein

Denken: „Ich wäre gerne …“. Das denkt sich gut, wärmt ein bisschen, hält mich auf Trab, beruhigt mich.
Und dann bin ich doch froh, dass ich keiner bin, wie jeder froh ist, dass er doch eine Arbeit hat, weil er sonst nur brutal niedergewalzt wird, wenn er keine hat und sich einsam fühlt und anfängt sich die falschen Fragen zu stellen, die ihn auf die völlig falsche Bahn bringen, weil ja jeder, der keine Arbeit hat, anfängt, aufs Blödeste über sich selbst nachzudenken und plötzlich versucht, philosophisch zu werden und alle anderen nur nervt mit seinem leeren Geschwätz und dem erbärmlichen Sinn, den er im Leben findet. Statt dass er sich mal hinsetzt und ein paar ordentliche Bücher liest oder eine anständige Reise macht und sein verpuptes kleines Dasein auslüftet.
Aber das hat alles nichts mit Mikro zu tun. Mikro ist der Ehrenbürger in Höhlencity, der ein saumäßiges Leben führt und nie Bücher liest und sein verpuptes Zimmer nie auslüftet. Manchmal denke ich, Mikro entwickelt einfach eine andere Daseinsform auf dem Weg, den die Menschheit geht, eine neue Form der Hominiden, die vielleicht in einem toten Zweig der Evolution endet oder die Grundlage für die Menschheit im dritten Jahrtausend bildet.
Auch wenn ich mich endlos darüber abspulen kann, wie wenig Sinnvolles Mikro tut und was für eine völlig irregeleitete Qualle er ist, gerade noch an der Grenze zu ernsthaft gestört oder schon dahinter. Ich weiß es nicht. Er hat das unter Kontrolle, ich weiß nicht, mit welcher Kraft, weil er sich eigentlich nur von Pizzateig und Schokolade ernährt und die Luft in seinem Zimmer keinen Sauerstoffgehalt hat.

Er überlebt das, wie eine Kakerlake den Atomschlag überlebt. Vielleicht ist er der Prototyp einer neue Rasse, die den Sprung zu einer höheren Intelligenz schafft. Während die Cleveren, die ihre Intelligenz dopen oder umbiegen, um sich nur noch gesund zu ernähren oder für asiatische Kräutertees zu interessieren, verrecken.
Das ist er, der Gedanke, dass ein Kranker vielleicht mehr für die Entwicklung der Menschheit bringt als ein Gesunder. Von dem, was man denkt, dass es heute gesund ist. Der Kranke von heute ist der Gesunde von morgen. Oder, was heute krank ist, ist morgen normal. Wie war das? Beides geht, aber es ist nicht von mir. Ich habe es irgendwo gelesen. Ein alter Gedanke. Bei Blaise Cendrars habe ich es gelesen, in „Moravagine".
Aber der Grund, warum Mikro so etwas wie mein Freund ist, ist nicht, dass er vielleicht die Grundlage für eine neue Zivilisation ist. Davon habe ich ja nichts. Sondern weil er sich mit dem Mädchen verabredet und dann wahrscheinlich überhaupt nichts dagegen hat, wenn ich versuche, sie zu küssen. Da ist er nur heilfroh, dass er mit so was nichts zu tun hat. Und ich komme dann gerade recht, um die Drecksarbeit zu machen, was eine schöne Symbiose ist, ein Sich-gegenseitig-Nutzen. Und das ist die Grundlage aller Freundschaft.

Mikro muss immer gehen, wenn zwischenmenschlicher Kontakt stattgefunden hat. Was ja manchmal passiert. Mikro kennt keine Sau, denke ich und dann kommt ein Mädchen daher und sagt „Hallo" oder ein anderer Höhlenbewohner, der aussieht wie Mikro und sie verhaken ihre Hände und nicken einander zu. Spätestens fünf Minuten später steht Mikro auf und nimmt seine Jacke. Jedes Mal, wenn ich mit ihm irgendwo bin.

Ist egal. Ich bin ganz froh, wenn ich nicht denken muss, jetzt geh ich oder nee, ich bleibe noch ein bisschen. Wenn jemand Mikro anspricht, weiß ich, jetzt gehen wir gleich, was mir auch ganz recht ist. Der Punkt ist sowieso schnell erreicht, an dem es egal ist, ob man bleibt oder geht. Es gibt nie wirklich einen Grund zu bleiben oder zu gehen. Dann nehmen wir den Nachtbus und sehen in die Nacht, hören die Musik, die noch in unseren Ohren ist. Wenn ich aufstehe, hebe ich kurz die Hand und Mikro macht ein Geräusch dazu oder eine mikroskopische Geste, dann steige ich aus.

Ich stehe auf der Straße und sehe dem Nachtbus nach. Völlig zugeatmet, der Nachtbus und wie er so verschwindet, sieht er aus wie eine fahrende Weihnachtsfeier, hell erleuchtet und mit beschlagenen Scheiben, weil die Busse auch im Sommer keine Fenster zum Aufklappen haben und die Luft in ihnen drin so schnell veratmet ist wie in einer geschlossenen Plastiktüte.

27 bienen glut speichel

Meine Straße. Nur Licht ist wach in den Läden, so ein schummriges Standbylicht. Die Laternen leuchten ihr Licht auf den Bürgersteig und die Straße wie riesige Halme. Melancholische Leuchten, immer gebückt, mit langen Hälsen wie die Giraffen und aus ihren Köpfen kommt ein Nieselregenlicht, das langsam auf den Asphalt speichelt. Damit die Autos gut durchflutschen, denke ich. Ein Gleitcremelicht, flutsch, flutsch.

Hier an der Ecke stand mal das Sexkaufhaus, das hatte über und über Lauflichter, pulsierende Sterne und Farbräder, die sich drehten und kräuselten, ein Palast der munteren Glühfäden. Jetzt ist er weg. Ein Bürohaus kommt hin mit viel Glas und Stahl, wird dann auch nur die ganze Nacht langweilig angedimmt. Das richtige Licht verschwindet mit den Puffs und Zockerhöhlen, das Diskorot und -grün und -gelb, das immer ruft, Hallo, hierher Leute, kommt ran, egal, ob Tag oder Nacht, was auf dem Heimweg sehr schön sein kann, allein und sonst niemand auf der Straße. Allein mit dem Licht.

Eine kleine Spielautomatenbude pulst noch mit elektrischen Blumen, die sich öffnen und schließen und wieder öffnen und ein Sexshop hat noch die Neonfrau in der Scheibe, die mit roten Brustwarzen blinkt. Richtige Punica-Oasen. Alle anderen schlafen. Die Wohnhäuser und Drogeriemärkte und Apotheken. Pscht pscht, sagen sie, geh weiter, mach, dass du nach Hause kommst, leg dich ins

Bett! Jetzt will ich nicht mehr, obwohl ich ja ins Bett will. Wenn alle Lichter mich rufen und wollen, dass ich bleibe, nur einen Moment noch verweilen! Ein bisschen Spaß haben! Wenn das die Lichter rufen und mich nicht gehen lassen wollen, dann gehe ich gerne nach Hause und lege mich ins Bett, wie nach einer Party, die ich verlassen habe an ihrer schönsten Stelle, glücklich.

Ein paar Gestalten schnüren entlang an den Wänden, die Händen in den Taschen, den Kopf nach unten. Auf der anderen Straßenseite sehe ich eine Frau mit großen Männerschritten gehen. Sie starrt auf das Ende der Straße. Ein Mann läuft an ihr vorbei, gebückt wie ein Hund. So eine geizige Stadt, denke ich. Mehr Licht, mehr Bewegung! Alle Städte sind verschieden ausgehärtet, denke ich. Schlacke der Lava, die darunter liegt, heiß und leuchtend.
Das erste Mal hatte ich in Paris das Gefühl, eine leuchtende Glut ist unter der Stadt, eine Glut, die alle Lichter speist und durch Rohre und Schächte nach oben geleitet wird. Ein großes leuchtendes Magma, das nicht weit unter mir ist und in die Nacht der Straßen abstrahlt, dass meine Welt hier oben nur ganz dünn ist, richtig crisp, gerade so hartgebacken und abgekühlt, dass ich darauf laufen kann. Auf den Gittern der Metro spürte ich dazu die Vibration, als wäre da unten ein Honigmagma, das von unzähligen Bienen zusammengetragen und dann heißgerieben wird. Ein Summen und ein Licht, das durch die Poren der Stadt bis zu mir raufkam. Da war ich fast dankbar für den dicken Stein und den Asphalt, Schotter und Granit und was da noch alles dazwischen lag. Ein großes Schutzschild zwischen mir und dem Höllenfeuer.

Das muss am gelben Licht liegen, an dem Orange auf den französischen Straßen, als wären da noch Glühfäden aus Kohle in den Lampen, in den Restaurants und den Bars, damit alles weicher wird und unwirklich wie im Fieber. Dagegen das deutsche Licht, bleiches Magnesiumlicht, keine Bienen, keine Lava. Keine seltsamen Lebewesen unter der Stadt am Werk, nur Maschinen in großen Fertigungshallen und Schweißarbeiten. Weil es ständig etwas zum Ausbessern gibt. Die Nacht auf einer deutschen Straße, denke ich, die riecht immer nach Frühschicht, Spätschicht, immer Schicht. Immer Arbeit. Wozu? Merzt allen organischen Spaß aus, das Licht. Es ist so kahl, dass sich sogar die schmerztoten Junkies verzogen haben. So eine brutale Kahlheit ist da, dass nur die Türken übrig bleiben, weil sie es lieben, dieses Superspärliche. Da fängt bei ihnen der Spaß erst an. Nur noch Stein und Staub und tote Bäume, alles so lebensfeindlich wie ein anatolisches Bergdorf.

Zwei stehen da in langen Kamelhaarmänteln, sauber wie die Konfirmanden, ihren goldenen Benz locker auf den Bordstein genoppt, plaudern sie und klickern mit ihren Gebetsloops und Autoschlüsseln. Sie murmeln dunkle Ü-Laute und lachen dazu. Die einzigen, die wieder Leben in die verwüsteten deutschen Städte bringen, zwischen die verlassenen Stundenhotels, zwischen Blackjack und Roulette bei Monika und der einsamen Rudis Resterampe am Eck. Ein seltsames Low Life, Döner- und Goldbuden, Import-Export und Elektronik auf Raten, Gemüse und Videos. Nur Fleisch und Gold und Taschenrechner. Das hält doch kein Mensch aus, denke ich und dann bin ich aber auch wieder neidisch auf dieses Low Life, diese Eins-

zu-Eins-Welt, das Kahle. Dass alles nur einen Style hat, einen einzigen. Easy.
Auf meinem Weg auch immer das Pfandleihhaus Katz. Die Auslage seit zehn Jahren die gleiche. Lampen fürs Jugendzimmer und Radiowecker der ersten Generation, billige Digitaluhren und Jungmädchenschmuck. Schaue ich jedes Mal gerne an. Und ein kleiner Imbiss daneben. Mein Zaubershop, Tor zur einer anderen Welt. Ein winziger türkischer Imbiss, rund um die Uhr offen. In der Auslage kleine Haufen alter Kekse und drinnen schwartiger Holzboden, zwei Kühltheken und ein Resopaltresen. Es gibt nur Schokolade, Minipizza und Tiefkühlkuchen. Vor einem Spiegel kämmt sich eine Nutte und eine andere kauft sich ein Stück vom aufgetauten Käsekuchen aus der Theke. Wird ihr in Alufolie verpackt von einem alten gutmütigen Mann. Dann macht er ihr noch einen Kakao, der kommt aus einer Maschine, auf der groß steht: „Schokomatic". Die Maschine schäumt Kakao aus einem Instantpulver auf und spritzt ihn in einen dicken kurzen Styroporbecher, der dampft. Ein Preisschild hängt über den Köpfen. Es ist riesig und es stehen nur Gerichte drauf, die es nicht gibt. Auf Deutsch, Englisch und Türkisch. Es gibt keinen Döner, kein Börek, kein Sixpack, keine Pommes. Nur dieses ewig Haltbare und Kakao und der ist immer so grob heiß, dass man eine Weile dastehen kann und vor sich hinpusten. Schön kühl und geruchlos ist es im Laden. Nur der Holzboden verbreitet einen schwachen Geruch nach speckigen Planken aus einem längst verschwundenen Wald.
Die andere Nutte kämmt sich jetzt auch vor dem schmalen Wandspiegel. Ihre Freundin sucht mit beiden Händen

etwas in der Handtasche und schwankt dabei. Weiter hinten steht ein Raumteiler, so ein Ding aus bandnudelartigen Baststreifen. Hinter dem kommt der Alte zum Bedienen raus und wenn einer mehr als nur eine Sache bestellt, dann kommt auch noch seine Frau, wischt sich die Hände an der Schürze ab und hilft ihm. Wie oft habe ich mich schon gefragt, was dahinter ist, auf der anderen Seite dieses Raumteilers und ich habe mir vorgestellt, dass da auf der anderen Seite auch wieder eine Tür sein muss, aber eine, die auf eine Gasse führt, in der die Ziegen durch ein staubiges Bergdorf laufen. Und nur der Alte mit seinen langen Nasenhaaren und seine dicke Frau dürfen da durch, auf die andere Seite.

Draußen an der Tür klebt ein herzförmiger Aufkleber. Tulip Moon steht drauf. Die beiden O's sind zwei Kussmünder, wie bei Bonn, diesem alten Autoaufkleber. Tulip Moon? Schwester von Sailor Moon? Auf einem Aufkleber? Oder hat das was mit Junkies zu tun? Mit Blumen? Mit jungen Mädchen, die gerade angefixt werden? Tulip Moon, Tulpenmond? Kann eine Zeitschrift sein für den Straßenstrich? Macht mich glücklich manchmal, so etwas auf dem Weg nach Hause zu finden, etwas, dass sich diesem langweiligen Bescheidwissen entzieht.

Der Alte schaut raus und auch die Türken haben aufgehört zu reden. Warum steht er da und starrt in den Laden? Zu sauber für einen Junkie. Das macht sie misstrauisch, ein Mann mit kurz geschnittenen Haaren, der alleine ist und nichts kaufen will. Das mag ich so gerne an den Türken hier, dass sie einen, wenn man kein Handy in der Hand hat und niemanden um ein paar Mark anbettelt, keinen schäbigen Rucksack dabei hat oder einen verwahrlosten Hund

an einer Stretchleine, wenn man also einfach nur so dasteht, ohne alles, dass sie einen dann für völlig verrückt halten. Nur die Nutten sind zu breit und sie stolpern auf mich zu, ob ich noch Lust habe.
Ich bin das Heimgehen leid manchmal. Ich will meine persönliche Rohrpost, einsteigen in meinen Plexiglastorpedo mit den dicken Gummistoßdämpfern drum herum, den Zielcode in die leuchtenden Tasten eingeben und ab durch die Kanäle, über das Magma hinweg nach Hause rasen. In meinem Zimmer steht eine unscheinbare Kabine. Da komme ich raus.
Aber ich komme zur Tür rein, wie immer. Und jetzt sitze ich über einem Kaffee. Dazu eine Zigarette. Mein Ritual der Gedankenleere ist das. Im Dampf sitzen über der Schale und im Rauch der Zigarette. Jetzt will ich meinen Kopf leer haben, denn manchmal, wenn er leer ist, dann kann ich den schwachen Strom der Gedanken hören. So leer ist das Hirn dann vorne, dass ich die Gedanken weiter hinten hören kann. Sie hören sich sehr schön an, wie Datenströme. Wie das weiche Sprudeln der Modems, wenn sie sich höher schalten auf eine andere Geschwindigkeit.
Es ist wie mit den schwachen Sternen, die ich nur im Augenwinkel sehe. Sie verschwinden, wenn ich sie suche, auf die Stelle schaue, an der sie gerade waren. Der Himmel ist voll davon, aber sie leuchten nur, wenn ich mich nicht auf sie konzentriere. So ist das mit dem schwachen Strom der Gedanken. Ist schon wieder verschwunden, verdampft und immer weiter arbeitet das Vorderhirn mit seinem verdammten Gedankenkrach. Ruhe, sag ich. Ruhe! Und dann zünde ich mir noch eine an. Aber es kommt nicht wieder.

So angestrengt an nichts denken, das geht nicht. Mach schon! Komm her, kleines Flüstern der Gedanken.

Es funktioniert, wenn ich müde bin oder durchgeprügelt von einem Kellersound. Von irgendetwas, das mir ordentlich ein paar Stunden um die Ohren gebrettert hat. Dann kommt es an den seltsamsten Orten. Dass ich klar bin. Dass das Vorderhirn sich ausschaltet und alles still ist in mir drin. Dann kann ich es hören, das leise Grundrauschen des Lebens. Hört sich an wie ein Echo in den Boxen. Als ob sich der Sound in mir abgespeichert hat und jetzt ist er in meinem Kreislauf, in meinem Blut, das rauscht wie ein endloses Tape. Nicht nachdenken. Mal den Focus unscharf stellen. Dem Ultraschnellen lauschen. Was für eine Musik das ist. Und dabei relaxte Hirnsubstanz bilden.
Seefahrer, Surfer, Nomaden haben das, denke ich manchmal und dann male ich es mir aus, das richtige Rauschen im Kopf. In einem satten Soundtrack schwimmen. Was für ein feiner Luxus, ein Leben ohne dieses laute harte Denken da vorne. Die Gedanken müssen einen Sound haben. Warum wird denn Musik immer mehr Sound? Warum sind da Breakbeats statt Gelalle? Wer will schon Wörter hören? Das ganze harte Leben ist voll von Wörtern, immer den gleichen Wörtern. Ausschalten. Weg mit den Wörtern. Dem Geräusch hinter den Worten lauschen. Da ist eine andere Sprache und die spricht Hi-Hat, spricht Atari, Moog und Roland. Da sind Geräte, die diese Sprache sprechen können. Diese ganzen Geräuschgeräte, die mit dem Sound sprechen. Denen habe ich zugehört die ganze Nacht. Dem Vinyl und den Fingern darauf und dem Sound der Geräte, der aus dem gefingerten Vinyl gekommen ist. Ich habe das

Echo davon in mir. Ein ordentliches Mineralperlen in der Hirnschale. Mono. Mittendrin im Schädel. Besser als gar nichts. Ich vermisse meine Autobahn.

So still wird es. Mikro schläft, träumt vom Sound, der sich fortsetzt in meinem Kopf und das Bild, das ich von ihm habe, wie er so still daliegt in seinem Zimmer, schmutzige Teller neben seinem Bett, leere Colabüchsen, die seine Mutter nicht wegräumen darf, beruhigt mich. Dass er sich jetzt nicht mit dem Mädchen auf seinem braunen Spannbettlaken wälzt und ihr schöne Sachen ins Ohr flüstert. Das Mädchen liegt auch zu Hause, atmet leise in ihr Kissen. Nur mein Bett ist leer, denn es ist die schwarze Stunde und ich bin wach. Es ist drei oder vier Uhr morgens. Sehr still ist meine Wohnung. Auf der anderen Seite ist die blaue Stunde, die Stille am späten Nachmittag, bevor der frühe Abend kommt und die schwarze Stunde ist zwischen dem Ende der Nacht und dem noch nicht angebrochenen Morgen. Blaue und schwarze Stunde liegen sich gegenüber, ein Skateboard, das die Rampe raufschießt und im Moment vor dem Stillstand wieder wendet. Zurück auf die andere Seite fährt und wieder rauf bis fast zum Stillstand und wieder wendet. Dazwischen ist diese Schaukelbewegung, Geschwindigkeit, Rhythmus, Puls, Leben, der Tag und die Nacht.

Die schwarze und die blaue Stunde sind still, irgendwas hört auf, wie ein Neil-Young-Feedback, das immer länger wird und länger und unmerklich schwächer, bis es fast nicht mehr zu hören ist, dann fängt ein neues Stück an. Die blaue Stunde ist ein wenig träumerisch. Man liegt zusammen im Bett oder schaut in den Himmel und denkt an

nichts. Die schwarze Stunde aber ist leer. Wie ein Schweben im All, im Nichts und langsam nähert sich das Vibrieren eines Raumschiffs.
Ich lausche in die schwarze Stunde. Das Scheuern der Welt hat aufgehört, denke ich. Gewaltig. Ruhe. Vielleicht fühlen sich so die jungen Astronauten, wenn die letzte Brennstufe von ihrer Kapsel abgestoßen wird. Der Moment, in dem die Schwerkraft plötzlich aufhört. Zuerst ist der Körper überrascht, dann das Hirn, oben und unten sind weg, verschwunden. Keine Autos fahren, damit fängt es an. Die ganze Nacht fahren Autos auf der großen Straße, aber plötzlich fährt keins mehr und ich höre etwas anderes.

Eine Idee von Stanislaw Lem hat mich einmal sehr beeindruckt. Dass der Moment, das Jetzt, zwei Sekunden dauert. Ein Loop also, zwei Sekunden. Ganz schlicht. Wie ein Schleifkontakt. Eine fette Berührung, ein schmatzender Reifen auf dem Asphalt. Tatsächlich schlappt das aufeinander, ein fetter schmatzender Kontakt. Das ist es, was ich jetzt höre in der schwarzen Stunde, nachdem das Echo der Musik verebbt ist.
Die Nadel legt sich auf die Schallplatte und es knistert. Warten, gleich geht's los und für einen Moment kommt das Geisterecho der ersten Rille aus den Boxen.

Jeder muss sich selbst mal hinsetzen, mit dem Finger auf dem Startknopf seiner Uhr. So wie das immer in der Schule ging, wer die kürzeste Zeit schafft, bis auf die hundertstel Sekunde. Nur diesmal sagt sich jeder JETZT und dann muss jeder genau aufpassen, wie lange das dauert, horchen.

Und dann kommt eindeutig ein: Danach. Das Gefühl, dass das Jetzt vorbei ist.
Aber bis genau dahin vergeht Zeit, ein kleiner Raum des Jetzt ist da, der kurz vor einem schwebt. Erinnert mich an die schwarze Blende, die mal in amerikanischen Filmen üblich war, wenn etwas schrecklich Spannendes oder Furchtbares passiert ist. Das Bild wurde schwarz für einen Moment, als würde man die Augen schließen. Und dann ging es an derselben Stelle weiter.

Leichte Kühlflüssigkeit strömt in mein Zimmer. Kühle ohne Licht, Schwarze Stunde Null. Soundtrack vor dem ersten Ton. Überall, die ausgedehnte schwarze Ruhe des Vinyls. Ich liege ausgestreckt und die Holzdielen knacken dazu, ticken wie ein verlangsamter Sekundenzeiger. Knack. Dann wieder lange Pause. Ich warte auf das nächste Knacken, bis ich es fast vergessen habe. Das Holz im Boden, denke ich, es träumt vom Wind, der durch die Äste streift.
Ich habe die Lampen gelöscht. Waren mir zu laut. Das Licht war mir zu laut. Photonenlärm. Da höre ich nichts. Nur ein milchiges Licht ist geblieben, ein schimmerndes Dunkel, weil es auch nicht wirklich leise ist, denke ich. Geräusche und Licht gehen Hand in Hand. Oder die Geräusche leuchten, so wie das Licht Geräusche macht. Ich bleibe einfach liegen. Mir wird langweilig, aber ich bleibe liegen, bleibe liegen.
Ich denke an die Sachen, die ich jetzt machen könnte, aber ich bleibe liegen. Ich könnte mir eine Spätwiederholung von „Außer Atem“ anschauen, Tapes einwerfen und nach irgendwelchen Drogenresten suchen, obwohl nie welche

da sind, weil ich nichts aufheben kann. Oder ich suche nach Geld, weil ich keine Zigaretten mehr habe und dabei fange ich an, in den Büchern zu lesen, in denen vielleicht Geld versteckt sein könnte, weil ich mal die Angewohnheit hatte, mein Geld zwischen die Seiten von Büchern zu legen. Das mache ich schon lange nicht mehr, aber ich blättere alle Bücher durch, weil da noch ein Schein sein könnte, ein alter.

Ich finde auch ganz andere Dinge beim Suchen. Laura hat mir immer kleine Zettel in die Taschen gesteckt, auf denen stand dann: „Mein kleiner Matrose, ich liebe Dich." Oder: „Sei mir nicht böse, heute lassen wir uns voll laufen und benehmen uns daneben, okeh?" Dabei war ich ihr gar nicht böse. Dann finde ich diese Zettel und denke, warum habe ich sie aufgehoben? Ich mag diese Zettel und jetzt habe ich keinen mehr, der mir welche in die Taschen steckt. Die kleinen zusammengefalteten Zettel holen ein wenig wieder das Verliebtsein in mir hoch und ich muss überlegen, was an ihr so schlecht war, an Laura. Was ein ziemlich dummer Gedanke ist, so allein zu Hause. Wenn ich sie treffe, dann weiß ich es wieder. Dann kommt dieses Gefühl wieder. Das Gefühl der Leere.
Also denke ich wieder an Laura. Die Zettel liegen überall verstreut, vergraben und irgendwann werde ich sie wiederfinden. Ich wüsste gerne, was ich dann denke und mir fällt zum ersten Mal auf, dass es zwei Lauras gibt. Schon immer gab. Eine, an die ich denke und eine, die da ist. Was zwei verschiedene Lauras sind. Ich denke gerne an die Laura, an die ich denke. Und wenn Laura da ist, denke ich an gar nichts. Manchmal dachte ich schon, wie schade,

dass Laura da ist, sonst könnte ich an Laura denken, das wäre mir lieber.

Ich denke an das Mädchen, das mir gefallen hat. Das mir wirklich gefallen hat. Nicht nur aus einer Laune heraus. Oder weil ich gerne mit einem Mädchen hier liegen würde, statt an die Decke zu starren. Daran denke ich und liege weiter da, sehe ins Dunkel, in dem ich langsam verschwinde. Ich denke an den Sphärenraum, von dem die Buddhisten reden, aus dem das Ich verschwunden ist, in dem nur noch die freien Energien herumturnen. Ich kann ihn mir vorstellen, ich muss nur länger liegen bleiben. So lang, unerträglich lang, an dem Moment vorbei, an dem ich wahrscheinlich denken würde, ich werde verrückt, oder längst eingeschlafen bin. Aber so lange kann ich nicht liegen bleiben, schließlich habe ich noch was vor. Ein Uhr an der Weltzeituhr, zum Beispiel. Bis dahin an das Mädchen denken und gleichzeitig an Laura, nackt. Ich bin auch nackt und wir liegen im Bett.

Ich stehe auf und schaue aus dem Fenster. Gar nicht gemerkt, dass es geregnet hat. Ein paar träge Tropfen seilen sich noch vom Dach ab und klicken runter ins Dunkel. Der Hof hat den Sound einer Grotte. Einer stöhnt, macht Liebe oder Liegestütze. Viermal ächzt er und sein Echo schlappt gegen die Wände. Leise summeln Synthesizer. Das ist ELO, denke ich, das Electric Light Orchestra. Unglaublich, dass das noch einer hört. So weit weg hört sich das an, als wäre es wirklich ein Echo aus den Achtzigern. Ein Feuerzeug schnappt auf, ganz nah das Geräusch. Gemurmel und ein Vogel krächzt. Das ist Stille. Immer ein bisschen mehr als Nichts, da ein Geräusch und da und die Leere wird ganz groß dabei. Ich sehe den Himmel schon hell werden. Ein Tintenkillermorgen saugt sich in die Nacht. Gegenüber sitzt ein Pärchen im orangenen Licht einer Lampe. Sie sagen kein Wort und halten ihre Gläser fest.

Später, mein Kopf dick und zäh vom Schlaf und von den Träumen, wälze ich mich raus aus meiner weichen Kuhle. So einen Stoff hätte ich mal gerne, der sich anfühlt wie angewärmtes Bettzeug. Glatt und weich wie ein Wachsabdruck, aber geschmeidiger, wie Haut. Muss man nur lang genug nicht waschen, dann wird es immer besser, das Bettzeug. Aber es ist ja nur ein Abdruck meiner Schlafhaut, die da reingeatmet hat, die ganze Zeit, die ganze Nacht. Und ich schnüffle schon daran, an meiner Decke, ich, an einer von mir selbst angewärmten Bettdecke. Au weia, denke ich, jetzt muss aber bald was her, das neben mir liegt. Das Mädchen. Am liebsten. Wie die sich anfühlt? Eher kalt oder weich? Oder eher rau und heiß? Oder hat sie einen Blumenduft? Oder riecht sie wie das warme Holz von einem Bootssteg? An so was darf ich jetzt gar nicht denken. Also Heldenfrühstück. Muss jetzt her. Eine feste, duftende Zigarette. Ein Kaffee. Mit heißer Milch, Zucker, zwei und ich steure schon durchs Zimmer. Wenn ich jetzt keine finde. Das würde mir den ganzen Tag verderben. Dann müsste ich runterstiefeln in so einen Tabakladen und da sitzen dann die Realisten, die um vier aufgestanden sind und mich anstarren mit einem Blick, der mich auf ihre Armuts-Realistengrenze runterbringen soll.

Nicht jetzt. Kann ich jetzt nicht gebrauchen. Ist leer, die Packung. Hier, da ist eine und ich reibe sie zwischen den

Fingern. Braves Mädchen. Alle Fenster auf. Die Stadt käfert schon wieder. Brumm, brumm, die Autos. Hetz, hetz, die Fußgänger. Die Blöden.
Schlechtes Gedächnis. Wem habe ich die schöne Idee geklaut? Dass die laufen und laufen, die Autos fahren und fahren, immer gleich, in jede Richtung gleich viele, damit das Ganze nicht aus dem Gleichgewicht gerät und umkippt, die Ebene, die Scheibe der Welt, so ein Unsinn. Stimmt natürlich nicht. Mal fahren mehr nach links, mal mehr nach rechts. So verführerisch können Gedanken sein, obwohl sie falsch sind. Sollen sie doch. Ich gehe in die Küche.
Das schwarze Pulver in die Maschine. Die Milch auf dem Herd anzünden. Keuch keuch sagt der Gasherd. Zip, zip, sagt mein Feuerzeug. Und ich halte die kleine Zette in den Feuerschweif ... Jetzt rollt sie durch den Tabak, die knisternde Glut. Gedämpft, wie eine Herde Hirsche im Unterholz knickt es und knackt es und der Dampf taumelt in meinen Mund. Was jetzt passiert, weiß ich nicht. Einer hat mir mal erzählt, das Nikotin, der erste Zug, hämmert das Blut aus dem Gehirn, wenn ich rauche.
Soll mir recht sein. Ist die kleine Schwester vom Heroin, die Zigarette. Herinette. Roinchen. Blöd wie Holz fühle ich mich jetzt. Das ist schön. Der Kaffee fängt die Kurve nach unten wieder ab, jetzt kommt die steile Gerade nach oben. Kleiner Bruder vom Kokain. Kleiner Morgenspaß. Ist doch herrlich. Wenn ich mich jetzt schnell hinstelle, werde ich fast ohnmächtig, alles wird weiß, eine riesige Gischtkrone rollt auf mich zu. Die erste Zigarette am Morgen. Sie ist die Königsbiene. Sie summt in meinem Kopf und summt und mir wird ganz warm dabei. Ich denke an das Magma, den leuchtenden Honig und ich bin

schon auf dem Weg zurück zu meinem Bett, um mich da rein zu legen, in einen kleinen weichen Extraschlaf. Dann höre ich die Klingel. Ich sehe mein Bett, die sanfte Kuhle, mit der sich das Bett noch an mich erinnert. Bei mir stehen auch dreckige Teller neben dem Bett. Und zwei Bierflaschen. Wann habe ich die getrunken?

Mikro steht vor der Tür, mit einer Plastiktüte in einer Hand.
„Was los du Stinker", sage ich, „dachte, wir treffen uns in einer Stunde am Alex." Mikro hat mir gerade noch gefehlt, aber Mikro geht gleich in die Küche.
„Hast du Cola?", fragt er, schaut in meinen leeren Kühlschrank.
„Nö", sag ich, „was los?"
„Brauch'n Platz zum Schlafen", meint er. Was jetzt los? Mikro fragt doch nicht, wenn er irgendwo schlafen will. Schläft einfach ein, egal wo. Mitten im Film, jedes Mal. Dann ist er abends hier und das manchmal bis frühmorgens, wenn er eingeschlafen ist auf dem Sessel oder der Couch. Aber was macht er hier mittags, gerade, wo ich mich wieder hinlegen will? Er trinkt einen Schluck Milch und holt eine Kassette aus der Tüte.
„Was is mit deinem Zimmer?", frage ich ihn. Er zuckt nur die Achseln. Ich sage ihm, Gurke ist weg, „kannst sein Zimmer haben. Da hast du einen guten Fernseher." Seltsam, wirklich. Die Vorstellung, Mikro rund um die Uhr. Normalerweise, wenn Mikro kommt, gehen wir gleich wieder los oder schauen fern.
„Nimm dir, was du brauchst", sage ich zu ihm, so als wäre er nur ein Besuch auf der Durchreise, den man irgendwie

unterbringen muss. So was habe ich auch noch nie zu ihm gesagt. Ich denke nur, Mikro, den kenne ich gar nicht. Was ist das für ein Mensch? Kann ich mit dem wohnen? Vielleicht sogar in einem Zimmer wohnen, wenn Gurke zurückkommt? Lass ihn nicht zurückkommen! Muss ich jetzt schnell drüber nachdenken, plötzlich, ganz schnell, weil, das war ja noch nie die Frage.

Ruhig Blut, sage ich mir. Ich sehe ihn, wie er da am Küchentisch sitzt und seine Milch trinkt und wieder mal nichts sagt, wie er überhaupt den ganzen Tag irgendwo herumsitzt und nichts sagt. Bis jetzt war es mir egal. Aber dass er das jetzt bei mir machen will, das ist mir unheimlich. Junge, sage ich mir, lass mal den armen Mikro verschnaufen, der ist jetzt ganz nackt, ohne seine verstunkene Bude. Seine Mutter ist wahrscheinlich in der Klapse gelandet oder verschwunden. Dachte ich mir schon immer bei der, dass die mal in der Klapse landet. Nur was dann mit Mikro passiert, daran habe ich noch nie gedacht.
Ich geh erst mal aufs Klo. „Da sind frische Kleider", sage ich zu ihm, als ich zurückkomme. „Nimm dir was aus dem Schrank, da sind eine Menge Sachen drin, die dürften dir passen." Gute Idee, ein paar neue Kleider für Mikro. Wenn er die anzieht, geht's ihm vielleicht besser und dann kann ich ihn mal ausquetschen, sein Denk- mit seinem Sprechzentrum verbinden. Würde ich wirklich gerne wissen, ob seine Mutter in der Klapse gelandet ist. Oder er ist rausgeflogen. „He", ich schüttel ihn an der Schulter, „wasch dich und zieh dir was Frisches an, wir haben noch eine Verabredung." Weiß er ja nicht, dass es von einem Toten ist, das Zeug in dem Schrank. Mikro trinkt noch einen Schluck,

dann starrt er auf den Tisch, sogar seine Tüte hält er noch in der Hand.

Rasieren muss ich mich noch, merke ich, während ich mir ratlos übers Kinn streiche. Lästig. Wächst schon wieder ein Rasen in meinem Gesicht. Ist er gewachsen, als ich wach war oder im Schlaf? Zum Glück habe ich nicht so einen Tierbartwuchs, dass ich mich dreimal am Tag rasieren muss. Trotzdem wachsen mir harte Haare aus dem Gesicht. Fehler der Evolution. Mikro kann froh sein, dem wächst nur was über der Lippe, so ein zarter Flaum.
Die Haare davon, die habe ich in meinem Rasierer, wenn er mal wieder zu Besuch war. Oder was ist das, das er sich rasiert bei mir? Werde ich ja rausfinden. Also Gesicht abschaben. Fingernägel? Auch schneiden. Ich muss an diese kleinen Puppen denken, in die man oben Knete reinsteckt und wenn man sie drückt, dann kommt die Knete wieder raus als Haare oder Pippi und Kacka.
Mit so was spielen die Kinder. Damit sie das auch mal machen können, Haare abschneiden und Fingernägel und Barthaare abschaben und Popo sauber machen. Ich weiß gar nicht, ob die Knete den Puppen sogar aus den Fingern rausquillt. Aber so ist das. Ständig drückt sich was raus aus einem. Sogar den Toten wachsen noch die Haare und Fingernägel, die Fußnägel, die Nasenhaare, alles. Was soll das? Sehr lästig also.
Manchmal kommt es plötzlich über mich. Von einem Moment auf den anderen muss ich mich rasieren. Ich steh gerade in der Post, noch zehn Leute vor mir oder ich bin gerade unterwegs, Straßenbahn, Bus, irgendwo in der Pampa und ich muss mich rasieren, sofort. Alles Geld der Welt

würde ich dann für eine Rasur geben. Mein Königreich. Das ist eine Schwäche, eine echte Schwäche.
So ein Kerl, der schlecht gelaunt durch eine kohlengelbe Straße im Osten wandert und dem nächsten, der kommt, eine draufhauen will, weil es keine Möglichkeit zum Rasieren gibt. Ich hätte keine Skrupel eine ganze Familie zu töten, nur um an ihren Rasierer zu kommen. Nassrasierer, ohne diesen klebrigen Lubrastrip, keinen Rasierschaum aus der Dose, einfach Seife. Hä? Was? Gibt's im ganzen Haus keine unparfümierte Seife? Das gäbe ein Massaker.

Es gibt diesen schönen Film, in dem ein Verrückter durch irgendeine Erpressung zum Weltherrscher wird. Auf seiner Wunschliste ganz oben: Alle Bärte müssen ab, Ketchup darf nicht mehr in kleinen Portionstütchen verkauft und Popcorn nur noch auf den hinteren Rängen gegessen werden. Alles, was ihn schon immer genervt hat eben. Ich würde sofort befehlen, dass es in jedem Bezirk mindestens fünfzig Barbershops geben muss, ach was, in jeder Straße.
Und Geschäfte, rund um die Uhr offen, versteht sich. Wie die Barbershops auch, in jeder Straße. Und vieles mehr. Aber hauptsächlich Barbershops. Wo auch immer, wann auch immer, überall muss ein Barbershop in der Nähe sein. Zu dem Zweck werden jedes Jahr zehntausend deutsche Pässe in Korea verlost, dann ist endlich alles übersät von winzigen Familienbetrieben, in denen man alles bekommt und ein Raum gleichzeitig Verkaufsraum, Spielzimmer, Frisiersalon ist. Schließlich ist das eine Großstadt, eine gottverdammte Großstadt, eine Hauptstadt sogar.

Hebe ich mir auf für Mikro, denke ich. Was noch alles sein müsste. Ein gutes Spiel. Fällt ihm bestimmt auch was dazu ein, wenn ich ihn mal zum Reden bringe. Musik an allen Ecken, Gratissampler. Und Mangacomics, jeder muss Mangas kennen, so eine olle Kamelle, aber Mikro steht drauf. Das Bad ist voll mit dem Müll, den andere hier zurückgelassen haben. Stapelt sich vor mir auf wie die Wand einer Douglasparfümerie. After Shave Lotion von Adidas. Die ist von Gurke. Kein Wunder, dass er es hier gelassen hat. Stinkt und brennt wie ein Lagerfeuer aus Plastiktüten. Axe, weil er im Grunde seines Herzens doch an die Werbung glaubt. Augengelee vom Bodyshop, von wem ist das denn?
Oliver heißt sein Kumpel, der tot ist. Der ist gestorben und Gurke hat mir sein Zimmer gegeben. Der hat schon bessere Sachen hier gelassen. Mit denen konnte er sich bestimmt zwei Stunden im Bad frisch machen. Auch grauenhaft. So viele Salben und Cremes wie für einen Schwerverletzten. Stutenmilchbalsam, After Shower, mit langsam kreisenden Bewegungen in die Kopfhaut einreiben. Steht da. Ich stell ihn mir vor, wie er vor dem Spiegel steht mit langsam kreisenden Bewegungen und sich die Stutenmilch einreibt. Von Stuten aus der Normandie. Hätte mich auch nicht gewundert, wenn es Mäusemilch aus Pakistan gewesen wäre. Jetzt ist der Junge tot, einfach umgekippt, als er drei Kisten Erdbeeren die Treppe hochgeschleppt hat für seine Geburtstagsbowle. Dabei hat er Sport gemacht.
In der Küche liegen noch seine Hanteln und seine Kraftsportstange. Dieses ganze Zeug, bei dem man nicht außer Atem kommt, aber trotzdem alles rot und dick wird. Der

arme Oliver. Hat sein Schwulsein irgendwie auch als Behinderung missverstanden und deswegen jeden Tag einen Kampf geführt gegen seine Missbildung. Mit Hanteln und Cremes und extraschweren Bauchtrainern.
Abends kam er dann kurz heim und hat sich eingelullt mit glitschiger Musik, Klassik, Rachmaninow, Haydn und was halt so ansteht, wenn man sein Leben dramatisch vergröbern will. Steht alles noch in meinem Zimmer. Und so einer wie Gurke war sein Freund. Wurstig, mit Mundgeruch, ein Brühwürfel, Bauer in der Stadt. Und Oliver, das Thymianpflänzchen, die zarte Seele mit den aufgepappten Muckis. Manchmal möchte ich wirklich gerne wissen, was die sich beim Frühstück zu sagen hatten.

Gurkes Zimmer dürfte Mikro gefallen. Da stehen zwei kaputte Verstärker rum, ein Breitwandfernseher, den er von der Messe abgestaubt hat und ein Regal mit Büchern, die so Dinge wie Computer oder Fahrrad fahren erklären, Steuern sparen und Verdauen ohne tierisches Eiweiß. An der Wand hängt ein hellgrünes Magermädchen T-Shirt, das um die Achseln weiße Ränder hat wie eine Sonneneruption. Von irgendeinem armen dünnen Mädchen, das aus Versehen mit Gurke im Bett gelandet ist. Oder ich stelle mir Gurke vor, wie er es ganz erregt in einem Keller einer Vierzehnjährigen vom Leib reißt. Dabei will ich ihm gar nicht Unrecht tun. Warum sollte so eine nicht in Gurkes Bett landen? Die Trophäe hat was. Schweiß, Sex, Tränen, Drogen, Gutgläubigkeit. Alles drin in dem Leibchen. Das kann sich Mikro jetzt jeden Abend anschauen. Zum Einschlafen. Macht seine Träume warm.
Ich komme zurück und Mikro ist eingeschlafen, auf dem

Küchentisch. Den Kopf auf zwei Parkawülsten, die aus ihm herausragen. Fühlt sich doch schon ganz wie zu Hause, denke ich und mache noch einen Kaffee, so stark, dass der Löffel drin stehen bleibt. Cola heavy gibt es ja leider nicht, mit extra viel Zucker und Koffein. Schade. Muss er mal Kaffee trinken. Alles, was er zu sich nimmt, ist Cola und ab und zu mal ein paar Tabletten von seiner Mutter.

Irgendwas, das angeblich pusht oder downed und was umsonst ist. Davon holt er sich dann auch gleich eine ganze Lage aus der neuen Packung, damit seine Mutter nicht merkt, dass er was von ihrem Gratisvorrat an Valium und Diätpillen abgezogen hat.

Manchmal schenkt er mir so eine Diätpille, aber der Kick ist so mickrig und psychotisch. So was macht auf Dauer wirklich Unordnung im Kopf. Seitdem steck ich die Dinger jedes Mal in die Erde von Gurkes Papyrusstaude. Soll sie abkratzen, diese halb vertrocknete Junkiepflanze, die sich vor sich hinkrümmt und mir in der Küche immer beim Essen zusieht. Aber die Pillen kommen gut an. Das Ding wächst, wie die Pflanze im Little Shop of Horrors. Das muss ich mal Mikro sagen. Steck deine Pillen in den Baum, der liebt das, muss ich zu ihm sagen. In Wirklichkeit, Mikro, frisst du nämlich Pflanzendünger.

Ich glaube, Mikro hat Angst vor echten Drogen. Hat Angst, dass er plötzlich aufgehen könnte wie eine Knospe im Frühling. Eine größere Panik gibt's für Mikro gar nicht, als aufzuplatzen, Energie abzugeben und rein in den Zirkus der wilden Gefühle. Da würde er lieber vertrocknen. Macht sich lieber krank mit Hausfrauenpillen, weil er die umsonst kriegt und irgendwann landet er auf Bonnies

Ranch wegen so etwas Hirnkrankem wie Diätpillenüberdosis. Chemisch schon völlig plem plem.
Das macht die Leute verrückter als jede große Droge, dieses Apothekenzeug. Woher kommen denn die vielen Hysterischen her, die Klaustrophoben und Stumpfen und völlig Paranoiden? Das kommt von den kleinen Pillencocktails. Ganz sicher. Gleich am Morgen ein paar und mittags und abends auch noch mal. Das hat noch keiner erforscht, diesen Tablettenirrsinn, was da alles zusammengeschluckt wird. Und für ein bisschen Kokain soll man gleich in den Knast. Heute ist das so. Was früher eine ordentliche Hausbar war, ist heute die Pillensammlung, Billigpillen, gerührt und gemixt, die alles so anschrägen und abstumpfen, dass man schon so redet wie in einem schlechten Film.

Schläft richtig tief der Junge. Erst mal erholen vom Diätpillenrausch. Oder die Colawirkung hat schlagartig nachgelassen. Ich stecke meine Hand in seine Jackentasche. Üben Taschendiebe wirklich mit Puppen, an denen Glöckchen hängen? Hier, ich fühl es schon, so eine Knisterplatte mit Löchern. Das sind die rausgedrückten Tabletten.
Dann noch was, das sich wie Zäpfchen anfühlt. Der macht vor nichts Halt. Alles raus. Die andere Tasche mache ich auch leer und schmeiße alle weg. Dabei schreckt er im Schlaf hoch und ich stehe da mit dem Zeug in der Hand. Das wäre wirklich ein schlechter Film, wenn er mich jetzt so sehen könnte, mit seinem Monatsvorrat in der Hand.
Aber er sagt nur im Schlaf genervt: „Ich hab den Schlüssel!“ Dann ist er wieder ruhig. Mal sehen, ob ich ihm nicht

ein schönes E besorgen kann. So wir beide, halbe-halbe, ist besser.

Mal sehen, das mit dem E. Habe ich doch geschworen, keinen mehr zu einer Droge zu überreden. Kann ins Auge gehen. Wie bei Horrowitz. Der studierte damals Raumfahrttechnik und ich dachte, der braucht mal was zum Abheben und bringe ihm LSD mit. Eine kleine Menge. Was für einen gemütlichen Nachmittag, nichts wirklich Halluzinogenes, easy.
Und der schluckt das, nachdem ich eine halbe Stunde auf ihn eingeredet habe und wird irgendwann ganz bleich und will raus. Dann sind wir acht Stunden am Landwehrkanalufer entlang und durch die Parks und Tempo-dreißig-Zonen und das Ganze war überhaupt nicht entspannt, gar nicht. Völlig verkrampft bei dem Versuch ruhig zu bleiben. Armer Horrowitz, hatte Angst er hebt wirklich ab.
Wozu hat er dann Raumfahrttechnik studiert? Wollte er nur am Boden sitzen und den Raumfahrern zuhören, wie sie „Huston Huston“ rufen? Die ganze Zeit musste ich mir was einfallen lassen, das sich möglichst langweilig anhört, während es bei mir prickelte und ich ständig lachen wollte und dachte, herrlich, so ein Sommer und jede Menge Geschichten im Kopf, abgedrehte, gute, die man zu zweit weiterspinnen kann, locker, angetrieben von dem guten LSD.
Aber Horrowitz wollte die ganze Langeweile, das Tote, das einen dämpft und müde macht, die volle Breitseite Ödnis, so was brauchte der zur Beruhigung, weil er dachte, das ist die Wirklichkeit. Ich hätte ihn am liebsten angeschrien, du Idiot, die Wirklichkeit ist das, was du siehst, was du

sehen willst, nicht der ganze Dreck, der dich jeden Tag nervt. Mann, lass sie kommen, die Lysergsäure oder wie der Wunderstoff heißt, der im LSD steckt. Aber Horrowitz war überempfindlich wie ein Nervenkranker, den man ständig beruhigen muss.
Das war ein Irrtum mit Horrowitz. Nicht so schlimm für ihn, denke ich, danach war alles vorbei. Aber schlimm für mich. Acht Stunden bester Laune damit zuzubringen, übelste und schlechteste Laune erzeugen zu müssen und an alles denken zu müssen, was einen runterzieht im Leben, weil der Junge das für den festen Boden unter sich gehalten hat. Alles, was deprimierend langweilig ist, hat er für den Boden der Tatsachen gehalten.

Am liebsten hätte er es gehabt, wenn ich ihm AOK-Broschüren vorgelesen hätte oder die Bäckerblume. Medi und Zini, das wäre ihm schon zu aufregend gewesen. Damit hat er mir die schönste aller Drogen verleidet, die schönste aller Drogen hat dabei ihren Sex verloren. Ich weiß, man kann nie einschätzen, was einer verträgt und was nicht. Und auf was für blöde Ideen einer kommt, wenn er was nicht verträgt und einem damit den Rest gibt. Aber das mit Horrowitz ist lange her. Für Mikro muss ich mal eine Ausnahme machen.
„Wach auf, Junge“, schreie ich ihm ins Ohr. „Wir treffen gleich die süße Maus. An der Weltzeituhr. Mach dich mal gelenkig. Ich spendier ein Frühstück. Ich weiß was, da gibt es Würstchen und Kuchen und Cola, so viel man will.“
Mikro reibt sich die Ohren und schlurft zum Klo.
„Und wasch dich mal, du Aso, sonst sitzen wieder die ganzen Wespen auf dir.“ Für Wespen und Mücken, für über-

haupt alle Insekten, die herumfliegen und nerven, scheint Mikro so etwas wie ein Zuckerstreusel zu sein. Ich überlege, ob er sich vielleicht mit Gurkes Axe einreiben soll deswegen.

29 top blaubeermädchen

Das Mädchen steht unter der Weltzeituhr. Sie steht wirklich da, läuft nicht rum oder kommt ab und zu mal vorbei, um nachzusehen, ob schon jemand da ist. Sie steht da mit den Händen in den Taschen. Von weitem sieht sie immer noch verdammt gut aus. Das wird ein Bild für die Erinnerung. Ein Snapshot. Manchmal ist das so, dass ein Bild bleibt. Etwas in mir hat den Auslöser gedrückt, ich weiß es. Ich will es. Das habe ich sonst nie, so etwas wie ein fotografisches Gedächtnis, aber es gibt einige klare Bilder in meinem Kopf, glasklar, die immer bleiben werden.
Eine rote Ampel ist da vor einem Tunnel auf der Achterbahn. Aber ich habe keine Angst. Oder ein Tag an der Ostsee, frittierter Fisch liegt vor mir und im Hintergrund ist der Kiosk mit bunt bemaltem Gitter, an dem es den Fisch gibt und Salz und Servietten hart wie Pappe. An so was kann ich mich erinnern. Ich weiß es in dem Moment, da es ein Foto wird, ein Standbild. Ohne Bilder sind die viel wichtigeren Dinge, die ich nicht erinnern kann. Zum Beispiel mein erstes Mal. Oder der wirklich erste heiße Kuss. Wirklich nicht. Oder wie ich mir das Bein gebrochen habe. Ich weiß noch wie, aber ich habe es nicht vor Augen. Von dem Mädchen habe ich jetzt ein Bild. Sie steht da, weit weg, ohne dass ich weiß, wie sie ist. Welche Logik entscheidet das in meinem Hirn? Ein wenig lomo mein Hirn, denke ich. Ein guter Name, Lomo, falls es mal eine Zeit geben wird, in der man seinem Hirn einen Namen gibt.

Mikro hat ein sauberes Poloshirt an, eine helle Stoffhose von Carhartt und eine Barbourjacke. Alles vom toten Oliver. Er sieht eindeutig aus wie nicht aus dieser Stadt. Eher wie so ein braver Hipster aus der Provinz. Ich habe ihn abgeduscht mit seinen alten Kleidern, sonst hätte er seine stinkenden Lumpen nie ausgezogen.
„Hi“, sagt er zu dem Mädchen.
„Hallo“, sagt sie und küsst ihn trocken auf beide Backen.
„Hallo“, sagt sie zu mir, „wie geht's?“ Sie küsst mich nicht. Auch okeh, ich bin ja schon froh, dass sie nicht Hallo auf Schwäbisch oder Hessisch gesagt hat. Oder auf Sächsisch. Saufroh bin ich. So was passiert ja ständig.
„Hallo“, sage ich auch. „Wir wollen dich mitnehmen zum Sportplatz, frühstücken.“ Kennt sie nicht, also laufen wir los und ich erklär es ihr. Dann sind wir da.
Der Sportplatz liegt an der S-Bahn Hackescher Markt. Eine überwucherte Rennbahn mit Markierungen, die man kaum noch sieht. Ein schmaler langer Bau steht da zum Umkleiden und für die Geräte, grau und platt, mit einem langen Gang und kleinen Räumen, die nur zu einer Seite gehen. Der Platz hat ringsherum einen Zaun und hohe Bäume, sehr hohe Bäume und über den Bäumen schwebt der glänzende Ball des Fernsehturms. So nah sind wir dran, dass er über uns schwebt. Er beugt sich über die hohen Bäume zu uns rüber, ein futuristischer Himmelskörper, während wir zwischen dem Unkraut sitzen.
Ein paar Studenten verkaufen Frühstück an einem Buffet und wir setzen uns auf die Bierbänke, holen ein paar Bagels mit Creamcheese, Muffins, Würstchen und vier Brote mit Erdnussbutter und Nutella, die alle vor Mikro liegen. Mikro schaut seine Brote an und ich das Mädchen. Sie hat

grüne Augen mit braunen Punkten drin. Und beim Gehen dachte ich gerade, sie hätte einen Hüftschaden, einen winzigen, als würde sie hinken, ganz leicht, so wie es die schwarzen Basketballer aus Lässigkeit machen.
Davon bin ich schon ganz verliebt, von so ein paar blöden Kleinigkeiten. Das macht es mir schwer. Wie soll ich da was essen? So was Blödes. Ich kann doch nicht einfach auf meinem Frühstück rumkauen, während sie mir gegenübersitzt? Zwei Jungs, die ihr was vorschmatzen. Schwer, ganz schwer. Was soll ich …? Aber es ist zu spät. Ich bin verknallt, hoffnungslos.
„Wie heißt du?“, frage ich sie.
„Fanny“, sagt sie und ich sag ihr meinen Namen und sage Mikro zu Mikro und sie fragt ihn nicht, warum er Mikro heißt. Sie sagt nur, „so eine Jacke hatte ich auch mal, neu, die hat gestunken wie eine Mottenkugel. Wenn du Leute siehst, die so eine Jacke anhaben, dann weißt du, dass sie sie immer anhaben, weil sie die stinkende Jacke getragen haben, bis sie nicht mehr gestunken hat und dann ziehen sie sie gar nicht mehr aus, weil sie sie so lange eingetragen haben.“ So einen endlosen Satz sagt sie, lächelt dabei und beißt gleichzeitig in ihren Blaubeermuffin und schmatzt ein wenig dabei.
Mikro hat die Jacke aber gar nicht getragen, als sie noch gestunken hat. Das hat der tote Oliver für ihn besorgt. Und er überlegt, ob er was sagen soll, dass er so Jacken nie trägt, nur weil ich ihn hinterrücks nassgeduscht habe oder was auch immer in seinem Kopf vorgeht in den zwei Sekunden, bevor er in sein Brötchen beißt. Alle kauen jetzt. Ich nur ein wenig, weil ich ja nichts essen kann. Ich muss sie anschauen. Geh nicht weg, Maus, denke ich, was mach

ich bloß? Ich kann sie ja nicht anstarren, völlig gehemmt wie ich jetzt bin und mit einem ganz trockenen Mund, in den jetzt kein Essen mehr reingeht.
Ich gehe zu der Baracke. Ich sage, ich gehe noch was holen, Orangensaft oder so. Aber ich gehe, weil ich nichts essen kann. Fanny hat Appetit und isst ihre Muffins. Dabei streicht sie sich die Haare aus dem Gesicht. Nicht zum Aushalten und ich denke, am besten, ich mach erst mal kurz mit einer anderen rum, zum Abreagieren.

So was bräuchte ich jetzt, eine, die mir nicht so gut gefällt, mit der ich hier irgendwo rummachen kann, eine kurze Nummer und dann komm ich zurück und bin schon ruhiger. Dann kommt vielleicht auch wieder ein Satz in mein Hirn, den ich sagen kann, etwas ganz Normales, damit das anfangen kann mit Fanny und mir. Locker, erst mal abtasten, zum Aufwärmen.
Jean Genet fällt mir ein, wie er erzählt, dass er einen Zocker trifft, der sich erst mal einen runterholen geht im Toilettenhäuschen, vor dem Spiel. Zum Abkühlen, sagt der, für eine ruhige Hand, zum Coolbleiben. Schlau. Aber für mich ist das Schwachsinn.
Ich bin verliebt. Das ist so unsexy, da krieg ich keinen hoch. Mir ist schlecht. Alles Nackte ist mir fern. Essen. Reden. Sex. Ich bin das ganz allein für mich, ein hermetischer Liebesball, den Fanny angekickt hat und der springt von einer Wand zur anderen wie ein großer Flummi, auf und ab.
Drinnen ist das Essen aufgereiht und durch ein Fenster sehe ich, wie Fanny sich mit Mikro unterhält. Ein blubberiger Ambientsound läuft und ich setze mich in einen Sessel am Buffet und rauche. Und überlege. Eine unangeneh-

me Aufgeregtheit ist in mir, wie zu große Kohlensäure, die in mir aufsteigt. Wie ist das jetzt schon wieder passiert?, frage ich mich. Jede Menge Verliebtseinsflüssigkeit ist in mir ausgelaufen. War wieder mal randvoll gewesen, der Behälter und Peng, ausgelaufen.
Nicht aufgepasst. Füllt mich jetzt bis zur letzten Faser. Wie ein E, das den vollen Sack mit dummem warmem Glücksgefühl platzen lässt und alles überschwemmt. Ich sollte mich öfter verlieben, damit der Speicher nicht so voll wird, denke ich. Ich zittere schon. Ich sitze in diesem Sessel und zittere. Vielleicht hätte ich vorher ein E nehmen sollen. Überhaupt mehr E's. Habe mich auch schon immer gefragt, ob viele E's den Sack mit Glücksflüssigkeit vergrößern, weil er ständig geleert und wieder aufgefüllt werden muss. Deshalb ist es auch Schwachsinn, immer noch ein E hinterherzuwerfen, wenn das Ding erst mal leer ist. So wie man auch nicht weiterkotzen kann, wenn der Magen leer ist. Vielleicht sollte ich kotzen. Die Verliebtseinsflüssigkeit auskotzen, aber sie ist schon überall. Dieses Gift. Die Hammerdroge.
Da hätten ein paar E's vorher herzlich wenig genutzt. E's sind ekelig. So ein Samtbad wegen nichts. Glück wegen nichts. Unangenehm, nur damit sich eine ganze Generation mal entkrampfen kann. So ein Blödsinn. Muss ja einen Grund geben für einen Glückszustand, einen Auslöser. Wie schlagartiges Verliebtsein. Und darauf folgt dann was. Drama, Glück, Langeweile, das hat Folgen. Ein E hört einfach auf und man denkt nur, jetzt bin aber unglücklich, warum nur? Aber ich hätte eins nehmen sollen zum Vorbeugen, doch. Dann wäre ich jetzt gerädert und unglücklich und dann hätte es mich nicht so kalt erwischt. Jetzt bin

ich Sklave meines eigenen kleinen Chemielabors und die Substanz, die sich in mir freigesetzt hat, schüttelt mich. Eine unangenehme zittrige Euphorie. An der Theke gibt es Kaffee und Orangensaft. Cola.

„Von jedem eins, bitte“, sage ich und während das Mädchen einschenkt, sehe ich eine Narbe an ihrer Hand. Die gleiche Narbe an jeder Hand, außen am kleinen Finger. Sie sieht, wie ich das sehe und lacht mich an, als hätte ich etwas sehr Nettes gesagt. Ich will sie noch mal sehen, die Hände, aber sie ist schon nach hinten und räumt mit leeren Flaschen rum. Orangensaft für Fanny, Cola für Mikro.
„Ich will lieber Kaffee“, sagt Fanny, als ich wieder rauskomme.
„Okeh, teilen wir uns“, sage ich, wir beide, Kaffee und Orangensaft. Einverstanden, sagt ihr Blick. Und er sagt auch, mein kleiner Fisch am Haken. Zu schlau, das Mädchen, denke ich, viel zu schlau. Wie habe ich mich nur wieder verraten? Aber er sagt es sehr nett, ihr Blick.
„Das Mädchen an der Theke“, fange ich an, „die hatte an jeder Hand einen sechsten Finger.“ Mikro schaut auf seine Hand. „Na, da“, sage ich, „da war einfach noch einer dran“ und zeige auf seinen kleinen Finger. „Jetzt hat sie Narben. Schade“, sage ich, „sähe bestimmt gut aus, so sechs Finger an jeder Hand.“
Fanny zieht ihren Schuh aus und zeigt uns zwei zusammengewachsene Zehen. „Haben meine Eltern vergessen. Die haben es nie gemerkt und mir war's immer egal.“ Darf ich sogar anfassen, Fannys Zeh. Ein Häutchen ist zwischen dem Großen und dem daneben. „Das ist eine Schwimmhaut“, sagt sie, „das steckt in jedem drin.“ Ich

denke an die Fischeier und Blumensamen, die im Schwachstrom keimen und dabei ihre Gene umstülpen, sich zurückentwickeln zu ihren Urformen.

„Auf dem Markt", erzähle ich, „da steht ein Sockenverkäufer, der hat keine Daumen. Fiel mir erst gar nicht auf. Aber es sieht schon seltsam aus, irgendwie fischig, so wie man sich Außerirdische vorstellt, mit flossenartigen Händen. Der kann nichts richtig greifen, nur klemmen mit seinen Fingern. Ich hab mir schon oft überlegt, wo der seine Daumen verloren hat. Die Hand ist glatt, da an der Seite, wo der Daumen sein müsste. Eine glatte Narbe."

Mikro wischt sich Krümel vom Mund und sagt, „Vielleicht hat ihm die so ein Perverser abgeschnitten. Erpressung oder so was." Lange Pause, Mikro schmatzt. „Oder der hat keine großen Zehen mehr gehabt und sich dann seine Daumen da unten dranmachen lassen." Wo hat er den Schwachsinn wieder her? Auf Fannys Arm sehe ich eine Gänsehaut, die sie schnell wegstreicht. „Wo hast'n das her?", frage ich ihn. „Wie soll das denn aussehen, hier abschneiden und unten dranmachen?" Aber Fannys Gänsehaut kommt nicht wieder. Schade.

„Hab ich neulich gelesen", sagt sie, „dass es eine Agentur gibt in Russland, die vermittelt behinderte Frauen. Nee, wie heißt das, versehrt, so ohne Arme oder ohne Beine."

„Wie, ‚vermittelt'", frage ich.

„Na, zum Heiraten, behinderte Bräute. Das ist doch krank. Wer steht denn auf so was?" Mehr als du glaubst, Mädchen, denke ich.

„Wieso", sage ich, „das kann doch ganz okeh sein. Zu Hause werden die Mädels nur blöd angegafft und irgendwo sitzt einer, der steht auf so was."

„Das sind doch Perverse“, sagt sie und ist richtig aufgebracht. Dabei hat sie doch selbst so eine süße Gehbehinderung und ich denke das und ein Schauer namenloser Liebe pflügt wieder durch mich durch und ich bin ganz schwach, will ich ihr doch erklären, dass das auch Liebe sein kann, wenn man auf eine Behinderung steht.
„Schau mal Fanny“, sage ich und halte kurz ihre Hand fest, damit sie merkt, wie sie sich aufregt, „jeder hat doch seine Eigenheiten, in die sich ein anderer verliebt. Du zum Beispiel hast wunderschöne Punkte in deinen Augen.“ Mehr sag ich nicht, Mädchen, sonst schlägst du mich. „Und“, rede ich weiter, „eine andere hat vielleicht sechs Finger oder keinen Arm, aus welchem Grund auch immer.“
„Nee“, sagt sie, obwohl sie mich jetzt anlächelt, „aber das geht doch nicht, dass die verheiratet werden, WEIL sie versehrt sind. Was hat denn das mit Liebe zu tun, wenn sich einer eine bestellt aus einem Katalog und die nur nimmt, weil er findet, dass sie eine besonders sexy Behinderung hat?“
„Na ja, doch. Mensch, der Kaffee wird kalt“, sage ich und trinke. „Das hat bestimmt eine Vorgeschichte, warum der auf Behinderungen steht. Irgendein Krieg, eine Erinnerung oder einfach ein Minderwertigkeitskomplex. Kann sexy für den sein, aus welchem Grund auch immer. Der muss sie ja nicht quälen, nur weil ihr ein Arm fehlt.“ Wie soll ich das vernünftig erklären, denke ich, wenn ich nicht alles sagen kann, was ich denke.

Sie wird denken, ich spinne, wenn ich ihr sage, dass das mehr Leute erregt, als sie denkt, so ein Fehlen von einem Körperteil oder ein offensichtliches Anderssein und dass die Erregung trotzdem voller Respekt sein kann. Überhaupt, dass die Versehrtheit nur ein Auslöser ist für die Explosion der Verliebtheit, weil sie etwas berührt, etwas nährt, den Hunger nach einer ganz anderen Art von Schönheit. Fanny, denke ich, Fanny, ich wusste bis jetzt auch nicht, was hinkende Mädchen in mir auslösen. Hörst du mich, Fanny?

Jetzt steht es eins zu eins. Nicht schlecht, Gleichstand. Erst Fanny mit einem eins zu null, weil ich von ihr schon viel zu sehr angetan war und und sie es auch noch gemerkt hat. Dann das eins zu eins, als sie sich aufregt, genauso lächerlich schnell erhitzt ist wegen der behinderten Russinnen wie ich wegen ihr. Hinkebein. Gleichstand. Oder Hin- und Herbewegung. So gerät etwas in Bewegung, durch ein Sich-Offenbaren, im Kleinen, Austausch persönlicher Perlen. Manchmal kippt das auch um, einer nutzt die Unregelmäßigkeit beim anderen aus und will die Oberhand gewinnen aus einem dummen, unwiderstehlichen Reflex. Oder bietet aus Geiz keine Perlen an. Verspielt. Dabei gibt's da nichts zu verlieren oder zu gewinnen. Nur etwas von der nackten Seele zu zeigen.

Ich weiß jetzt, warum ich mit manchen Mädchen die ganze Nacht durchgeredet habe, bis wir erschöpft im Bett gelandet sind. Und aus Erschöpfung Sex hatten. Das war pure Verzweiflung, am Ende des langen Textes, in dem nichts passiert ist. Dann macht man das einfach. Weil man so ausgetrocknet ist vom Gerede. Das war's dann, daraus ist nie was geworden, aus mir und den Mädchen, mit denen ich endlos geredet habe, weil ich mit ihnen ins Bett wollte.

Kein Zauber. Nicht einmal Verwandtschaft. Bei Raymont Radiguet, im „Comte d'Orgel", da steht dieser brutale Satz: „Wie langweilig jemanden zu begehren, mit dem man nicht verwandt ist". Brutal, aber auch richtig oder? Die Verwandtschaft zieht mich zu Fanny. Sie ist nicht meine Schwester oder eine Cousine und doch verwandt, gerade so, dass wir uns anziehen, denke ich.
Aber weiß ich, ob Fanny von mir angezogen ist? Fanny sucht ihre Zigaretten. Mikro schläft im Gras, sein Mund steht offen und ich sehe kleine Mücken, die um sein Gesicht tanzen in seinem Nutellaatem.
„Warte, ich hab welche", und für einen Moment klopfen wir beide unsere Taschen ab. Ich gebe ihr eine und wir stecken die Zigaretten zusammen über dem Feuer. Wären sie nur Würstchen, die wir langsam aufeinander zu essen. Aber wir rauchen. Jeder zieht für sich die Glut rauf zu seinem Gesicht. Wir legen uns auch ins Gras und schauen in den Himmel. Ich streiche Fanny die Haare aus dem Gesicht und dann schaut sie mich an.
„Ich hab einen Freund", sagt sie und sie sieht den Schrecken in meinem Gesicht. Zwei zu eins. Dann streicht ihre Hand meine Wange.
„Nur kein Mitleid", sage ich und sie zieht ihre Hand zurück und schaut wieder in den Himmel. Verdammt, denke ich. Alles abgeschnitten. Die ganzen schönen Umwege, die man macht, nur um zusammenzukommen. Die schönen Schnörkel, zwei vor, eins zurück und der kleine Moment der Verachtung, der immer am Ende der blumigen Gefühle kommt, wie eine Komplementärfarbe, wenn man die Augen schließt, eine grüne Sonne. Die kurze Verachtung, nach der man noch mehr verliebt ist, auf eine andere

Art, mit einem tiefen Schmerz. Alles übersprungen, die Erschöpfung, Erregung, Blindheit, den süßen Unsinn. Und den ersten Kuss.
Ab dem ersten Kuss fließt der Strom in anderen Bahnen. Enter Level 2. Kann das nicht alles ganz normal ablaufen, zwei junge Menschen, die einfach verliebt sind und sich schön lächerlich machen damit? Bis jetzt war ich berauscht, jetzt bin ich nüchtern. Ich küsse Fanny und sie wehrt sich und als sie doch den Mund öffnet, um mich auch zu küssen, stehe ich auf.
„Komm", sage ich, „lass uns spazieren" und sie legt ihre Hand in meine und wir gehen über die grauen Bordsteine und schlendern durch die warme Sommerwand, die träge über der Stadt steht. Warum war ich gerade so überdreht? Kühl und schwer bin ich jetzt. Auch ein Rausch, ein Tiefenrausch, so viele Tonnen kalten Wassers über mir.

30 koscher Liebe eis

Wir gehen an der goldenen Zwiebel der Synagoge vorbei. Polizisten stehen davor. Gelangweilte Besatzer, so sehen sie aus. Menschen kommen aus der S-Bahn und lachen und drehen die Köpfe nach oben. Dann stolpern sie über einen Penner, der auf der obersten Stufe liegt und lachen noch mal. Vor dem Thailokal sitzt ein Pärchen, sie stochern in einem Topf und füttern sich mit Hühnerstückchen. Wir kommen an einem Haus vorbei. Aus einem Riss wächst ein kleiner Baum und wir reden nicht.

Sie hat einen Freund, na und? Den hau ich zu Klump. Ich spann sie ihm aus. Den ramm ich in den Boden. Diese Drecksau. Wenn sie nach Hause kommt, haut er ihr erst mal ein paar rein, das Schwein. Er stinkt nach Knoblauch und Bier. Der soll mir mal über den Weg laufen. Ach scheiß drauf, aus irgendeinem Grund geht's nicht. Schlechter Zeitpunkt, verstehe. Keine Lust sie zu fragen, warum.

Vor der jüdischen Bäckerei steht: „Hier gibt es koscheres Eis" und wir gehen rein und fragen, ob es auch koschere Cola gibt. Die Frau lacht, nein, meint sie, das gibt es nicht. Cola wäre an sich schon koscher und wir schauen uns um und es riecht ein bisschen muffig, wie in einem schlecht laufenden Bioladen. Ich sage zu Fanny, „stell dir vor du bist in New York. Hier geht das. Schau dir die Schokoladen an. Mehl, Dosen, Seifen, Bürsten, alle mit fremden Namen und fremden Gesichtern drauf. Das allein schon ist eine Reise."

Muss auch noch auf meine Liste, denke ich, dass es in jeder Straße einen Laden mit völlig fremden Dingen geben muss. Zum Durchatmen. Alles aus einem Land. So was wie umgekehrte Goetheinstitute. Dass es aus jedem Land Läden gibt, die genauso aussehen und auch so riechen müssen, alles so wie sie es in ihrem Land tun. Nicht nur ein wenig von diesem und von jenem. Komplett, Tür auf und eintreten in eine andere Welt.

Für Fanny kaufe ich eine koschere Hersheys mit Sonnenblumenkernen. „Ich will der Frau doch nicht erklären", sage ich ihr draußen, „dass ich jetzt gerne mit einer koscheren Cola durch die Berliner Straßen laufen möchte."

„Blödsinn", sagt Fanny.

„Doch, doch, so eine rote Dose und da wo ‚light' steht oder ‚cherry', da steht dann ‚kosher'." Sie schüttelt nur den Kopf und schweigt wieder. Ich schau sie mir an und mir wird wieder schlecht. Was kümmert mich die Cola, da geht das Mädchen, das ich liebe. Das ist doch ein Witz. Das Mädchen, das ich keine zwei Stunden kenne. Meine Lichtgestalt, Mädchen mit den schönen Bewegungen, Fanny unter der Weltzeituhr, Gedächtnisfoto, meine kleine Behinderte, Gänsehaut auf ihrem Arm. Und jetzt? Was geht jetzt an meiner Seite? Die Welt strömt um uns herum. Wenn jetzt einer vorbeikommt, den ich gerade heute erst gesehen habe, ich würde denken, wie viele Jahre ist das her? Überhaupt, was ist das für eine Stadt? Nie gesehen.

Fanny könnte auch eine alte große Liebe sein und wir gehen nebeneinander her und wissen nicht, warum wir nicht zusammenkommen können. Das denkt sicher jeder, der uns sieht. Zwei ernste Gesichter, nebeneinander. Ich nehme wieder Fannys Hand und sie ist ganz kalt und verschwitzt. Ich nehme sie und reibe sie an meinem Hemd trocken und dann reibe ich sie zwischen meinen Händen und Fanny muss lachen. Ein wenig, aber sie muss lachen.

„Das ist doch seltsam", sage ich zu ihr, „diese Stadt in der Stadt, wie man da ewig im Westteil vor sich hin lebt und plötzlich öffnet der Vorhang sich und noch eine Stadt ist da. Von so was habe ich immer geträumt. Hinter der Mauer ist eine noch viel größere Stadt. Und gegen diese neue Stadt ist der alte Westteil nur eine öde Vorstadt, ein bebauter Acker. In der neuen Stadt gibt es plötzlich Gassen, Hügel, Straßenbahnen, spitze Winkel, Verfall. So wie eine richtige Stadt sein muss. Das, was ich immer vermisst habe drüben, ist hier."

„Ich war lange nicht mehr hier", sagt sie, „aber es stimmt, es ist eine andere Stadt als die, die ich kenne, eine ganz andere. Obwohl die Häuser die gleichen sind, die Gassen, eben alles, auch die Straßenbahn ist noch die gleiche."

„Ich denke", sage ich ihr, „dass das vorher nur auf eine komische Art beleuchtet wurde und dass man als Westbesucher gar nichts sehen konnte, als hätten sie ein Licht gehabt, das alles unscheinbar macht. Wie das Rotlicht in einem Fotolabor, alle Details verschwinden, alles wird eins. Ein Licht, nur dazu da, damit man etwas erkennen kann, aber nichts wirklich sehen."

„Hier hat mein Vater gewohnt", sagt Fanny plötzlich und zeigt auf den zweiten Stock von einem grauen vernarbten

Haus. In der Fassade noch die Löcher von Maschinengewehrkugeln. Ein Bursche mit Latzhose sitzt im Fenster, auf das sie zeigt und leckt seine Zigarette ab. Sie schaut hoch. Ich schaue sie an. „Da staunst du, was“, sagt sie.
„Ja und ich dachte, du wärst auch aus dem Westen.“
„Nee, da ich war ganz klein, da habe ich hier gewohnt. Aber jetzt ist er schon eine Weile tot, mein Vater. Fleisch hat er gefressen wie ein Wolf. Davon war der schon ganz rot im Gesicht, vom vielen Fleisch.“
„Und, warst du sein Schatz?“, frage ich sie und sie lacht. Weil sie mein Schatz ist.
„Klar, war ich das, ich habe ihn doch jeden Monat besucht, aber ich weiß nicht, worauf er sich mehr gefreut hat, auf Zigaretten und Whiskey oder auch mich. Er wollte sogar mal, dass ich ihm Autoteile mitbringe, damit er was verdienen kann. Da war ich gerade mal zehn. Ich weiß gar nicht, wie er sich das vorgestellt hat, ich mit Ersatzteilen in der Straßenbahn bis zu ihm.
„Und was ist mit deiner Mutter?“
„Meine Mutter ist verrückt. Hat sich mit mir in den Westen abgesetzt ohne ihm was zu sagen. Meine Eltern haben sich nicht besucht, aber als mein Alter gestorben ist, ist sie erst richtig verrückt geworden. Komisch oder?“

Ich streiche ihr die braunen Haare aus dem Gesicht. Feste, feine Kastanienspaghetti, denke ich. Einen Teil davon hänge ich ihr hinters Ohr. Sie hat mich gewarnt. Jetzt darf ich alles, auf eigene Gefahr. Ohne ewiges Hin und Her, dem komplizierten Magnetismus zwischen zwei Fremden. Zwischen zwei Fingern habe ich ihr Ohr, ein richtiges Mädchenohr, mit noch schwachem Glanz in der Höhle.

Ich sehe meinen Finger, der ihrer Muschel folgt. Dann schaut sie noch einmal hoch und wir laufen weiter.

„Bei meinem Vater war das Wohnzimmer immer dicht vom Nebel. Er und seine alten Arbeitskumpane, die rauchten richtiges Kraut, Zigarillos, die ‚Sprachlos' hießen und dicke Stumpen und redeten in einem durch. Männer, wie man sie in alten Filmen sieht, deshalb war ich auch so gerne da. Die kamen und erzählten ihre besten Geschichten für ein paar Schluck von dem Westwhiskey. Mein Vater hatte mich im Arm, der hatte eine Stimme, die hat so vibriert, dass ich sie durch sein Hemd gespürt habe. Nur von den Geschichten weiß ich keine einzige mehr. Ich glaube, ich habe gar nicht zugehört. Dann bin ich wieder allein zur Straßenbahn und nach Hause, mit sieben schon habe ich das gemacht. Gut, ne?"

„Tapfer", sage ich und drücke sie an mich. Ich bin wirklich beeindruckt.

„Wie kommt das", frage ich sie, „dass in der DDR ganz andere Gesichter gewachsen sind. Die Körper und die Gesichter, die haben sich verändert im Westen, jedes Jahrzehnt hat seine Gesichter, immer wieder ganz andere Menschen, nur hier, hier gibt's noch die gleichen Typen, so eine kernige Menschensorte, wie aus den Filmen der Dreißiger- und Vierzigerjahre. Und es gibt Siebzigerjahregesichter, auch noch ganz viele, mit einer schönen naiven Hoffnung drin. Die schaue ich mir gerne an."

„Und wie seh ich aus", fragt Fanny und wirft mit einer koketten Bewegung die Haare zurück, „mehr Dreißiger oder mehr Siebziger, hä?"

„Du hast Haare wie aus einer Shampoowerbung", sage ich. „Wenn die Haare in Zeitlupe fallen und sich auffächern."

Ich kriege einen Schlag in die Seite von Fanny. „Aber jetzt weiß ich schon so viel", sage ich, „dass deine Familie aus dem Osten kommt. Bist aber im Westen aufgewachsen. Irgendjemand meinte mal, dass die unterschiedliche Babynahrung schuld daran ist, dass die Menschen im Westen und im Osten so verschieden aussehen. Im Westen eher verschwommen, unscharf. Ich zum Beispiel, ich sah nicht so gut aus als Teenager, unmöglich, quallig. Und du, du sahst bestimmt schon immer aus wie ein junges Fohlen."
Jetzt schiebt sie mich mit einem Ruck weg.
„Wie ich jetzt aussehe, du Idiot", fragt sie. „Wie ein Dreißigerjahre-, Siebziger- oder sogar wie ein Neunzigerjahremensch?" Also schau ich mir sie noch einmal an, was komisch aussehen muss, ein Kerl, der sein Mädchen auf der Straße an den Armen festhält und ihr ins Gesicht starrt.
Jetzt fällt's mir auf, Fanny sieht aus wie Foxy Brown.
„Du siehst aus wie Foxy Brown. Nicht wie sie jetzt aussieht, sondern wie Foxy Brown natürlich. Wow, so siehst du aus." Und wieder hämmert mir was durchs Herz bis ins Hirn, wie der erste E-Schauer.

Das ist er der Unterschied, denke ich und das ist mir vorhin nicht eingefallen. Dieser Verliebthammer macht mich ganz kühl, obwohl mein Herz mehr ploppt als schlägt. Ecstasy macht warm, wachwarm, nicht wachkühl. Und ich will sie jetzt auch nicht anfassen. Ich will sie nicht plötzlich küssen, weil ich so verliebt bin. Auf E muss man ja immer alles anfassen. Alles zu perfekt durchblutet.
„Na komm, ich bin nicht Foxy Brown", sagt Fanny und läuft hinter mir her. Die gute Fanny, wie lange kenne ich die schon?

„Weißt du wie es zurückgeht?" Und Fanny führt mich durch die Straßen zurück.
„Und wie sahst DU aus als Junge?", fragt sie mich und hängt sich bei mir ein.
„Willst du es wirklich wissen?"
„Ja, klar."
„Ich war dick und irgendwie war ich auch verwirrt. Ich war innen gut, aber außen mit Hut oder wie das heißt."
„Und dann?"
„Dann hat sich das von alleine geändert. Die Mädchen haben sich endlich für mich interessiert und ich dachte, okeh, dann interessiere ich mich eben auch für Mädchen. Ich hatte eine große Schwester, also dachte ich erst mal, alle Mädchen sind wie die, also was soll ich mit denen."
„Und dann, welche war dein erstes Mädchen?"
„Du bist aber neugierig. Wenn ich dir jetzt alles erzähle, dann sehen wir uns vielleicht nie wieder."
„Wieso, gibt's was zu beichten?"
„Nee, aber dann gibt's nichts mehr zu fragen."

Dann kann ich Mikro von weitem sehen, wie er am Tisch sitzt und isst. Sieht aus, als wäre er völlig allein auf dem Sportplatz.
„Ich wette, sie haben ihm die Reste geschenkt", sage ich zu Fanny. Und kurz habe ich ein schlechtes Gewissen wegen der Pillen, die jetzt nicht mehr in Mikros Tasche sind. Ist aber trotzdem ein sehr schönes Bild, wie Mikro da sitzt an seinem Biertisch, auf dem leeren, verfallenen Sportplatz. Ein Gurskybild. Kein: Erinnerungsfoto.
Ich sage zu Fanny, „Mikro wohnt seit heute bei mir. Ich glaube, seine Mutter ist durchgedreht und er ist rausge-

flogen. Ich will ihn mal ein bisschen aufpeppen." Mikro merkt, dass ich etwas zu Fanny sage und schaut Fanny an und sie sagt gleich, „Gut geschlafen?"
„Hmm", sagt Mikro und Fanny und ich machen uns über seine Reste her.

Jetzt kommt der Durst. Wir müssen was trinken. Dieser ganze trockene Kuchen. Wir gehen zum WMF, zum hundertmal alten und wieder neuen WMF. Macht bald wieder zu, sagt Mikro und wir schleichen rum im Vorgarten. Oben auf der Mauer Stacheldraht. Plastikstühle und eine verschlossene Tür. Wir wollen gerade wieder gehen, da geht sie auf und einer schnippt was raus.
„Könnt so rein", sagt er zu uns und winkt uns rein.
Hinter ihm sitzt ein Mädchen in Schwarz mit einer Lacklederjacke und bewegt den Mund. Neben ihr einer, der lacht und das Papier von seinem Joint nassschleckt. Aus dem Keller scheppert der Lärm der Maschinen. Junge ist das dunkel. Wir gehen runter und mit jedem Schritt weiter nach unten ordnet sich der Lärm zu Sound.
Fanny holt uns Cola und wir setzen uns auf die weichen Couchzungen und trinken. Zeitreise. Schnitt, neue Szene. So sitzen wir hier, Training der Jugend. Wie Militär-Spezialkommandos auf LSD, ständig wechselnde Wirklichkeiten, Wummern, Licht zuckt, dann wieder raus in die Mittagssonne und dann wieder rein ins Schwarz, in den Lärm, so als würde die Welt explodieren. Und nur das Ich bleibt in der Mitte stehen, wie durch ein Wunder. Oder das Wir und drum herum wirbelt die Welt. Wir bleiben ganz ruhig dabei und trinken an der Cola, mmh. Ein schmaler Junge legt auf, sieht aus wie ein gebückter Zwerg,

lauscht in den zwischen Kopf und Schulter eingeklemmten Kopfhöre; dann kommt es zu uns, verzögert durch den Raum.

Ein paar träge Gestalten liegen auf Sofas, Stufen, rauchen. Hin und her wischen ganz dünne Mädchen und Jungs, magere knochige Gestalten mit leuchtendem Blick, an denen nicht einmal mehr ihre engen T-Shirts anliegen. Huschen hin und her wie fleißige Novizen. Jetzt ist es gut, dass ich den DJ sehe, woher der Sound kommt, der alles steuert. Braucht also doch Licht, Licht um ihn rum. Jetzt bin ich froh, dass ich ihn sehe, wie er seine Platten rausflutscht, zurückschnippt, lauscht, kurz stillhält, dann wieder mit der einen Hälfte seines Kopfhörers am Ohr, weiter wippt, sein Körper, sein Arm ganz ruhig, zusammen mit dem Plattenarm. Ohne ihn wäre alles hier völlig raum- und zeitlos.

Einer steht da, ein Mensch im Licht und arbeitet. Beruhigend. Jetzt kann ich die Augen zurücklehnen, ja zurücklehnen. Nicht jeder muss sich erst zurücklehnen und dann die Augen schließen. Zu, die Augen. Sind auch ganz still, die anderen. Wir machen Pause. Wir gehen, wenn unsere Gläser leer sind. Moment des erschöpften, entspannten Glücks, in dem noch der leise zitternde Sommertag ist; und erst schwer, dann immer leichter, kämpfen sich die wabernden Bakterien des Sounds zu mir durch, rein in meinen Kopf.

Schaumkugeln ploppen aus ihren feuchten Hüllen, steigen auf, vibrieren nach oben in einem langen dünnen Glas, werden zu einem Klopfen, Summen; ein Zeitrafferfarn schlingt sich um den fetten Ebenholzstamm, saftiges Holz, dieser Bass, wird Wald, eine Wand aus pochendem Holz, stirbt, verwest, bis er am gnadenlosen Rand der Schwingung verdampft, kommt wieder, ein schimmernder Körper, außerirdisches Metall, das sich an meinen Menschenleib drückt und singt wie eine straffe Saite, kühle Wellenkämme, zerfallen wieder, dunkler Lehm, schwarze Erde und Perlen sprechen zu mir, Singsang, werden ein unendlicher Ton über den harten Würfeln des Basses; schmatzender Sirup, Nadeln eines Breakbeatbogens tauchen auf, kichern, werden zu zitternden Blechscheiben, wütenden Regentropfen, die ihre verschlungenen Ornamente hämmern; der Bass morpht und morpht, über ihm schweben Nano-Tech-Elfen, bilden Noten, lächerlich, sind Licht und etwas kommt ganz nah, eine tiefe Frequenz krallt sich in den Beton, Junge, und wälzt sich durch dunkle Gewölbe und Tropfsteinhöhlen; ganz oben stehen Bläser auf einem schmalen Sims, ziehen lange Fäden aus ihren Trompeten, steigen höher und höher und verschwinden aus meinen fleischigen und roten Ohren, weg, Frequenzen, die verduften, klar, schweben wie ein Gas vor mir und kurz sehe ich die Wellenlängen, die oben und unten sichtbar werden, die nie jemand sieht, denn wir leben im Zwischenreich, über mir und unter mir geht die Welt endlos weiter, in einem Stück, nur ein verdammtes Level, auf dem wir sind, weiter weiter, ich will hören, wie sterblich ich bin, wie der Gesang ins Unhörbare verdampft und die Bässe versickern.

Wie fein schwingt der Diamant, denke ich plötzlich, wie er die Töne kratzt aus den Fossilienresten der Platte, aus den zu Öl, dann zu Plastik und dann zu Vinyl gewordenen versunkenen Welten der Urzeit. Dunkle und schroffe Seebeben, lichtlose, tiefe Käfer, Saurier, Mammutbäume, Millionen Jahre tot und jetzt darauf eingekratzt die erst vor einem Bruchteil einer Sekunde ausgedachten Sounds, beschwingen sich gegenseitig, die geballte Urzeit und der Moment, das Jetzt, verschmelzen. Synthesizer schweben, Sirenengesänge, Schwingungen einer nichtmenschlichen elektronischen Erinnerung.

Guter Sound hat Humor. Eine Herde knisternder Mammutchipstüten stürmt über uns weg, hinterher ein Rudel schnappender Reißverschlüsse, auf und zu, auf und zu, oohohojeeah singt eine billige Soulmuschi und wird sofort gescratcht, zerrissen, zerraspelt; ein watschelnder Beat, träge, explodiert in einen Schwarm aggressiver Breakmoskitos, wird wieder still; ein Glas Milch fällt um und das weiße Fett tropft auf eine Hose. Mit den Ohren kann man mehr sehen als mit den Augen, denke ich.

Aber für die Augen, wenn ich sie aufmache, ist auch was da, über der Bar wabernde Gazeschichten, in denen nervöse Toffifees aus orangem und weißem Licht hängen. Leise wimmernde Geisterkerzen, traurige Mädchenseelen. Mischen sich gut mit dem Sound. Er schießt seine glänzende Aluminiumspäne da rein. Das Licht wird dumpf davon, so klar ist der Sound. He ihr Photonen, was ist denn los mit euch? Sie ergeben sich. Stratosphäre, Supraschall, der Sound hat das Kommando, tastet jeden ab, mit langen Fingern aus Psi. Meine Güte, der ganze Raum hier, düster, glibbrig, ein Walbauch.

Zehn Minuten vielleicht. Fünfzehn genügen und wir gehen die Treppe wieder rauf, ins Licht. Einer sitzt noch da und macht ein müdes Gesicht, nickt uns zu und wir gehen

raus in den Sommernachmittag als wären wir nie weggewesen. Die laue, schläfrige Luft ist wieder um uns herum, mit ihrem Sommerlicht aus Glas.
„Da steht mein Bus“, sagt sie und wir gehen mit und sie steigt gleich ein.
„Tschau, bis dann.“
„Tschau.“ Schweigen. Dischsch, macht die Klapptür und der Bus fährt ab mit Fannys Gesicht. Traurig. Was ist los mit dem Mädchen?, denke ich, aber der Bus ist gleich losgefahren, ich wollte sie mir gerne noch mal anschauen. Ob ihr Gesicht wirklich so kalt war. So plötzlich. Verdammt.

„Hat einen Freund“, sagt Mikro. Ich schaue ihn an. Der Kerl ist kleiner als ich, aber er schaut mir in die Augen. „Die ist verknallt“, sagt er und schaut wieder weg, auf den schmalen Weg aus Platten, der über den Rasen führt.
„Wie? In wen?“, frage ich. „Hallo, in wen denn?“ Ich könnte ihn schlagen. Gib Antwort, Junge. Meine Hand schlägt auf seinen Hinterkopf, bremst kurz davor ab. Ich mache das passende Geräusch dazu. Mikro läuft vor mir her, wir gehen über die steile Brücke und sehen von oben die Kähne fahren. Unter uns durch. Lange Kähne, extralang. Was soll das jetzt?, denke ich. Scheiß drauf. So ein Gezicke, mal hin, mal her. Und dann so ein Abgang. Muss sie streichen aus meinem Kopf, das Mädchen. Wenn ich nur nicht schon so voll gesogen wäre von ihr, süchtig.
Ich muss aufhören an Laura zu denken. Ich muss aufhören an Fanny zu denken. An welche ich auch denke, ich ärgere mich. Oder mir wird schlecht. Woody Allen macht das in einem seiner Filme. Jedes Mal, wenn er sich verliebt, wird

ihm schlecht und er muss kotzen. Ich bin in Laura verliebt. Immer noch. Und natürlich in Fanny. Ich bin in Laura verliebt, aber es ist die Laura, an die ich denke. Es ist die Laura, an die ich dachte, denn als es vorbei war, war die Laura, an die ich dachte, natürlich eine andere, eine Verlassene, eine, die mich ärgert. Ich habe es verdorben.
Ich würde wirklich gerne zu ihr hingehen und sagen, vergiss das mit dem Verlassenwerden. Es ist völlig unwichtig. Seelenkram. Lass uns ab und zu zusammensein, dann kann ich an dich denken. Ich kann denken, Laura, meine Laura, wie verliebt bin ich in meine Laura, wenn ich an sie denke. Aber es ist zu spät. Dafür denke ich jetzt an Fanny.
Nein, ich schalte ab. Ich schließe die Kiste ab, mit Fanny drin. Sei still, Fanny. Aber sie wollte mich küssen! Sei still, Liebe und Ärger mit Liebe. Sei still, Denken. Ich schaue nur auf meine Lieblingslandschaft. Der Fluss teilt sich am Bug des Bodemuseums. Alles ist grau und grün. Verfall und Bäume. Bewegung und Alter. Fast schon vergiftet, so romantisch ist diese Stelle hier. Mit den alten Säulen des Museums und dem ständigen Fluss, der schmutzig und teilnahmslos ist.
Hinter der Brücke steht gleich ein kleiner Wald, viereckig dahingepflanzt und ein unglaublicher Lärm kommt von da, ein Kreischen und Schreien und Vogelscheiße tropft von den Bäumen runter. Die Vögel kann man nicht sehen. Sie stecken in den dichten Ballen aus Blättern oben. Nur der ohrenbetäubende Lärm ist da und ab und zu tropft es. Menschenleer. Auf der Museumsinsel. Im Sommer! Was für ein Vakuumort, kein Wunder, dass die Vögel so laut sind. Zwei Mädchen, die nebeneinander herradeln, kom-

men näher. Eine gebückte Oma, im Mantel, läuft unter den Bäumen durch, durch den Gestank. Ein Schwarzer, der auf den Fluss schaut. So ist die Besetzung. Und die Vögel, eine ganze Stadt, die unsichtbar ist.

Zwischen den großen Palästen und Tempeln liegt der schöne alte Asphaltbelag, wellig und mit Löchern. Gegenüber, von wo wir kommen, da würde ich gerne wohnen. Der Blick auf den Fluss, die Brücke, die alten Angeberbauten, schön graubraun, fleckig, italienisch, das kommt gut, ist gut für das Gehirn, so eine verrottete, absurde Kulisse. Da kann ich nur Neues denken, immer etwas ganz Frisches, wenn ich auf den ganzen Tag auf diesen elegischen Verfall schaue. Groß auch, natürlich, so ein Panorama, ganz oben, aus der obersten Wohnung, den Blick ganz für mich allein auf die Insel, die im Fluss schwimmt wie ein Schiff, das man von der Seite sieht. Und immer ist ein wilder Himmel oben drüber, muss er sein, denn das Panorama ist ja romantisch. Alle Leute, die kommen, glotzen nur vorne, Unter den Linden, die Staatsoper und laufen weiter und ich, ich habe den Ausblick für mich, die alberne Breitseite des Pomps, was mich mit seiner Lächerlichkeit versöhnt.
Nicht nur die Erdkugel hat ihre Pole. Auch eine Stadt hat sie. Magnetische und geographische. Der magnetische ist der wichtige, weil sich nach ihm der innere Kompass anrichtet. Das hier, dieser Ort, ist ein magnetischer Pol, die Insel, der Sportplatz mit den hohen Bäumen rundherum, der Hackesche Markt, über den die S-Bahn fährt. Straßen winkeln sich ab mit speckigem Pflaster, Straßenbahnen klingeln. Verdichtet. Absurd auch. Weil so vie-

le Dinge aufeinander treffen, eine ländliche Impression, die Idee von Stadt, das aphatische Wasser, Schienen aus Eisen und die ungewöhnliche Stille. Unsichtbares Herz der Stadt.
An den seltsamsten Stellen spürt man plötzlich die magnetischen Felder. Man geht herum und plötzlich ist da was, Schwerelosigkeit, eine Mitte. Das kann eine öde Straßenecke sein, eine Wasserpumpe auf einem verlassenen Spielplatz. Ein Winkel in einem Bahnhof, in den das Licht fällt, oder auch draußen ein Feldweg, über den sich ein Baum lehnt. Bleibt jeder stehen und denkt, was ist das? Aber das Gefühl ist nicht zu fassen. Wie hier. Hier will ich wohnen und mich jedes Mal, wenn ich rausschaue, fragen, was ist das? Und es im Grunde meines glücklichen Herzens gar nicht wirklich wissen wollen.
Ich drehe mich noch mal um. Die Bagger sind schon da, die gelben Steinknacker, die Eisenschaben, die alles platt machen. Auch die Museen werden abgekratzt und neu gestrichen. Wie gern wäre ich ein DDR-Bürger gewesen und hätte hier die romantische Betäubung genossen. Aber jetzt ist Aufbruch. Eine Bankfiliale kommt, immer, und ein Spielplatz. Vielleicht auch kein Spielplatz, ein Fahrradweg auf jeden Fall und Läden, in denen man was Teures trinken kann, die sich gleichen, im Aussehen und in den Preisen.
Blöde Provinz ist das. Wenn schon, dann Wolkenkratzer reinrammen, einen Drive-in dazu und eine gigantische Fontäne, die im Sommer den Wasserdampf bis in die umliegenden Straßen sprüht. Etwas Abnormes, das Mensch und All verbindet. Nicht so was Mickriges wie eine Galerie und ein schräg abgesägtes Kundencenter. Wir gehen bis

zur gelben Stange an der großen Straße und Touristen stehen da und Taschendiebe, die ständig auf die Uhr schauen. Wir quetschen uns in den Bus. Der ist gerammelt voll mit neuen Gesichtern.

31 schwarz und weiß

Eine Frau aus Gips streckt ihr Gesicht aus unserem Haus, über der Tür. Ihre dicken Backen sind dunkel vom Dreck der Straße, aber sie schaut verzückt. Streng auch. Über unsere Köpfe hinweg. Ranken aus Stuck umranden ihr Gesicht und zum ersten Mal frage ich mich, wo im Haus ihr Körper steckt. Mädchen laufen vorbei, sie kichern. Jungs mit Nike-Käppis kommen ihnen entgegen. Wir legen uns erst mal ab. Mikro vor den Fernseher, ich aufs Sofa in der Küche, überdreht, Chaos, Hormone oder was ist das? Vor allem, was passiert mit mir? Wieso geht sie einfach? Na ja, kenne ich auch. Plötzlich keine Lust mehr, allein sein wollen. Aber dann steige ich doch nicht einfach in den nächsten Bus. Oder doch? Scheiße, keine Lust, darüber nachzudenken. Das wird schwierig, wenn es überhaupt etwas wird. Einen Freund haben, aber mir schöne Augen machen bis kurz vor der Kernschmelze. Hin und her. Statt locker bleiben. Soll sie zwei Jungs haben, na und? Was ist das denn für ein Entscheidungskampf im Hirn? Ach, keine Lust.

Habe ich was falsch gemacht? Hat sie nicht gemerkt, wie verschossen ich in sie bin? In der Schule habe ich Jahre gebraucht, um mich an die Mädchen ranzuschleichen, in die ich verliebt war. Ein paar von ihnen haben es wahrscheinlich bis heute nicht gemerkt. So umständlich bin ich. Obwohl, ich habe sie geküsst. Und dann wollte ich nicht, dass sie mich zurückküsst. Also zicke ich selber rum. Ich

weiß es nicht. Zurückspulen, vorspulen, verdammt, irgendwie funktioniert das nicht.
Ich mache mich frisch. Brauche ich jetzt. Kaltes Wasser ins Gesicht, die Hände reiben, den Nacken, Augen zu, alles abwaschen. Seife. Ich glaube es nicht …! Da steht ihre Telefonnummer. Da steht ihre Telefonnummer! In meiner Hand! Und ich wasche sie gerade ab. Ja dann, denke ich. Ja, was dann? Jetzt muss ich sie auf jeden Fall nicht suchen, falls ich das überhaupt wollte. Jetzt muss ich sie nicht suchen wie ein Depp und wieder in diese Höhle gehen, weil sie da vielleicht arbeitet. Und ich muss auch nicht denken, sie ist weg! Ich kann sie einfach anrufen! Aber ändert das was?
Also wasche ich die Hand nicht. Erst mal überlegen. Wenn sie morgen noch da steht, dann okeh. Wenn nicht, dann nicht. Auch blöd. Chemischer Sog in meinem Hirn. Ich kann denken, was ich will, aber ich kann nicht an nichts denken. Und, nein! Was ist denn das schon wieder? Nicht jetzt, bitte. Ich komme nicht mehr weg von dem Hahn. Ich dreh ihn wieder auf, wieder zu, noch mal kurz auf, zu.
Jetzt fester. Noch mal auf und zu, ganz schnell. Mit dem richtigen Dreh. Wie Jack Nicholson in „Besser geht's nicht". Der macht das aber wenigstens regelmäßig, der hat seinen Rhythmus. Bei mir ist das unkontrolliert, ich bin eine Frequenz zwischen zwei Sendern, die hin und her schwankt. Können linke und rechte Gehirnhälfte asynchron laufen?, denke ich. Oder wie heißt das? Psychotisch, neurotisch? Nerv mich nicht, Tick.

Ich mache was ganz Normales, ich denke an etwas ganz Normales und plötzlich verhaspeln sich meine Sounds. Beatsalat. Der DJ sieht verzweifelt aus, schlecht gepitcht,

Chaos, die Körper schlenkern aus, schalten runter und starren ihn an. Nur habe ich kein Publikum. Flip. Flop.
Ich kann sie anrufen oder auch nicht. Unentschieden. Bei so was kommen dann die Ticks, ich komme aus dem geheimen Takt. Ich schalte einen Lichtschalter, klappe eine Klappe, drehe einen Hahn oder stelle ein Glas auf den Tisch. Immer wieder, bis der Drive wieder stimmt. Vielleicht bin ich ein Film. Noch mal und noch mal, bis die Einstellung im Kasten ist.
Eins, zwei, drei, vier, fünf, zählt Nicholson, so macht der das. Alles fünfmal auf- und zumachen, ein und aus. Das ist lächerlich, das hat nichts mehr mit Zählen zu tun. Es geht um den Rhythmus. Muss fließen, weitergehen. Es gibt nur eine lange Einstellung ohne Schnitt. Nicht mehrere, nur eine. Eine Mischung aus falsch und richtig, aus gut und weniger gut. Also kein Grund für solche Ticks. Aber wie sage ich es meinem Hirn?
Das hatte ich lange nicht mehr. Ich fange dann an, alles zu bewegen, wie eine Rhythmusmaschine und dabei komme ich nicht vom Fleck. Ich will jetzt raus aus dem Bad, na los! Ich brauche nur einen guten Abgang. Okeh Schrank, noch einmal klapp ich dich zu, auf, zu, jetzt. Ganz langsam rückwärts rausgehen. Nein, schreie ich, jetzt ist Schluss. Sollen die Sachen im Bad sich alleine beschäftigen.
Das kommt auch von der Langeweile, der Kinderlangeweile. Nicht auf die Ritzen treten und so. Gehwegplatten, Bordsteine, Kachelböden, so was, gegen die Zeit, die endlose Nichtmusik, dass da kein Beat ist im Leben. Welchen Rhythmus habe ich, wo kommt der her? Jeder will das wissen. Und bei manchen ist dieser Hirnmuskel, der den Rhythmus macht, zu gut ausgeprägt.

Also auf dem Heimweg nicht auf die Ritzen der grauen Platten treten, nach der Kurve nur in der Rinne laufen und jeden Laternenmast berühren. Vor dem Haus dann einmal linksherum drehen auf einem Fuß, aber nur auf einem! Ich stand mal vor einem Fahrstuhl und als die Tür aufging, sah ich einen, der gerade dabei war, die kalte Fahrstuhlwand abzulecken. Er hörte einfach auf. Nur an der Wand konnte ich noch das Kondenswasser sehen, das langsam verdampfte. Sonst hätte ich meinen Augen nicht getraut.

Belmondo in „Außer Atem", er schüttelt alle unnötigen Bewegungen ab, die nicht in den coolen Drive passen. Kein Jazz, Breakbeats müssten heute dazu spielen, passt zu den schnellen Schnitten. Das wäre gut. Sich überlagernde Ornamente des Nichtstuns. Nervöse, sinnlose Muster und immer wieder die gleiche Zigarette, die gleiche Wolke, die aus dem Mund kommt und verdampft. Das kommt dem Rauschen nahe, von dem ich träume, dem Perlen, das da im Kopf sein muss und nicht so nervöse Aussetzer.

Jetzt stehe ich im Zimmer und kreise die Arme, so schnell ich kann, schneller, Blut durch die Adern pumpen, dann werde ich mal ein Tape von Mikro einlegen, wird Zeit. Ich komm nur nicht dazu, mir mal so was wie eine Anlage zu kaufen. Will ich gar nicht. Will ich. So und so, unentschieden. Soll Mikro seine mitbringen, denke ich. Ich habe meinen Anrufbeantworter. Der spielt normale Kassetten und der Sound ist, na ja, fein, wenn man so will, dünn, aber gut, hört sich wirklich gut an. Erkennt man auch nichts wieder, wenn man die Kassette dann auf einem richtigen Gerät hört.

Ich seh noch nicht mal, wo der Lautsprecher ist in diesem Ding, Klappe auf, oben ein Tape für die Ansage, unten eins für die Anrufe. Da rein. Ich nehm irgendeins aus Mikros Tüte, mit weißen Eddingstreifen und einem goldenen Punkt. Das Ding denkt jetzt natürlich, ich will meine Anrufe abhören, ratter ratter und wundert sich, wo die fiesen Pfeifbefehle bleiben.
Er geht erst mal aus, den Finger weiter auf play, ja, ja, mach mal weiter, ich will das ganze Tape hören. Schön, alles klingt einen Tick übersteuert und die Bässe verwandeln sich in Flöten oder verschwinden. Melodymaker. Das wär ein guter Name für dich, denke ich. Der macht das Zeug melodisch und plötzlich sind auch Tapes tauglich, die normalerweise nur dumpf und leer sind, diese Tecknozidsachen mit angeberharten Eckbeats, die zischeln und bumpern jetzt nur noch. Zu klein das Gerät, für den monumentalen Idiotensound.
Klingt auch gut, das Tape hier. Die Tapes sind natürlich ganz andere auf einer normalen Anlage und wenn ich sie schon dreimal habe laufen lassen, kann ich sie mir woanders anhören wie ganz neue Tapes. Das ist ein Riesenvorteil. Das meiste Zeug hört sich ja schnell aus und wird unerträglich. Fast schon wie eine Zeitung, die auch keiner dreimal liest.

Das ist etwas, das auf CDs und Platten draufstehen sollte: Klingt geil auf einem Ghettoblaster. Oder einfach nur ein Etikett wie in Kleidern: Nicht geeignet für superteure Fake-Surroundanlagen. Oder: Kommt besonders gut im Walkman und im Freien. Aber die Labels sind zu blöd, immer muss alles auf so gut wie möglich abgespielt werden, je teurer, desto besser, so wie jetzt jeder einen Breit-

wandfernseher haben will, noch mehr Bild, noch besser mit noch breiterem Sound und das entspricht dann ganz klar nicht dem miesen Fernsehprogramm.
Das ist so schlecht, dass es nur erträglich ist auf meinem alten Schwarz-Weiß-Fernseher, kleines Bild, keine Senderspeicher. Der filtert den ganzen fleischfarbenen Müll raus und hält mir die Riesenfratzen vom Leib. Die Kamera muss ja immer ganz nah vors Gesicht und immer mehr Videomüll wird gesendet mit unglaublich schlechten kranken Farben. Das sehe ich mir dann manchmal auf Gurkes Panoramafernseher an und ich sehe sofort, was Pro Sieben ist und was Vox und was Kabel und RTL.
Jeder Sender hat so seine Farben und seine Darsteller, als würden immer die gleichen Vertreter mit dem gleichen sonderbaren Geschmack die immer gleichen Filme für die immer gleichen Sender einkaufen. Der eine will nur die Siebzigerjahre-B-Liga-Serien, gern auch noch von NTSC rüberkopiert, damit das Bild schön schmierig wird und ein anderer kauft nur Neunzigerjahre-Video-Action-Trash, möglichst aus Los Angeles. Nur Heimat, deutsch, will der und der für die und die Programmschiene, so krankbunt und herzig und das Ganze kommt schön sauber rüber in meinem kleinen Schwarz-Weiß. Da gibt's nur Kontrastunterschiede und ganz miese Schauspieler sehen auf einmal ganz passabel aus.
Deshalb haut mich das um, wenn ich was in vollem Sound höre oder als Breitfarbbild sehe, das macht mich platt. Das war erst neulich so. Ich war ziemlich lange in keinem Club mehr gewesen, hatte nur mein Fistelgerät gehört, den Melodymaker, bei dem alles klingt wie aus einem anderen Zimmer.

Und plötzlich war ich hungrig. Hatte Hunger auf einen fetten Sound, auf etwas Körperliches. Hunger überhaupt auf was Neues, was, das kracht. Also bin ich gleich hin zum nächsten Plattenladen. Und ich war platt. So wie einer, der vom Land in die Stadt kommt. Gebügelt. Die Lederpolsterkopfhörer auf, WROOMM. So was habe ich noch nie gehört, dachte ich. Welt unbekannter Frequenzen. Hilfe! Wo ist denn der Lautstärkeregler? Hatte keinen. Konnte ich so nicht lange durchhalten, so satt und noch mal satt das Schmatzen, die klumpigen Bässe, ein Panoramasound auf meine Ohren gepresst und nichts dazwischen, alles gleich drauf aufs Trommelfell und rein ins Hirn. Sehr unangenehm. In den Kellern und Baracken wird der Clubsound doch gefiltert vom Rauch, vom Nebel und Echolärm, vom Reden und den kollektiven Drogen. Der muss sich da durchpressen durch die Wand aus Menschen. Raumsound. Aber hier mit den Kopfhörern, da war kein Raum.

Was ist das für ein verfickter CD-Player, dachte ich, der gar keinen Lautstärkeregler hat? Und wie alles ohne Regler, war der auf behindert eingestellt, damit auch jeder, wirklich jeder etwas hören kann. So eine Krankheit. Der Aufzug der U-Bahn ist genauso. Ich stehe alleine drin und eine Stimme schreit: „Tür schließt“ und dann wartet er noch mal eine Minute, falls eine Oma gerade reinkriechen will und ihr Ziehwägelchen nicht über die drei Millimeter hohe Schwelle kriegt. Dann mit Antischockgeschwindigkeit runter und erst eine halbe Stunde später geht die Tür auf, damit man keinen Schreck kriegt oder einen Schlaganfall und so weiter.

Da fehlt einfach der Knopf, auf dem steht: Ich bin nicht gebrechlich, schwerhörig, ängstlich, sehschwach oder im

Gehirn verstopft. Den drück ich dann und das Ding macht flutsch und ist unten, verdammt noch mal. Aber alles ist so, ist eingerichtet darauf, dass jemand ultralangsam und sehr debil ist oder wie bei diesem CD-Player fast taub, weil er sich bei jeder Gelegenheit vor die größte Box setzt und sein Hasch irgendwo reinbröselt und weil er wahrscheinlich zu Hause auch einen Player hat, der zu laut und nicht regelbar ist.

Und ich höre, was für ein Cleansound da ständig gebastelt wird, so ein supersauberes Midigewichse. Pech vielleicht, denke ich und lege was anderes rein. Wieder so was, aber das Richtige kommt nicht. Ja, schlecht beraten, dass Mister Oberschüler arbeitet im Plattenladen mir ständig Sachen reicht, die er selber gut findet.
Aber es ist die traurige Wahrheit. Dass alles Müll ist. Mit diesem Superhammerkopfhörer hört man das. Idiotendrücken-auf-Tasten-Müll. Da hilft kein Roni Size mehr, kein DJ Krust, Goldie auch nicht, Sebel, die Ballistic Brothers oder die chemischen Brüder, niemand. Ich saß da und dachte, Junge, das ist alles ein großes Missverständnis. Was für ein unendlicher Hunger nach neuer Musik muss da gewesen sein, dass jetzt überall diese schlechten Bastler auf den Plan getreten sind und mir mit ihren schlechten Ideen die Ohren verkleben. Oder ich lasse es Mikro durchhören. Der filtert das und macht mir ein Tape, so geht das.
Keine Sau kann sich doch den ganzen Kram kaufen. Billige CDs, die nach einem halben Jahr zerfallen, das wäre okeh, weil mehr als zehnmal höre ich das doch nicht. Ich komm runter, langsam, aber hart. Das hat schon was von

E, das unschöne nüchterne Runterkommen. Was anderes kann hier gar nicht passieren, dachte ich. Nennt den Laden doch einfach „Komm Runter“ oder „Downer“ oder „Tschibo Musicstore“, so sehr bringt der mich runter.
Die Jungs, die in den Plattenkisten wühlen, sehen auch nicht besonders gesund aus. Und wo sind die Mädchen? Verdammt. Meine Liebe zu den Breakbeats ist zu Ende. Wie man so was plötzlich merkt. Ja, klar, Freunde bleiben wir, ich weiß. Ich kann mich in einer Höhle immer noch von einem DJ weichkneten lassen. Nichts dagegen, kein Problem. E. D. 2000 nächtelang, ist gebongt. Aber alles in allem sind zu wenig Blaubeeren im Blaubeermuffin.

Ich sehe mich da stehen, von der Wohnung gegenüber sehe ich mich, wie ich da stehe die ganze Zeit, mit dem Telefon in der Hand, ohne zu telefonieren. Was macht der da? Steht da und schaut das Telefon an und wählt nicht. Wie lange habe ich das schon in der Hand und überlege? Jetzt. Ich wähle Fannys Nummer. Hammer in meiner Brust, hämmert. Und wie unendlich langsam es dagegen läutet. Es läutet.
„Schatz“, sagt plötzlich eine Stimme, im Telefon. Schatz? Wer denkt die ruft an? „Hallo, hier Schatz.“ Das gibt es nicht, das ist ja noch besser als Liebling.
„Hallo.“
„Ja hallo, kann ich mit Fanny sprechen?“ Die Mutter wahrscheinlich. Schnaubt ins Telefon, gruschelt. Es klackt und etwas schlurft weg. Shaun macht auch solche Geräusche. Der redet in einem durch und ich versteh ihn kaum, weil er ohne Punkt und Komma redet wegen dem Geknarze, das er ständig macht, weil er seinen Hörer so würgt beim Re-

den. Würgt ihn wie einen Handtrainer und macht einen unglaublichen Lärm dabei. Das sind die postmodernen Telefone, die sind so hohl, dass es nur noch kracht, wenn man sie zu hart anfasst und nervös knetet. Ich warte immer noch. Es klingelt. Wo? Hier. Mikro macht die Tür auf.
„He ihr Pickelfressen." Nein! Es ist Shaun. Wenn man vom …
„Hallo?"
„Hallo."
„Oh Hi."
„Alles klar Mäuschen?", sage ich. Hoppla, denke ich. Aber Fanny kichert. „Schade, dass du schon nach Hause gegangen bist", sage ich nett.
„Ja, blöd. Tut mir Leid." Schweigen.
„Fanny?"
„Ja?"
„Und was machst du jetzt?"
„Schau gerade was im Fernsehen. Hmm", sie knistert leise im Hörer, „wo wohnst du?" Ich sag ihr wo. „Ich komm vorbei, ja?"
„Ja, gerne. Freut mich", sage ich, „klasse, ja." Leg schon auf du Idiot, sagt die Stimme in meinem Kopf. „Keine Eile", sage ich und ich sage ihr noch mal wo, ich BUCHSTABIERE es ihr.
„Geht klar."
„Okeh."
„Ja, bis gleich."
„Ja, okeh, bis gleich." Klick. Hoppla. Das ging schnell. Ziemlich schnell. Alles bestens, sie kommt. Das hat jetzt jede schlechte Laune weggewischt oder? Was bin ich für ein Idiot. So leicht zu kriegen. Shaun redet, bei dem ist die

Sicherung durch. Ein Gemurmel wie aus einem Festsaal, aber es ist nur Shaun, so eine Stimme hat der. Ein Stück weiter weg klingt er wie viele brummende Stimmen. Ich gehe hin und sehe Mikro, wie er sich gerade wieder vor den Fernseher legt und Shaun steht neben ihm und redet.

„He Alter, haste gerubbelt. Oder was?“ Ich lege meinen Kopf auf seine Schulter und schlage ihm auf den Rücken. Shaun, Textmaschine. Holt zwei Cola aus der Tüte und reißt sie auf. „Alles klar oder was? Was'n hier für ne Trauerstimmung, habt ihr schon wieder zu enge Slips an? He, ich schwitze mir hier einen ab bei der Hitze und ihr liegt hier nur rum mit eingeklemmten Eiern, das is gefährlich, funktioniert der ganze Blutkreislauf nicht mehr, hier“, zieht die Hose runter, „ohne Slip is jetzt angesagt, lasst da mal ein bisschen Luft ran, hier“, verteilt die Büchsen, „übrigens danke für die Cola, ihr müsst nicht reden, ich komm schon alleine klar.“ Pscht, pscht und kurze Pause und pscht. Ein bisschen eklig, das Geräusch von der Metalllasche, die sich in die Dose spreizt. Shaun stößt mit mir an. „Sag ich zu Knoblauchonkel in der Dönerbude, einmal abschlecken bitte. Aber der versteht nicht, also frag ich den noch mal, sind die auch sauber abgeschleckt, die Dosen? Ja, ja, gut, sauber gesleckt, alle Dose geslekt, meint er, Mann, ich hab mir fast ne Wurst in die Hose gemacht, wie der gesleckt gesagt hat, immer weiter so, mein ich zu ihm, immer alles gut abslecken ja und da lacht der, weil ich mich freu, lacht er, da freut er sich auch. Abschleckmäßig glücklich sind wir jetzt beide, der Onkel und ich. Also macht mal locker, was is jetzt, seid ihr verliebt? Kann vorkommen, is die Hitze, was ihr braucht, is was zu rauchen“ und setzt sich auf die Matratze auf dem Boden, zu Mikro.

„Und Papers? Habt ihr welche? Schon mal von gehört? Zum Rollen, Mann! Zigarettenpapier! Noch nie davon gehört? Kann man was reindrehen, das nennt sich Hasch. Davon wird einem dann ganz blumig, aber viel besser und is völlig ungefährlich, ja, schwöre, probiert das mal, Jungs, ganz soft und sexy ist das, ich weiß, ihr seid hässliche Krücken, aber ihr fühlt euch sexy damit, so is das Leben zu euch, ihr könnt euer Glück gar nicht fassen, was? Ja, ich mach euch ne Extraportion rein, ihr könnt das jetzt gut gebrauchen, gebt mir einfach Papers und ich erledige den Rest. Lasst stecken, hab selber welche. Bevor ihr noch anfangt zu suchen, is ja langweilig, bleibt nur liegen, keine unnötige Bewegung, jetzt kommt das Haschgift, ja, Zigarette, danke, blonde Virginia, genau das Richtige für mein Araberhasch, die blonde Britta und der dunkle Said" und Shaun fängt an zu summen, „liegen im Joint zu zweit/ machen Liebe und ich werd high/was ist denn schon dabei?" und schleckt sein Papier.
Mikro schaut weiter auf den Fernseher und ich stehe noch in der Tür und lache Shaun an. Shaun baut zwar gerade seinen Joint, aber ich lache ihn an. So gut geht's mir erst mal. Was bin ich für ein blöder Mensch? Gleich geht's mir wieder gut, so gut, dass ich sogar Shauns Geschwätz ertrage.
„Mann, ihr müsst mal raus", fängt Shaun wieder an, „die Welt is cool, nicht den ganzen Tag in der Bude hocken, seid ihr jetzt völlig in der Retrokurve? Hallo, Jetztzeit, aufwachen, das sind nicht die besten Hits der Siebziger und Achtziger. Sagt nicht, ihr seid traurig, weil die Polkappen schmelzen und die Wale sterben, endlich passiert mal was, sollen sie doch, was soll ich mit Polkappen und Walen, kann ich nicht anfassen, merkt ihr nicht, was abgeht, Auf-

bruch, globale Erwärmung und die Schnecken sehen auch immer besser aus. Das hängt doch zusammen. Ich freu mich auf Cyborgsex und Antigraviplexe, wo du schwebst und rundherum laufen Filme und überall geile Zuckerschnecken. Feuer bitte."

Angenehm leer, wenn Shaun redet. Da hört mein eigener Lauftext auf. Ich rauche, mache es mir gemütlich und überlege, was ich Feines kochen könnte. Weil Fanny kommt. Shaun und Mikro rauchen ihr Hasch, ich nicht, nicht jetzt. Keine Lust jetzt auf die Gehirnzwiebel. Die macht mich unruhig und dann werde ich müde und hungrig. Zu pflanzig, nur Körper und riecht wie Brühwürfel.

Mikro und Shaun dagegen sind hart wie Backsteine. Nur ich renne ständig zum Pinkeln davon oder mache etwas anderes Nervöses, um den fiesen Gedankenquirl in mir zu überholen, der mich aufspult und abspult, aufspult und abspult. Das Zimmer dampft. Nein, es riecht schon nicht schlecht, wirklich. Eine Zigarette mit Haschgeschmack, die hätte ich gerne. Roter Libanese light oder Camel Afghanflavour. Ohne Hasch drin natürlich. Gurke hat ein paar weiße Steine aus Spanien in einer Schale arrangiert. Da aschen wir rein. Die hat er vom Strand geklaubt und den weiten Weg bis nach Hause geschleppt. Völlig daneben, wie alles, was die Leute so mitnehmen aus dem Urlaub und was dann zu Hause nur noch tot rumliegt. Mikro raucht das Ding wie eine Zigarette, aber Shaun hält die Luft an und hustet den Rauch aus, schnieft seinen Rotz hoch und reibt sich die Nasenlöcher.

„Scheiße, Mann", sagt er, „schon wieder weißes Nasenbluten" und steht auf und schnäuzt sich in das grüne

Mädchen-Erinnerungs-T-Shirt an der Wand und im gleichen Moment springt Mikro auf und reißt es ihm wieder aus der Hand.
„Bist du irre, Mann?", schreit er und Shaun läßt nicht los und kichert hysterisch. Mikro schnauft, kriegt einen roten Kopf. Das gibt es nicht, denke ich. „Gib das her, Mann!", kreischt er. Das ist so unglaublich, ich muss auch lachen.
„Was is das, dein Gebetstuch?", kreischt Shaun zurück und beide wälzen sich übers Bett und reißen und zerren an dem T-Shirt herum. „Mann hilf mir, der will sein Ding in mich reinstecken." Und dann lässt Shaun nur los, weil er nicht mehr kann. Mikro schnauft und streicht das T-Shirt wieder glatt und Shaun und ich, wir starren ihn ungläubig an.
„Lasst das hängen, ja", sagt er und legt sich wieder auf seinen Platz. Sage einer, er kennt den. Wer kennt den schon?
Shaun wieder. „He Mikro, alte Backe, da is ja richtiges Leben in deiner Pelle. Schnell was essen, hast bestimmt ne Menge Kalorien verbraucht. Jetzt sag mal an, is das deine Schnuffeldecke? Das Ding schleckst du jeden Abend ab, stimmt's? Komm schon, erzähl uns was aus deinem aufregenden Leben, sonst muss ich dir leider deine Nierchen zerquetschen" und holt aus mit dem Fuß auf Mikros Nieren.

Mikro schnippt einfach nur lässig den Joint aus dem Fenster. „He, Mann, der war nur halb aufgeraucht, hast du so was zu Hause gelernt, schnell aus dem Fenster, bevor jemand anderes was davon hat? Okeh, verstehe. Jetzt ist Mister-Mikro-Pause. Faß-mich-nicht-an-Pause. Mikro.

„Fass ihn nicht an, Mann", schreit Shaun mich an und wir kugeln uns.
„Scheiße, der is jetzt erst mal ne Weile still. Eh Mikro, tut mir echt Leid, ich wollt mich nicht in dein Ding schnäuzen. Das ist das Nasenjucken, Mann, das halt ich manchmal einfach nicht aus. Da! Da kommt's wieder" und steht auf und greift wieder danach und Mikro zuckt hoch mit geheimer Körperkraft, ohne jede Bewegung. Ich kann es wirklich nicht glauben, unser Mikro.
„Okeh Jungs", sagt Shaun und schlappt sich wieder auf die Matratze. „Was jetzt? Spaß gehabt. Jetzt reden und rummachen und so? Okeh, gibt's keine Schnecken hier? Ruf doch mal durch, sollen alle kommen, Shaunbaby will sie alle und he!, du da unten" und zeigt auf Mikro, „du ziehst die Schnecken dann aus und reichst sie mir rüber, klar?"
„Schnecke kommt schon", sage ich, „aber nicht zum Ausziehen."
„He Mikro", frage ich ihn, „was essen? Fanny kommt gleich."
„Was trinken", meint er. Große Hilfe, danke, denke ich. Rollt rüber und angelt sich noch eine Cola. Was mit Ingwer, denke ich, mögen die Mädchen gern. Mikro macht den Fernseher lauter. Shaun kommt mit einem Teller und legt seinen Perso, Papiere und eine Karte drauf, schüttet Pulver auf den Teller, hackt es mit der Karte und schiebt es rum.
„Mach leiser, Mikro, Mann, den Scheiß will doch keiner hören. Wer will? Jeder darf mal." Schnaubt erst mal selbst. „Und gleich noch eine. Sauber. Sprechwirkung kommt gleich. Was is Mikro?" Shaun zappelig, „nimm dir mal was vom Schlaupulver. Liegst immer nur rum wie ein tro-

ckenes Brötchen.“ Ich nehme ihm den Teller ab. Schleimt die Nase frei. Und gleich kommt der Redeschwall in mir. Wohin damit? Redeschwall unterdrücken, denke ich. Schön kalt an den Nasenwänden. Sommer, denke ich, Sommer.
Mikro hat seine Eddings aus der Tüte gekramt und bemalt seine Kassetten. Ich nehme eine und stecke sie in den verstaubten Recorder, von dem Gurke meint, er ist kaputt. Also puste ich noch mal in das Fach. Fischmaul, Kassette rein, draufschlagen. Geht.
Sehr schön, Staub, der richtig hoch spreißelt auf den kleinen Boxen. Vielleicht mochte er Gurke ja nicht, der kleine Recorder oder er mochte die Entspannungskassetten nicht, die er ihm aufgewurstelt hat. Wie heißt das? Wenn ein grüner Daumen für Pflanzen ist, welcher ist dann für Elektrogeräte? Gibt noch keinen Namen für die Kunst, Geräte so zu schütteln und zu kneten, dass sie wieder funktionieren.

Mein kleines Talent, Elektroschamanismus oder die niederen Wesen beherrschen, die ganzen Geister und Trolle, die sich in den Geräten eingenistet haben. Wenn nicht die Geräte selber schon Trolle und Geister sind. Verwahrloste Transistor- und Elektroniktrolle. Für die habe ich ein Händchen. Jetzt bin ich schon stolz, dass wir Musik haben. Weiche Beats schlappen heraus, erkenne ich wieder, Ministry of Sound Recording. Ein Ballistic Brothers Track. Shaun raucht einen neuen Joint und saugt sich den Rauch wieder dämlich in die Lungen. Dann bläst er ihn bis an die Decke. Nur ist die Decke ziemlich hoch. Die Welt ist wirklich voll mit saublöden Referenzen, Retrogesten.

„Hier“, sagt Shaun und gibt Mikro die Tüte. Wieder so ein Haschzylinder. Zeig mir einer einen Kiffer – sagt meine eine Gehirnhälfte zur anderen oder wer redet da mit wem? – zeig mir einen Kiffer, der sich eine normale Zigarette damit drehen kann und nicht nur solche Bröselhörner.
„Eh, schmeiß den auch aus dem Fenster und ich salz dich ein, kein Spaß Mikro“ und Mikro saugt genauso dämlich daran wie Shaun. Ich muss ihm die Tüte aus der Hand nehmen, unerträglich. Und auch die Lautstärke am Fernseher runterdrehen. Auch unerträglich. Wir hören nur die Musik und ich hoffe es fängt keiner an zu reden.
Terranova Terranova, sagt eine Stimme, Echo Echo. „Was ist das?“, frage ich Mikro. Mikro überlegt. Nach einer Weile sagt er: „Terranova.“ Auch gut, denke ich, die Musik aufsaugen. Ich hätte jetzt gerne diese zimmerhohen Boxen, die mich mit ihren schwarzen Gesichtern anwummern, hinter deren Verkleidungen die Bässe ein- und ausatmen.

Shaun sieht auch zufrieden aus. Er kratzt sich ausgiebig an seiner weißen Brust. „Wart ihr mal am Teufelssee? Wo die ganzen Nackten baden? Sabine wollte da unbedingt hin, mit Susanne und ihrem Cabrio, aber Mann, das is ein Tümpel, nur schlammiges Wasser und ich bin fast blind, wie ich da rauskomme, von der Algenseuche und dann vor mir die ganzen Nackten, nur so hässliche Nackte, überall siehst du schrumplige Glieder und rote Wampen und rote, nee, braune Mösenlippen. Das is noch ekliger, schaust jedem zwischen die Beine und siehst die braunen Eier und braunen Mösenlippen und drum herum so was wie Friseurabfälle, so sieht das aus. Deine Laura“, sagt er zu mir,

„war übrigens auch da." Ich wollte ihm gerade schon sagen, er soll die Klappe halten.
„Und dann das Gejucke, Mann, ich spür schon die Pickel kommen von dem Schlamm und der Entengrütze und was da noch alles in dem stinkenden Loch so drin is. Du kommst raus und siehst überall diese verhaarten, schrumpeligen Geschlechtsteile. Klar, dass mich das juckt, alles voll mit Fusseln von den käsigen Unterleibern, Mann, und keine Dusche weit und breit. Sie wussten schon, warum sie da nicht reingehen, die beiden Mädchen. Sabine immer brav auf ihrer Decke oder Federball spielen mit Susanne, wenn die sich nicht gerade mit Bratfett eingerieben hat, um in der Sonne zu schmoren. Was soll der Scheiß in der Hitze?"
„Und was war mit Laura?"
„Laura, Laura. Die war da mit so einem Typen, hat in ihrer Zeitung gelesen und ab und zu mit dem Typen rumgeknutscht."
„So einer mit Latinobärtchen, so ganz dünn um den Mund rum?"
„Ja vielleicht. Weiß nich. Is das so wichtig?" Shaun ist eine blöde Sau, ich sollte ihn rausschmeißen.
„Ja, ist wichtig. Ich kann's nicht leiden, wenn Laura mit anderen rummacht." So ist es. Nicht mit Filmstudenten, die Latinobärtchen tragen.
„Die weiß schon, was sie will, musst nich auf sie aufpassen. Aber hör zu. Ich geh hin und sage, „Hallo, kann ich mal einen Schluck von deinem Mineralwasser?" und sie gibt's mir und ich schütt das Zeug über mich drüber, damit das Jucken endlich aufhört. Auf jeden Fall, der Typ springt auf und macht so Boxerhände, der wollte mich hauen, krass oder?"

„Und Laura?“
„Laura hat natürlich nur gelacht. Jetzt zufrieden?“ Ja, jetzt bin ich zufrieden.
„Aber, was ich sagen wollte, keine Dusche weit und breit und keine Pommesbude und keine kalte Coke, nix, nur so eine Bude mit ökologisch Behinderten, die dir beim Kaffeezapfen wegschnarchen und Kuchenschnitten aus zusammengepanschten Körnern verkaufen, die dir so hart in den Magen fallen, dass du davon furzen musst.
Mann, so ein Nacktenstrand in der prallen Hitze und jeder, der da was isst, muss auch noch furzen. Ich sag's euch, danach war ich noch im Prinzenbad. Alles voll mit super sexy Bazillenkillern, Kazillenbillern, Zabillenrillern, die volle Chlorkeule und danach Pommes rot weiß und Cola, Cola, Cola. Das hab ich echt schon überlegt, hier groß Cola auf meine Stirn tätowieren zu lassen, gibt gut Taschengeld von Coca Cola, bestimmt. Und außerdem weiß jeder, was du willst, brauchst du dich nur noch irgendwo hinstellen, kannst auch bewusstlos rumliegen, Mann, jeder bringt dir erst mal eine Cola, weil's groß auf deiner Stirn steht.“

Mikro hängt jetzt über dem Teller und fährt darauf herum mit seinen nassen Fingern. Steckt seinen Finger in die kleine Tüte und schleckt ihn ab. „Mann, das Zeug muss durch die Nase“, Shaun reißt ihm den Teller aus der Hand, „der frisst das einfach auf, ähh, is ja alles feucht jetzt, völlig zugesabbert. Eh, Mikro, das muss ich sofort sauber wischen“ und wirft einen Blick auf das grüne T-Shirt, dann auf Mikro. Aber Mikro grinst nur. „Also gut, Mikro, ich mach dir jetzt mal so einen Spargelwall. Mach mal lauter.“

Kommando Shaun. Ein steiler Voranrhythmus läuft jetzt mit scheppherndem Hi-Hat Metallquirl, ein einsamer Sputnik piept dazu. Hitze drückt sich ab und zu durchs Fenster, heiße Gelatine, die reinkriecht zu uns. Am Himmel fliegt ein alter Doppeldecker mit einem Banner, zu weit weg, um es lesen zu können. Er fliegt so unendlich langsam, dass ich denke, es ist die dicke Luft, auf der er gleitet.
Gut, dass Shaun seine Hardcore Brüllmusik nicht mitgebracht hat. Der hört immer noch diese ganze Auflehnungs- und Befreiungskacke, ewig jung und wild, gröl. Übungsraummucke, weil jeder, der Hardcorebrüll hört, selber auch irgendein Instrument spielt und brüllt. Shaun geht auch immer noch irgendwo mit anderen Debilen brüllen, in einen Keller. Ich glaube, er ist sogar der Sänger.
„Is schon okeh, kommt gut", meint Shaun. Rede ich jetzt schon laut, verdammt? Wenn ich denke, ich denke? Habe ich jetzt laut geredet? Mikro schnieft sich einen kleinen Teil von Shauns Angeberline in die Nase und hustet und seine Augen fangen an zu tränen. Jetzt sehe ich erst den verschorften Herpes, den Shaun zwischen Lippe und Nase hat.
„Mach ma hin, Mikro, das is ne schnelle Droge, das muss ruck-zuck rein, überall, in jedem Winkel, im Stehen, im Liegen und an Bushaltestellen, so als Kokser liegt man schließlich nicht den ganzen Tag faul zu Hause rum." Ich sehe den Herpesfleck hüpfen. Ein dunkler Fleck in seinem unscharfen Gesicht, der sich auf und ab bewegt, beschleunigt.
„Scheiße, wisst ihr, was das miese ist am Sommer? Die ganzen Freaks tummeln sich auf der Straße. Will gerade was essen beim Thai, stell mir den Teller schön hin und

hab richtig Hunger, stellt sich so ein Zwerg vor mich, hält die Hand auf und murmelt was auf Hindunesisch oder es is nur so ein Spastengequatsche.
Okeh, sag ich zu ihm, steh wieder auf und kram in meiner Tasche. Hier nimm, eine Mark, warte, nein, nicht das, das is ein Fünfmarkstück, Mann, das is mein Rest für den Tag, die Mark, hier nimm die Mark. Aber der Irre kniet sich vor mich hin, so mit gefalteten Händen und fleht mich an, der geht wirklich in Gebetsstellung, wie so einer von den Krückenmenschen vor der Madonna von Lourdes, der will jetzt das Fünfmarkstück, meine letzten fünf Mark und dafür lässt der sogar sein Fensterputzzeug los, so ein Eimerchen und Wischerchen, das er mit sich rumschleppt.
Geh weiter, kleiner Tamile, sag ich, geh und schrubb die Scheiben oder is das wieder nur so eine schlechte Tarnung, von wegen nicht arbeitsscheu, aber der bleibt hartnäckig, rutscht auf seinen Knien rum und wimmert und stammelt, mit so epileptischem Schaum vorm Mund, Mann, dann stößt er mir seinen Kopf ins Knie und stupst mich an wie so eine Bettelziege im Kinderzoo."
„Shaun!", sage ich.
„Was?"
„Shaun, ich habe dir die Geschichte erzählt. Bleib bei deinen eigenen Geschichten."
„Du hast die mir erzählt? Oh, Scheiße, egal, dann hörst du sie eben noch mal. Außerdem is das nicht deine Geschichte. Jede Geschichte gehört jedem. Wenn ihrs Maul nicht aufkriegt. Oder warum erzähl ich euch hier was? Weil das meine Geschichten sind? Will ich die nur für mich?"
„He", Mikro redet plötzlich. Ein Auferstandener.
„He, reg dich nicht so auf", sagt er zu mir.

„Ich reg mich nicht auf, aber wozu soll ich mir meine eigenen Geschichten wieder anhören, nur weil der hier nichts mehr auf die Reihe kriegt und in einem durchsabbelt."
„Was is, ihr trüben Tassen, erst mach ich euch den Alleinunterhalter und dann muckt ihr auf. Schafft mal was zu trinken ran. Hab ich davon, völlig ausgetrocknete Kehle. He, Mikro, geh doch mal was holen, was gibt's noch?"
„Cherrycoke gibt's noch", sage ich.
„Was, so was gibt's noch? Cherrycoke?"
„Klar, bei meinem Türken gibt's alles. Also, jetzt hör mal Shaun, das bringt nichts, immer nur einer, der redet. Jeder ist mal dran. Du, Mikro und dann ich. Oder Mikro?"
„Geht klar", meint er. Mikro wacht auf!
„Okeh", meint Shaun, „fangen wir an."
„Ja, aber überleg dir mal was Gutes, nicht so einen Kokaschwachsinn wie alte Geschichten aufwärmen."
„Is ja gut Mann, du erzählst die doch selbst weiter oder?"
Was für ein Rededruck, unglaublich, denke ich, während Ecstasy den Glückseimer ausschüttet, platzt beim Kokain die Sprechblase. Nicht so schlimm wie bei Speed, da redet der Mund schneller, als sich irgendein Sinn damit zusammenknüpfen lässt. Was ja nicht unbedingt schlecht ist.
„Selbstbeherrschung Shaun", sage ich zu ihm, „Selbstbeherrschung ist verdammt wichtig, wenn man Drogen zu sich nimmt. Jeder Depp lässt mit Drogen seine schlechten Seiten raushängen. Schau dir doch die ganzen Wurstköpfe an, die sich zuballern mit dem letzten Scheiß und dann haben sie genug und wollen es jedem anderen verbieten."
Regt mich wirklich auf, so ein Drogenoverdrive.
„Außerdem", sage ich, „halt mal die Klappe."

„Is ja okeh, Chef“, Shaun muss wieder reden.
„Nein wirklich, halt einfach den Rand. Was soll das ganze Gelalle?“
„Du willst auch mal was sagen, stimmt's?“
„Nein, ich will die Musik hören. Mir gehen ganz andere Sachen durch den Kopf.“
„So, was denn? Denkst du wieder nur an Laura?“
„Nein, wenn, dann denke ich an Fanny.“
„Das war's? An Fanny?“
„Nicht nur.“
„Komm schon, ich will's wissen. Sag's einfach.“
Mikro ist gerade dabei, die ganze Flasche Cherrycoke leer zu saugen. Dann ist die Flasche leer und er saugt noch ein paar Mal gierig weiter und macht ein hohles Geräusch in die leere Flasche.
Ich schaue auf den Fernseher. „Ich denke zum Beispiel daran, wohin das alles geht, das ganze Fernsehen. Ob das nur in einen reinläuft und da verpufft oder ob sich das ablagert. Alles, die ganzen Serien, schlechten Filme und so weiter.“
„Und weiter?“
„Na ja, ich schaue da rein in das Ding und manchmal habe ich das Gefühl, davon bildet sich so ein Organ in meinem Hirn wie in Videodrome.“
„Ja genau, schau dir Mikro an, gleich holt er eine Videokassette aus seinem Bauch.“
Ich schaue mir Mikro an. Stimmt, denke ich, wenn einem was wächst, dann dem.
„Im Ernst Shaun. Hast du dich nie gefragt, was mit dem ganzen Müll passiert, den du dir da reinziehst? Jeden Film, den du noch mal siehst, erkennst du doch wieder, jede

Visage, jedes Logo, die dämlichsten Plots. Das verschwindet nicht, das lagert sich irgendwo ab."
„Über so was denkst du nach?"
„Oder alles implodiert irgendwann. Da gibt es eine Geschichte von Stanislaw Lem, in der implodiert die gesamte Information. Alles, was auf den Festplatten, Bändern, Chips an Informationen gespeichert wurde, implodiert. Bei Lem werden daraus neue Welten, so kleine Galaxien in Molekülgröße, machen sich selbstständig. Seitdem denke ich, der ganze Müll in meinem Kopf implodiert. Und dann kommt was Neues. Etwas, womit man etwas anfangen kann. Der Müll erreicht eine kritische Masse und plopp ist er weg und etwas Neues ist da."
„Jesus."
„Jesus?"
„Ja, so hört sich das an. In diesem Buch von Gibson, da gibt's doch diese Sekte. Die schauen sich alte Trashfilme an und warten dabei auf ein Zeichen Gottes. In den Filmen. Die machen den ganzen Tag nichts anderes, als sich den Müll anzuschauen."
„Kann sein. Ist schon religiös."
Mikro hält sich die Nase und Blut tropft an seiner Hand runter. Shaun schmeißt ihm die Klopapierrolle zu, die neben Gurkes Bett liegt und Mikro reißt sich ein Stück ab und hält sich das Büschel unter die Nase.
„Eh Mann, kennt ihr ‚Invasion of the Bodysnatchers?' Mit diesen Hülsen, die überall rumliegen und wenn du einschläfst, kriegst du Nasenbluten und dann wird aus der Hülse dein Doppelgänger, so ein fieses, totes Duplikat, das deinen Platz einnimmt und dann werden immer mehr Leute ersetzt und die paar, die übrig bleiben, sind völlig

übernächtigt und haben Angst, erkannt zu werden oder einzuschlafen und wenn die toten Duplikate sie entdecken, fangen sie an zu schreien und zeigen mit dem Finger auf sie. Vielleicht kommen die ja schon durchs Fernsehen, Mikro. Du darfst jetzt auf keinen Fall einschlafen. Geht klar, Mikro?“

„Is okeh“, meint er und schaut sich den roten Ballen an.

„Mach dir mal ein nasses Handtuch in den Nacken“, sage ich und mache mit der Hand eine Drehbewegung und Shaun wirft es mir rüber. Ich drehe eine kleine feste Zigarette. Jetzt ist Hasch gut, denke ich. Verleiht dem Koks ein paar poetische Verzierungen.

„Hab noch Gras“, meint Shaun, „für die Gedankendeko.“

Mensch, Shaun, denke ich, das sind so die Unterhaltungen der Zukunft, so eine Mischung aus Reden und Denken, das telepathisch übertragen wird. Und keiner weiß dann eigentlich mehr, was geredet und was gedacht wird, den Unterschied gibt es dann nicht mehr. Keine Geheimnisse mehr, Denken ist dann Musik.

„Weißt du, das Komische ist doch, dass wir übers Fernsehen alle die gleiche Erinnerung haben an die gleichen Filme.“

„Hmm.“

Geht zu weit. Soll ich ihm jetzt erzählen, dass er manchmal merkt, was ich denke und dass das vielleicht daher kommt, dass wir die gleichen Filme erinnern. Und aus den Filmen leiten wir wieder unser Leben ab. Geht viel zu weit. Viel wichtiger, die gleiche Musik zu hören. Relaxte Hirnsubstanz bilden. Definitiv wichtiger jetzt.

Also Pause. Ich stehe auf und mache Turnübungen. Mikro sitzt an der Wand und schmatzt. Gleich findet er seine

Sprache wieder. So sieht er aus. Shaun wippt nur mit seinen Turnschuhen, den Blick durch den Fernseher durch. Alles im Turnschuh bei Shaun. Fernseher ohne Ton. Wie freundlich alles Fernsehen wird, wenn man seine eigene Musik dazu spielt. Harmlos. Dazu ist Fernsehen da, denke ich, ohne Ton. Was mir immer alles zu spät einfällt.

Ich dachte mal, Leute beim Reden zu filmen und das ohne Ton zu zeigen. Nur ein Soundtrack drunter. Eine ganze Videowand mit Köpfen und Leuten, die reden und reden und dazu läuft sehr laut der gute Groove. Ein ganzes Haus mit Köpfen, die reden. Nationalgalerie, die Scheiben hoch bis zur Decke. Junge, muss das immer alles breit angelegt sein mit dem Schnubbel in einem drin. Keine Abschweifungen mehr, immer geradeaus und alles muss fünfspurig sein. Da wächst dann kein Gras mehr. Auf dem Rasen der Freundschaft, denke ich, Gras, rauchen, Fußball, auf dem Rasen der Freundschaft, stopp. Worum geht's? Nicht die Kontrolle verlieren. Muss mich bewegen. Sexy bleiben. Köpfe, die reden. Fanny kommt gleich.
Mikro geht raus und ich hänge mich an die Stange, die Gurke in seine Tür geschraubt hat. Für Klimmzüge! Dann kommt Mikro zurück ohne Hosen und mit einem Marmeladenbrot. Ich sehe Mikros Ding, zum ersten Mal, so ein entspanntes großes Ding, das aus einem spärlichen roten Nest herausschaut. Mikro setzt sich wieder hin und Shaun wippt nur mit den Augenbrauen und ich sage, „Alles klar Mikro, wo ist deine Hose abgeblieben?"
Ich schaue auf Mikros Riesending und denke, lange kann ich so nicht sitzen, immer mit diesem Ding im Auge. Und schon fange ich an, darüber nachzudenken, warum der so

ein Riesending hat und ob der schlaffe Zustand etwas aussagt über den steifen und eine leichte Panik überkommt mich, Shaun könnte sein Ding auch auspacken und dann was weiß ich. Ich bin uncool.
Ich hätte auch Panik, wenn irgendein Mädchen sich hier ausziehen und vor den Fernseher legen würde mit ihrem Schamhaar.
„Mikro, gleich kommt Fanny, vielleicht solltest du dir wieder was anziehen. Weil, falls du es noch nicht gemerkt hast, du hast keine Hose mehr an." Shaun winkt ab und schüttet wieder was auf den Teller und ein fetter Funkbass floppt und quetscht sich durch den alten Kassettenrecorder. Schon besser, denke ich. Eben lief noch dieser achtziger Synthiesound. Der löst bei mir Panik aus. Vor Gruppensex und Kajalstift. Vor Mädchen, die sich als Vamps verkleiden. Nicht dass ich wirklich Angst davor hätte, aber das Elektropopzeug aus dieser Zeit klingt immer wie unterdrückte Pubertät, auch remixed noch. Shaun bedient sich und reicht den Teller rum und ich gehe Mikro ein paar Sachen zum Anziehen holen und schmeiße sie ihm zu.
Ich wedle vor Shauns und Mikros Gesichtern. „Hallo, noch alle da?"
Shaun und Mikro lachen mich an. An ihren Nasen kleben weiße Krümel. „Macht euch mal nicht hirntot", sage ich. Erschöpft. Also schnober ich auch noch eine und lege mich zurück in die Kissen. Ich schaue an die Decke und das Zeug beißt sich in meine Nase. Pam Grier singt ein Stück. Ich erkenne die Stimme. Jetzt und für immer, so oft habe ich mir schon „Long Time Woman" angehört, noch supremiger als die Supremes. Und zum ersten Mal fällt mir auf, warum Mikro überhaupt nicht reden muss, klar. Klar

muss er nicht reden, schließlich laufen seine Tapes. Heimspiel. Und wahrscheinlich hört er uns auch gar nicht zu, sondern lauscht nur den Tapes. Vor allem wie sie jetzt mit dem Kokainschnubbel im seinem Kopf klingen.

33 weltjugend rubbeln rumstehen

Mikro mixt seine Tapes immer an der Grenze zu blödsinnig verspielt. Manche Stellen erträgt man gerade noch und wartet, sie fangen an, an den Nerven zu sägen, so wie diese Retro-Rheingold-Kreidler-Stücke. Dann die angenehme Erleichterung, wenn wieder etwas Flüssiges kommt. Eigentlich gut. So wird man nie zu euphorisch. Wenn das Tape zu Ende ist, hat man es in guter Erinnerung, auch wegen der Erlösung, die die angenehmen Stücke nach den anstrengenden bringen. Aber ich weiß nicht, ob er das extra so macht, ob das wirklich so gedacht ist. Wenn man das überhaupt Denken nennen kann, das Mixen. Egal. Wenn ich die Tapes höre, weiß ich, warum ich ihn mag.

„Gutes Tape Mikro", sage ich und Mikro murmelt was von Rolands, mit denen man ganz neue Sachen machen kann. So Jungsschnickschnack, mit dem üblicherweise die Jungs die Mädchen von den besseren Plätzen vertreiben. Eine plötzliche Sorge ergreift mich. Ich denke, Mikro, Junge, hoffentlich wirst du nicht so ein Spezialistenspast, der nichts als Schnickschnack im Kopf hat.

Aber Mikro lacht, lächelt vor sich hin, vielleicht weil er mit seiner eigenen Art von Liebe an die technischen Einzelheiten denkt. Hoffentlich wirst du nicht einer von diesen Kranken, denke ich, die immer denken, jeder weiß, was sie wissen, nur sie wissen ein bisschen mehr und kennen sich aus und sonst gibt es nichts in der Welt. Kranke Spezialisten eben. Ich habe schon eine Menge Kerle getroffen, die wirklich was wissen, die aber reden und reden und jede mikroskopische Kleinigkeit kennen und wenn man nur nickt, dann reden sie weiter und weiter, ohne Ende. Die ganze Datenbank. Und ohne dass man wirklich etwas versteht. Wie die Vietnamsoldaten in den Filmen, die von nichts anderem reden als von Vietnam. Aber das kann ich alles nicht laut sagen. Mikro ist gerade glücklich.

Shaun schaut auf die Wand hinter mir. Sieht auch glücklich aus. Das Zeug hat jetzt alle Ballaststoffe in uns vernichtet. Ein paar Minuten auf der kalten harten Glut reiten. Weißes Licht. Kokain hält sich ja Tage in einem. Aber dieser glückliche Blitz, der dauert nur eine Viertelstunde. Eine Blödsinnsdroge, dass der Turbo schon nach so kurzer Zeit wieder ausgeschaltet wird.

Das ist das Rauschen, das ich meine. Das Hochgeschwindigkeitsrauschen. Ich fühle mich wie ein Modem, das höher schaltet und höher. Wie ging das? Nights in White Satin, dadadadidadida, never reaching an end. Ich lausche der Straße. Die Autos summseln vorbei wie feine Nähmaschinen. Und dann Johlen. VW-Bustüren vor dem Musikcafé. Ich brauche nicht einmal mehr nachzusehen, weil ich schon weiß, was da unten los ist.

Einer hat mal einen riesigen Mike Tyson auf die Rollläden des Musikcafés gesprüht. Bevor er Holyfield das Ohr abgebissen hat. Und jede Menge Messerstiche sind drin in Mike Tyson. Es sind immer die gleichen Leute in einem Musikcafé. Oder alles nennt sich automatisch Musikcafé, in dem sich die immer gleichen Leute treffen.

Zwei Wannen stehen vor dem Musikcafé und die Jungs, die sich den ganzen Tag kleine Haschbröckchen zugesteckt haben, reden jetzt artig auf dumm rumstehende Polizisten ein. Vielleicht ist es sogar der Grenzschutz. Einer ist rein, die Musik leiser machen. Die anderen müssen sich was über die persönlichen Rechte der Jungs in Lederblousons anhören und dass sie auch mal ein bisschen Musik hören dürfen und nur weil sie ausländisch aussehen, kommt immer gleich die Polizei, in Wirklichkeit sind sie Deutsch, hier Perso und der Untergruppenleiter, Abteilung nichtgenehmigte Lärmbelästigung, der schaut gar nicht hin, hm, ja, ja, und überlegt sich gerade, ob er sich heute Abend einen japanischen Krankenhausporno ausleihen soll oder was mit schwangeren Schwarzen.
Die anderen Lederblousons stellen sich so lange im Kreis auf und saugen an ihren Zigaretten, als wären sie verstopft. Drinnen ist noch mal Tyson auf einer Wand. Wahrscheinlich gab es Tysonrabatt. Tyson ist die amerikanische Variante von Rocchigiani, weil die Türken und Jugokids einen schwarzen Klingonen brauchen als Vorbild und wenn mal ein Schwarzer in der U-Bahn sitzt, dann schreien sie „hey brother“ und der Schwarze hat natürlich nicht den blassesten Schimmer, was die Balkankids von ihm wollen.

Im Musikcafé stehen ein Elektrodart und ein Sozialarbeiterprol, der Dr. Alban einlegt und keine Getränke rausrückt, nur Cola oder Fanta und den ganzen Tag üben die Jungs den tödlichen Blick oder beobachten ihre weißen Schuhsohlen, ob was dranklebt, was sie unter Mike Tyson wieder an die Wand reiben können.

Shaun lehnt sich aus dem Fenster und ich höre ihn, wie er runterspuckt. „Irrtümer der Jugend“, denke ich, so ein Magazin würde ich abonnieren. Musikcafés hätten da ihren festen Platz drin und unglückliche Liebesgeschichten. Unsinn, über Jugend immer so künstlerische Filme oder Werbeclips zu drehen. Schöne, schamlose Jugend. „Kids“ kommt zwar ganz gut ran an die Irrtümer der Jugend. Aber da ist immer noch zu viel glatte Vorstellung von Jugend, viel zu cool, klauen, skaten, haschen und Jungfrauenmuschis.

Überall sind sie, die Ästheten, die immer noch einen sauberen Gedanken aus der Jugend saugen wollen. Dabei sind alle Gedanken der Jugend schmutzig. Wie ja so ein Frühling auch nur ein Zuviel von allem ist, ein einziger, dreckiger Rausch. Von allem ist zu viel da in der Jugend, alles auf einmal. So eine Jungs-Umkleidekabine. Das ist zu viel. Da denke ich gerne dran, mit einem Schaudern. Aber ich wäre da nicht gerne. Wie ja auch keiner gerne in „Alien“ wäre, mittendrin.

So ist das in einer Umkleidekabine. Die Mädchen in den Umkleidekabinen riechen nur schwach. Alles ist zögerlich, verdeckt. Die Jungs aber stinken, stehen da und reiben den Gestank mit Deosticks weg, einmal unter die Achseln und in der Unterhose und die Luft ist so dick, als wäre sie eingefettet. Und gleichzeitig dieser stechende Geruch, an den musste ich jedes Mal denken, wenn ich in einen Eduscholaden ging, den scharfen Geruch von gemahlenen Kaffeebohnen. Deshalb mag ich da nicht mehr rein in die Kaffeeläden, die jetzt überall sind, weil das für mich der Geruch von stark verschwitzten Kaffeebohnen ist, der in den Umkleiden hängt, weil die Jungs die ganze Woche nicht geschwitzt haben und dann kommt alles raus, was dem Körper so über die Woche die Poren ordentlich verkäst hat und er in seiner Panik beim Sport wieder ausstößt, das ganze Beta-Carotin aus der Orangenlimo und dem Käse und die ganzen synthetischen Aromastoffe aus den Maoams und Yes-Torties.

Nichts gegen Yes-Torties, die fiesesten Chemikalien und Giftstoffe produziert der Körper selbst, weil er will, dass jeder den Geisteszustand des Jugendlichen riechen kann, den ganzen Weltschmerz und das debile Gegrüble über Sex und Motorsport, was dann riecht wie die peinlichen Fürze, die die vom Sport gequälten Körper ausstoßen und das alles in einem kleinen Raum, der auch noch eine niedrige Decke hat, weil die Sportlehrer sich diesen Knabengeruchscocktail nicht entgehen lassen wollen. Das ist der erhabenste Moment für jeden Sportlehrer, die Ausscheidung allen Übels und aller Qual und Pein und Sinnlosigkeit. Das ist es, was der Sportlehrer durch seine Nase saugen will. Mir schaudert. Wenn ich an die Schule denke, dann erinnere ich Umkleidekabinen.

„Die Qualen der Weltjugend" könnte das Magazin auch heißen, da gäbe es eine Menge Abonnenten, Sportlehrer, überhaupt Schulen, alle diese Berufsdehydrierer, die die Jugend trockenlegen sollen, die sind alle mit dabei. Da sind dann schöne Fotos drin, Kotzen auf Partys, Nasebohren oder die schlechtesten Haarschnitte. Liebesbriefe, ganz wichtig. Und eine Serie, Mäppchen dieser Welt, was Schüler so auf ihre Mäppchen und Stiftebeutel malen.

Nicht so ein Bravopädagogikkack und Poprockyscheiß oder wie sich die Vertrockneten die Jugend vorstellen, das muss fies sein und verzweifelt, mit schönen Odorama-Rubbelkarten in jedem Heft. Da sind Gerüche drauf wie Angstschweiß vor der Klassenarbeit oder der Kaugummi, den sich die drei Freundinnen immer wieder gegenseitig in den Mund schieben, die Mischung aus billigem Parfüm und einer durchgetanzten Nacht.

Aber das traut sich keiner, weil die Vorstellung von Jugend etwas ganz anderes ist als die Jugend selbst. Jeder will was mit sauberer Jugend zu tun haben und auf einen Jugendlichen kommen mindestens zehn Jugendinteressierte. Jeder hätte gern den Saft der Jugend, das Soma, die blumige Essenz davon und nicht die pickligen Gesichter dazu und die wund gerubbelten Geschlechtsteile und den namenlosen Weltschmerz, der aus schlechten Gedichten heraustropft.

Aber das ist Leben, das ist die Welt von morgen, da schäumt mehr Chemie als in einem Giftmülltank und raus kommt das Denken, so ist das. Der ganze Müll der Welt ist in der Jugend und implodiert und die Filme, die den ganzen Tag im Fernsehen laufen, die sind in den Jugendlichen drin und gären und formen eine neue Gedankenwelt.

Das finde ich auch schön. Dass der ganze Fernsehunsinn, von dem ich mich frage, wo er sich in mir abspeichert, dass der bei den Jugendlichen noch gefährliche chemische Reaktionen auslöst. Danach fragt keiner in den Lifestylemagazinen, was so ein sechzehnjähriger Breakbeatmeister noch so tut. Ob er noch auf der Frotteebettwäsche schläft, die er zu seinem zehnten Geburtstag bekommen hat. Oder ob er von Umkleidekabinen träumt, weil er sich noch nicht traut, an Jungs zu denken. Immer nur werden blöde Fragen gestellt, wie machst du das, kommst du mit deinem Erfolg zurecht, hat schon jemand einen Remix bei dir bestellt? Und dazu dann saubere Wackelfotos. Falsch.

Jetzt ist es ruhig unten. Die Angeber verabschieden sich jetzt voneinander. Die einen gehen in das eine und die anderen in ein anderes Musikcafé. Jeder wird noch mal auf die Wange geküsst, zweimal oder dreimal und das dauert, weil sie nicht rechnen können. Können es selbst nicht fassen, wie lange das dauert, wenn eine Fünfergang die eine Siebenergang mit Wangenküssen verabschieden oder begrüßen muss.

Gestern kam ein Angeber im Cabrio angerauscht und eine Menge Leute sind darauf rumgehangelt, nur um die, die drinsitzen, mit arabischen Bruderküssen begrüßen zu können. Fühlen sich nicht wohl dabei. Muss aber sein. In Paris schleichen Windjackengangs durch die Metro, Möchtegern-Stadtteilmilizen und jedes Mal, wenn sie auf einem schmalen U-Bahnsteig eine andere Angebermiliz treffen, quälen sie sich durch den Reigen von Bruderküssen, jeder küsst jeden dreimal und hallo wie geht's. Ein hartes Leben.

„Mann", Shaun schlägt sich auf den Nacken, „wo kommen denn diese verdammten Mücken her? Is doch eine Großstadt hier oder? Ich dachte, die machen alles tot mit schön viel Chemikalien und so. Scheiße, das wird fett. Eh, inzwischen glaube ich, das sind die Ökos, die zu Hause in ihren Badewannen das ganze Gesocks an Mücken und Wespenlarven schlüpfen lassen und die Viecher fallen dann über einen her, wenn man gerade Fleisch isst oder die zweite Cola aufmacht. Mann, wir brauchen auch was, womit wir in die Ökos reinstechen können oder? So was wie Koffeinhornissen oder BSEwanzen oder Syphillismikroben, die nur auf Körnerriegeln nisten."

Es ist immer noch heiß. Ich weiß nicht, ob ich die Fenster zumachen oder auflassen soll. Die Luft steht. Shaun seufzt. „Jungs“, entspannte Gleichgültigkeit schwebt in der Luft, „ich glaub ich bin schwul.“ Erschöpft mehr als Herumrennen, das Rumliegen, denke ich.
„Du?“, frage ich. „Du bestimmt nicht. Du trinkst ja nicht mal aus meiner Coladose.“
„Na und? Is das nicht eindeutig schwul? Okeh, Vorschlag zur Güte. Nicht dass sich jetzt euer Arschloch verkrampft. Wir sind jetzt alle mal ganz entspannt bisexuell. Ohne anfassen Mikro, passiert schon nichts. Wir lassen mal fünfe gerade sein. Fünfe gerade sein lassen! Das isses Mann! Dieser blöde Spruch geht mir schon seit Jahren im Kopf rum. So wie ‚wat de nich im Kopp hast, haste in de Beene‘. Klar? Kapiert ihr das nicht? Jetzt geht bei mir das Licht an. Wenn wir fünfe gerade sein lassen, dann sind wir auch Mädchen. Kapiert? Seid mal Mädchen, locker, leer. Das muss schnurren in euch. Da wo vorher Duplo war, da is jetzt Mon Chéri oder Raffaelo. So ist das. Könnt ihr mir folgen? Das Frauending.“
Es klingelt. „Jetzt kommt das Frauending“, sage ich. Hören mich nicht. „Das Frauending“, sage ich noch mal zu mir und halte den Finger auf die Taste. Ein antiker Schlüssel ist drauf, auf dem Türöffner. Auf so einem modernen Plastikding mit Hörer. Was Besseres ist denen nicht eingefallen als ein antiker Schlüssel auf dem Türöffnerknopf.

Antiksymbole auf Plastikhörern. Ich höre das Geräusch vom Türöffner unten. Eine Spacewaffe, ärrärärär. Eine hysterische Zunge ist da in der Tür, die unter Strom steht, wenn man den Türöffner drückt. Jetzt zittert sie, die Zunge unter Strom.

Shaun redet weiter, schaut dabei an die Wand. Für alle. „Habt ihr das noch nie gehabt? So ein angenehmes Gefühl, wenn ihr sportliche Boys seht, wie die sich das Wasser in den Nacken spritzen. Wenn sie den Kopf nach hinten legen unter der Dusche und sich dann zärtlich sauber reiben? Is Film, klar, amerikanisch. Trotzdem Jungs, ich geh in den Ruderclub. Irgendwo muss es doch solche Jungs geben, die sich ein bisschen das Gesicht nass spritzen und die Haare kämmen und sich über die sportlichen Körper reiben.
Jeder Depp reibt sich unter den Armen und steckt sich den Deoroller in die Hose. Richtige Mädchen, die legen sich an die Jungsbrust oder schnuppern im Nacken oder meint ihr, die stecken ihre Nase gleich in die Unterhose? Hast du gehört Mikro? Stehst du auf Mädchen? He Mikro, hörst du mich?
Die richtigen Mädchen prüfen deinen Geruch. Hier am Hals. Das muss nach frischer Wäsche riechen oder so was. Aber scheiß drauf, Mädchen sind eh blöd. Wollt ihr jetzt wissen, warum ich schwul bin, na jedenfalls so ein ganz angenehmer Anfang davon, muss ich aufpassen, dass ich nicht noch so ein rotes Gesicht kriege, wie die Berufsschwuletten, aber bis jetzt ganz angenehm, da muss ich durch, coming out, muss auch mal sein, so eine Coming-out-Simulation ist das, weil ich keine Schnecken mehr sehen kann, versteht ihr?

Ich kann keine Chicks mehr sehen, keine Mösen, Punzen, H-&-M-Törtchen oder Nixen, schon gar nicht Nixen, die schlimmste Sorte. Und auch keine Nymphen, Vamps, Geräte, Stoßstangen, Schlampen oder Hühnerknochen, aus. Alle aus, hab ich alle über, kann ich nicht mehr sehen. Das Ding ist, ich will die nicht mehr nackt sehen, körperlich ist das, körperlich abstoßend und jetzt sind die Jungs dran, die sind neutral. Gibt ja sonst leider nichts, nur zwei Geschlechter. Pech oder? Is doch Pech? Mit was könnte man alles rummachen. Aber es gibt ja nur männlich oder weiblich, ab und zu ein Zwitter, was schon mal gar nicht schlecht wäre. Auf jeden Fall ist das alles großer Schwachsinn. Gibt nur was zum Reinstecken und Reinstecker oder? Das ist doch eine völlig niedrige Lebensform, Mann, die ganze Welt ist voll davon, von stecken und gesteckt werden. Geht doch so nicht mehr weiter oder?
He Mikro, was meinst du? So ein bisschen Amöbensex. Das muss doch auch dir einleuchten. Noch so ein Einzeller wie du und ihr könnt euch verschmelzen. He Mann, im Ernst, ich rede mit dir, sag doch mal was, Mann, jeder braucht Sex und es gibt keine Grenzen, klar? Mikromann, alles, was du dir vorstellst, ist möglich. Sex mit Frequenzen, Augensex. Fernsehsex." Mikro schaut weiter Fernsehen und ich stelle mich in den Gang. Kommt keiner. Ich lausche. Alles still. Fanny. Kommt sie nun oder nicht? Ich stehe in der Tür zu Gurkes Zimmer und warte.
„He, was ist los, musst du mal? Na geh schon. Ich rede von was Großem, wichtig, für dich und dich, für alle, hier geht's darum, was du tun sollst, wenn dein Schwert nicht mehr funktioniert, klar, und wie's weitergeht mit der Menschheit

ohne Schwert. Mann, was machst du da rum, ich rede mit dir?"
„Ja, red weiter", sage ich, „ich hör dir zu." Immer noch keine Schritte. Shaun weiter. „Habt ihr den mal gesehen, Satyricon, Fellini oder so, im alten Rom? Is kein Sandalenfilm, richtig gut. Geht um zwei Jungs, die haben was zusammen, aber jagen auch den Mädchen hinterher, auch, ja, alles, Kumpelsex und Abenteuer, versteht ihr, ganz einfach. Irgendwann wird der eine durch ein Labyrinth gejagt und ein riesiger Typ mit Keule und Stiermaske ist ständig hinter ihm her und als er da rauskommt, stehen da eine Menge Leute und lachen und zur Belohnung darf er auf so eine fette Matrone steigen und die Leute wollen ihm zuschauen dabei. Aber er kann nicht mehr. Sein Schwert ist kaputt, sagt er und alle sind ziemlich sauer und bewerfen ihn mit Steinen.
Also, worum geht's, Jungs? Dass es irgendwann vorbei ist mit lustig aufeinander rumspringen, irgendwas anderes muss her. Also muss männlich ran, bei mir, denk ich, und weiblich hängt erst mal in der großen Warteschleife, theoretisch, weil das geht nicht so einfach, der Kopf ist ja schon weiter, nur der Körper schweigt und außerdem sehe ich erst mal nichts, was mich weich macht oder hart, klar, ich schau mich nur um, was es so gibt und stell mir vor, wie Mädchen Jungs sexy finden können, das ist echt schwer, sehr schwer, da musst du ganz anders denken. Wie kann ich das umschalten, hä?"
Die Klingel. Schon wieder. „Ja, was denn", sage ich in den weißen Plastikhörer. „Fanny", sagt sie. Ärärär, macht die Tür. Wieso klingelt die ständig? Jetzt höre ich Schritte. Was war denn vorhin? Hätte gerne eine Kamera, um zu

sehen, wer da klingelt, ohne reinzugehen. Vor allem, was die Leute machen, bevor sie oben ankommen, ausgiebig Nasebohren oder vor sich hin murmeln und dreimal auf das Holzgeländer klopfen. Was macht Fanny jetzt? Die geht einfach die Treppen hoch, wahrscheinlich. Glaube nicht, dass die sich noch mal die Haare bürstet oder an ihren Achseln schnuppert.

Eigentlich schade, weil ich ja jemanden umso lieber mag, wenn ich etwas Seltsames von ihm weiß. Dass er, wenn er sich unbeobachtet fühlt, in die Briefkästen spuckt oder davon besessen ist, mit dem linken Fuß an jedem Absatzende anzukommen und deswegen seltsame Tanzbewegungen macht beim Treppensteigen. So was.

Schöner Sound, dumpf und langsam die Schritte, die immer klarer werden. Und dass jemand zu einem hochsteigt, nicht schon vor der Tür steht. Was ganz anderes. Was ja auch Unsinn ist, dass da schon jemand steht, wenn es klingelt und man die Tür aufmacht, ohne zu wissen wer da ist. Den Schritten lauschen, vielleicht sogar raten, wessen Schritte das sind. Stereo, das kommt viel besser. Der hohle Klang auf den Stufen und Shaun, der redet.

„Und was denkt ihr, warum mein Schwert kaputtgegangen ist, hä? In Satyricon treiben sie es mit einer Nymphomanin, die in einem Wagen gefesselt liegt und dann kriegt er den Schreck mit dem Stiermann und dann ist Sense. Und ich, ich geh mit so einer Schnecke mit, ja Schnecke, das konnte ich ja nicht sehen, weil es so dunkel war, dass die so eine fette feuchte Spur hinter sich lässt, die zieht sich gleich aus und ich soll auf sie draufspringen, sie macht sich nackig und steht da wie bestellt und nicht abgeholt und ich seh nur auf ihre Dinger und kann nicht.“

Fanny kommt rein. Ich gehe nur einen Schritt und sie legt die Arme um mich und drückt ihren Mund auf meinen. Kühle Lippen, erschöpft und sie atmet mich ein mit ihren Lungen, die von der Treppe noch pumpen.

„Also, was mach ich?" Shaun ohne Stopp. Kann nicht sehen, was hier los ist. „Das war so unsexy, lachhaft, muss doch sein, dass man erst mal ein bisschen angezogen bleibt oder gefragt wird, ob man was zu trinken haben will, was einen dann ganz schwach macht, weil ja keiner in so einem Moment wirklich was trinken will, aber die steht nur vor mir und ich starre auf ihre Dinger. So große, blasse Flecken um die Brustwarzen rum, zu viel Euter, da müssen kleine Höfe drum herum sein, leuchtende Farben wie Lippen oder? Nicht so ein Ausschlag, der aussieht wie Allergieflecken um die Nippel."

Fanny duftet kühl. Bei der Hitze! Oder ist es doch schon kühl draußen? Sie riecht nach Feldwegen am Abend und Flussufern, Grassamen. Fahrradlenkern. Und ich sauge sie ein. Wie ein Kindertag riecht sie. Nach Haut und Metall. Nur für den Geruch, für den richtigen Geruch könnte ich mich in so ein Mädchen verlieben. Macht glücklicher, der richtige Geruch. Nicht nur ihr eigener Geruch. Dass sie so gute Gerüche mitbringt, die richtigen Gerüche an ihr haften bleiben. Sie läßt meinen Kopf los und das Blut schießt zurück in unsere Lippen.

„Wer ist das?", fragt sie.

„Hä? Ach so, Shaun. Der redet schon die ganze Zeit durch."

„He, die sah aus wie eine Krake, mit diesen Euteraugen und das Schamteil da unten, so ein Fischmaul mit dicken Fangarmen dran. Das macht euch fertig Jungs, tut mir Leid,

ich weiß, dass ihr bei den Mädels jetzt immer an fette alte Kraken denken müsst. Aber das is so, das Krakengesicht in der Mitte und der Kopf oben, der sitzt drauf, als würde er nicht dazugehören, und damit schaut sie mich an, hallo, ziemlich beleidigt und ich einfach nur raus, das versteht die nicht, was soll ich der sagen. Is jetzt bestimmt am Abflennen die ganze Zeit, wollte einfach nur rammeln, he, und die hatte neben ihrem Bett so eine Schale mit Kondomen, das ist doch genauso ein Sextöter wie eine Rolle Klopapier neben dem Bett oder eine vertrocknete Rose in einer Sektflasche, Mann, alles trostlos, zu trostlos und jeder Gedanke an guten Sex ist weg, zack, aus."
Fanny reibt kurz ihre Handflächen an mein Gesicht und seufzt. „Hallo", sagt sie zu Mikro, „Hi", sagt Shaun, „setz dich und was machen die Eskimos, hä? Die ziehen sich nackt aus und legen sich in eine Schneekuhle, drunter und drüber ein großes Fell und dann wieder Schnee drauf und wer schlafen will, der schläft und wer Sex haben will, kein Problem, der hat eben Sex. Aber man kann sich auch einfach zwischen die anderen legen und einschlafen. Okeh, fertig geredet. Ich bin Shaun."
„Fanny."
„He, das kann ja nur lustig werden, Fanny."

Shaun und Mikro schauen sie erwartungsvoll an, aber ich nehme sie in den Arm. Eine Drehung. Ich ihre Sonne. Sie mein Mond.
„Komm mit in die Küche", sage ich zu ihr, „wir kochen was" und Fanny setzt sich an den Küchentisch und macht die Beine dazu lang. Ich packe Zucchinis, Tomaten, Knoblauch und Zwiebeln auf den Tisch, Messer und Holzbrett-

chen, aber dann setze ich mich erst mal hin und schaue mir Fanny an. Ich nehme ihre Hand und dann halten wir uns fest über den Tisch.

Fanny sitzt da mit ihrem braunen Haar, das für einen Moment aussieht wie aus dunklem Holz vor dem verschwindenden Himmel im Fenster. Ein Sommerhimmel, der ein Leuchten in der flüssigen Luft zurücklässt.

In die Augen schauen. Ich schau in ihre und sie in meine. Sekundenzeiger hält an. Stopp. Stille. Junge, immer läuft das gleiche Stück, denke ich, repeat one, das ganze Leben lang repeat one und dann kommt plötzlich das Jetzt, wie ein Trick, ein Bass, wumm und alles andere, was schon war, ist nur noch ein gequetschter Brei, vergessen, unwichtig. Einatmen, rein in die Zwischenzeit. Wie in dieser Bierwerbung, die Superzeitlupe. Immer wenn er das Bier ansetzt. Der Moment gehört dir oder so. Was wir jetzt auch versuchen, mit dem gedehnten Moment des Sich-in-die-Augen-Schauens. Jeder kennt das und denkt dabei, er wäre ein kleiner Schamane, der einen Zeitknoten für sich machen kann, diese zwei Sekunden Gleichzeitigkeit in einem Rausch erleben, die lange Schlaufe gehen und wieder da rauskommen, wo der Moment gerade angehalten hat.

Herzstillstand. Vielleicht nur eine Pause im Lärm der kosmischen Strahlung. Pessoa beschreibt das, dass dieser Moment nichts anderes ist als ein Schatten des Sonnenwindes, der sonst mit seinem Lärm die ganze Zeit auf uns und die Welt draufprasselt. Und wenn er kurz aussetzt, denkt jeder, wow, was für ein besonderer Moment. Den nutzt man dann oder denkt, ganz naiv, toll, wie ich mal wieder die Zeit angehalten habe.

Ich sehe mir noch mal die dunklen Flecken an, die schwarzen Sterne in Fannys Augen, ihr Haar und den unsichtbaren Flaum auf ihrer Haut. Muss ich Fanny später fragen. Ob sie das kann. In beide Augen schauen. Ich nicht, ich sehe nur ein Auge. Ihre grüne Iris. Ich denke an ein aufgeklapptes Buch. Immer denke ich an ein aufgeklapptes Buch. Ich schaue mir ihr Gesicht an wie ein Sternenbild, die Nase, den Mund und ein schwacher roter Fleck unter ihrem Auge. Und dann schweife ich wieder ab. Warum es Sternbilder gibt, wer sich das ausgedacht hat. Weil es doch nur einzelne Sterne sind, aber keine Bären, Wagen, Pfeil und Bogen, Krebse, was weiß ich. Ein Sternenregen. Was, denke ich, was sieht die Frau vom taiwanesischen Fertigungsteam am Himmel? Eine riesige Platine und die Sterne sind Lötstellen? Wie laufen da die Verbindungen, fragt sie sich das? Was für eine schwarze Walfischbacke ist das, von der Sommersprossen aus Eis herunterleuchten?, fragt sich der Eskimo, der in den Nachthimmel sieht. Und so weiter und so weiter und dann sehe ich wieder Fanny. Meinen Himmel.
Fanny anschauen und nicht über Fanny nachdenken. So ist sie mir jetzt am liebsten. Ausgeblendet. Und gleich kommt dieser Magnetismus wieder und ich möchte sie drücken. Also fange ich an zu schneiden, sorgfältig und alles besonders klein. Mikro kommt mit einer Flasche Wein. Stellt sie auf den Tisch und sucht einen Korkenzieher.
„He, wo hast du die her?", frage ich ihn und Mikro nickt in Richtung Zimmer. Hat keine Übung mit Korken. „Uufz" macht er und zieht und der Korken ploppt erleichtert. Gießt den Wein in zwei Gläser und geht wieder.
„Mikros erster Tag", sage ich zu Fanny. „Nicht schlecht oder?" Wir trinken den Wein. Shaun und Mikro johlen.

Gelächter aus dem Fernseher. Eine leise Brandung. Keine Stimmen. Immer wieder nur kurzes Gelächter. „Und, alles klar?", frage ich sie. Bitter der Wein, am Schluss. Muss man schneller trinken. „Mmmh", nickt sie und schaut mich an. Schau mich nicht an, Fanny, eigentlich will ich nur wissen, was dir inzwischen durch den Kopf gegangen ist. Oder durch dein Herz.
Ist ihr eingefallen, dass sie gar keinen Freund hat? Blödsinn. Dass es ihrem Freund sowieso egal ist? Schlecht. Vielleicht hat sie gar nichts gedacht, so wie es einem manchmal geht, wenn man nach Hause kommt und dasitzt und über gar nichts nachdenken mag, weil einem sowieso nichts Neues einfällt, aber man das Denken auch nicht abschalten kann und dann geht man wieder dahin, wo was los ist, wo man nicht darüber nachdenken muss, dass man nicht nachdenken mag. Vielleicht. Vielleicht ist sie deswegen wieder hier.

Also, wieso ist sie hier? Aufgeheizt. Was hätte sie gemacht, wenn ich nicht angerufen hätte? Vielleicht gehört sie ja zu den Mädchen, die immer denken, dass der Junge anrufen muss. Auch so ein Ehrenkodex, den eine Frauenzeitschrift erfunden hat. Wenn du gedacht hast, du kannst mich zappeln lassen, Fanny, dann hau ich dir eine runter. Denke ich und mein Blick muss dabei ganz böse sein, denn Fanny schert gleich meine Beine unter dem Tisch wie ein Krebs und macht ein harmloses Gesicht dazu.
„Und, hättest du mich angerufen, wenn ich dich nicht angerufen hätte?"
„Nö, ich hatte nämlich gar nicht deine Nummer." Ganz schön schlau, das kleine Biest. Wir sollten mal schnell

diese verdammten Sexenergien ableiten, denke ich. Mich kribbelt es.
„Schon ein wenig Hunger?“, frage ich sie und sie nickt. „Hunger“, sie spricht es tief aus und ich ziehe sie hoch und zeige ihr das mit den Tomaten. In heißes Wasser und dann abpellen. Für die Soße. Fanny füllt unsere Gläser und hält ein Messer vor sich. Die Tomaten dampfen auf ihrem Teller.
„Hier, mit der Gabel“, sage ich. Kennt sie gar nicht. „Kannst du fast schon mit den Fingern abziehen die Haut“ und dann sitzen wir still da und schneiden und pellen. Die Tomaten zeigen ihr Fleisch und die Zucchinis ihr erschrockenes Inneres, weiß. So könnte ich sitzen für immer und schneiden und gegenüber meine Fanny. Immer wieder, immer weiter. Ein ewiges Loop.
Zum ersten Mal fällt mir auf, dass ich Loops mache. Ganz schnelle Wiederholungen der gleichen Sache. Wie gescratcht. Ja, auch ein wenig wie diese Haschaussetzer, wenn zu viel drin war und das Hirn fragt ständig, was war gerade? Und dann fängt das Gleiche wieder von vorne an. Aber ich habe das gerade ohne und noch schneller. Wenn ich nur an sie denke, kommen sie, die Loops. Ist das mit allem so? Je mehr ich an eine Sache denke, umso mehr wird sie? Umkreist sie, fängt sie? Ja. Ich habe so lange an Loops gedacht und da sind sie. Wie eine neue Art, sich zu bewegen. Alles kann ich loopen. Und Junge, meine Ticks, das sind auch Loops. Dass ich da beim Zucchinischneiden draufkomme. Draufkomme. Draufkomme.

35 immer wieder

„Was denkst du", fragt mich Fanny. „Was denkst du", fragt mich Fanny. „Was denkst du", fragt mich Fanny. Funktioniert!

„Ich denke an Loops."

„Loops?"

„Ja, Schleifen. Dass sich was wiederholt."

„Wie, wiederholt?" Fanny konzentriert sich auf ihre Tomate. „Dass einem das Gleiche noch mal passiert?"

„Nein, eher, dass sich der Moment im Moment wiederholt. Wie ein Sample. Das ist schon nicht umsonst so, dass der Sound sich geändert hat, dass alles auf Wiederholungen schwebt. Auf ganz kurzen Wiederholungen. Momentwiederholungen."

„Hm. Und wann?"

„Jetzt. Zum Beispiel möchte ich, dass sich das immer wiederholt. Dass du da sitzt und die Tomaten häutest und ich schneide die Zucchini. Dass wir hier zusammensitzen und du kennst mich nicht und ich dich nicht, aber wir sitzen hier zusammen, als wären wir Geschwister an einem friedlichen Sommernachmittag. Was ganz schöner Unsinn ist, weil mir heiß und kalt wird, wenn ich dich sehe und ich heute schon ganz oben war wegen dir. Und ganz unten auch schon. Und weil ich dich einiges fragen müsste, weil mir diese Versteckspiele nur schlechte Laune machen, aber ich habe nicht die geringste Lust, dich auszufragen, es reicht mir schon, dass du hier bist und meine Haut will ich

auf deine legen und sehen, wie fest ich in dich reinbeißen kann, und dann auch wieder nicht; so ein ständiges Unentschieden ist das, dass ich gar nichts mehr denke, wenn ich dich ansehe. Vielleicht gefällt mir das auch, dieses schwebende Unentschieden. Ich weiß es nicht. Doch. Im Moment gerade schon, glaube ich."
Fanny schaut mich an und gibt mir ein verschwörerisches Lächeln. Ich werfe ihr eine Kusshand zu und wir beschäftigen uns wieder. Alles zerkleinern.

Alleinsein ist mir schon das Liebste, denke ich. Aber was für eine Sorte Alleinsein ist das? Ich möchte nicht immer jemanden um mich herum haben. Aber auch nicht alleine in meinem Loch stecken. Ich bräuchte die Simulation von jemandem. So etwas wie eine unpersönliche Anwesenheit. Ich gehe zum Herd und das Öl knistert in der Pfanne. Ich lege die Zucchinis rein und sie schreien. Nein. Es sind die Moleküle, unendlich viele, sie beschleunigen, werden heiß und ich lausche noch einmal: Sie applaudieren. So klingt das eher.
„Kennst du das, gerne allein zu sein, aber nicht ohne jemanden? An so was dachte ich gerade, du bist da, aber jeder von uns gleitet so alleine vor sich hin. Einmal habe ich in einem kleinen Zimmer gewohnt unterm Dach und da waren ständig Geräusche, von anderen, nur leise Geräusche, so Husten und Tellerklappern. Die Geräusche kamen von anderen Leuten, aber ich war allein in meinem Zimmer. Sehr angenehm war das."
Fanny kommt mit den skalpierten Tomaten. „Ah, warte, Knoblauch!" Ich versuche, schnell die weißen Zehen frei zu kriegen. Egal, rein. Zu viel Salz. Sind das die glücklich

Verliebten, die das Essen versalzen, oder die unglücklich Verliebten? Ich küsse Fanny, die mit dem Teller neben der Pfanne stehen geblieben ist. Auf die Wange. „Okeh, los", sage ich und sie schüttet den roten Matsch hinterher. Fannys Arm legt sich um mich und wir schauen der Soße zu.
„Hast du Zigaretten?", fragt sie mich und wir rauchen und schütten noch mehr Wein in unsere Gläser. „Ich hab noch ein Zimmer bei meinen Eltern", sagt Fanny. „Die sind ziemlich unsichtbar. So wie in deinem Dachzimmer. Ich hör sie und ich weiß auch immer, was sie machen, weil sie immer das Gleiche machen, als hätte ich Röntgenaugen, weißt du, weil ich genau weiß, was sie machen, bei jedem Geräusch kann ich sie sehen dabei. Das gefällt mit gut. Ist wie Untermiete. Ich wohne da, aber sie wollen nichts von mir. Ich würde schon gerne mal woanders hin, aber nur, weil ich mein Zimmer nicht mehr sehen kann. Manchmal kriege ich da schon den Rappel, weil, alles erinnert mich so an mich selbst oder an mich vor einem Jahr oder vor zwei Jahren. Aber dann bin ich auch wieder zu faul, um alles rauszuschmeißen. Und alleine wohnen, das gefällt mir gar nicht, glaube ich."

Ich erzähle ihr, dass ich vor Mikro eine Weile alleine hier war und dass das sein erster Tag ist und dass fast alles in der Wohnung von einem Toten ist, vom toten Oliver, sogar die Kleider, die Mikro anhat.
„Bevor der heute kam, hab ich mir schon überlegt, wie ich so was Wohnliches simulieren kann. Ich dachte schon daran, Geräusche aufzunehmen, so was wie Pfannenbrutzeln. Vielleicht sogar verschiedene Hörgerichte. Dann könnte ich in meinem Zimmer sitzen und die Koteletts

oder die Spiegeleier brutzeln hören und wie ein Messer Butter auf die Toasts streicht und die kleine Kaffeemaschine und Besteck, ja Besteck und Teller, die klappern, sind ja immer dabei und Gläser, nur so als Grundkomposition. Wäre nicht schlecht oder? Und dazu Stimmen, die sich in der Küche unterhalten und trinken und reden und ich bin in meinem Zimmer, wo ich sowieso am liebsten alleine bin, aber auch zuhören kann.

Ist ja oft so oder mir geht es nur so, dass das Dabeisitzen eigentlich langweilig ist, aber wenn ich weggehe und alle denken, ich geh nur mal eben aufs Klo, dann sitze ich in meinem Zimmer und lese und höre dem Gemurmel zu, bis die anderen merken, dass ich weg bin. So was macht mich glücklich."

„Oder du bist auf einer Party", sagt Fanny, „oder hängst einfach nur bei jemandem rum und du kannst dich ablegen und die Augen zumachen und die anderen reden weiter und die Musik läuft. So ein bisschen schlummern, mittendrin, das mag ich am liebsten. Im WMF oder einem anderen Club kann ich nicht schlummern, weil es so dunkel ist. Da bist du dann gleich ganz weg. Ich hab immer so ein Mittagsschlafgefühl in mir, dass ich mich ablegen will und danach fängt der gleiche Tag dann noch mal von vorne an. Immer wieder, wenn ich die Augen wieder aufmache. Das ist das Schönste."

Mikro wieder rein. „Wollt ihr Musik?" Er stöpselt meinen Anrufbeantworter ein und ein schummriges Bartape spielt mit einem floppigen, schwebenden Sound.

„He Mikro", sagt Fanny, „komm mal her" und küsst Mikro auf die Backe. Mikro sieht glücklich aus. Was ist denn hier los, denke ich. Mikro sieht plötzlich so menschlich aus.

„Ich glaube“, sage ich zu Fanny, als Mikro wieder draußen ist, „ich muss mal nachsehen, ob da noch alles unter Kontrolle ist.“ Aber Fanny hält meinen Arm fest. Mmm, will mich hier behalten, auch gut.
„Nicht schlecht. Stimmt“, sage ich zu ihr. „An so was dachte ich auch schon. Man bräuchte so was wie einen Schattenwerfer und dann hat man die Augen leicht zu und auf den Tapes, die man hört, ist noch der Sound zugemixt von ein paar Leuten, die die Tapes hören und dabei reden. Und ab und zu siehst du eine Bewegung im Augenwinkel, wie sich jemand bewegt im Licht.“
„Wieso musst du das denn simulieren?“
„Na, nicht immer natürlich. Geht ja nur um so eine Zwischenform, was für den Hausgebrauch, nicht alleine sein, aber auch nicht ständig unter Leuten.“
„Na, jetzt hast du ja Mikro.“
„Ja, jetzt habe ich Mikro. Der ist gut, schön leise. Der schläft oder hört Musik. Obwohl, jetzt wo der ständig hier reinkommt. Wusste gar nicht, dass der so besorgt sein kann um einen, mit dem Wein und dann kommt er noch mit der Musik, vielleicht kommt er ja gleich noch und massiert uns die Rücken.“
„He, schon vergessen. Ein Mädchen hat er dir auch noch besorgt.“
Wow, wie ist jetzt der aktuelle Punktestand? Das hat sie also durchschaut. Dass ich mich gar nicht mit ihr verabredet hätte.
„Ich hab dich aber gesehen“, meint Fanny.
„Was? Da wo ich saß, war es doch stockdunkel.“ Ein Schimmer Hoffnung für alle Höhlenbewohner, für alle normal sterblichen Durchschnittsmenschen!

„Wann? Hab ich da in der Nase gebohrt?“
„Na, als ihr gegangen seid. Der Kleine spricht mich an und der Große läuft hinterher.“
„Nee nee, Mikro wollte unbedingt gehen, sofort. Der hat eine Meise mit so was. Sonst hätte ich dich schon noch irgendwo abgefangen. Oder festgehalten. Wenn du vorbeigekommen wärst.“
Gelogen, denke ich. Würde ich nie machen. Würde ich schon! Wenn ich sie nur ein bisschen kennen würde, schon mal hallo gesagt hätte oder Namen ausgetauscht und kurz nebeneinander gesessen. Aber nicht ohne das alles. Dabei ist das die gleiche Unbekannte. Aber das bisschen höhö, hallo und das vage Gefühl, die kennt den, der kennt den, die kennt mich und schon kann ich frech sein, Flagge zeigen, dass ich sie mag oder mögen möchte, je nachdem, was da noch so rauskommt, wenn sie den Mund aufmacht.

Das war mir schon immer ein Rätsel. Dieser schnelle Sprung von völlig fremd zu bekannt. In Paris war ich ein Freund, wenn ich auch nur der Freund von einem Freund war um fünf Ecken, der mit einem irgendwo zusammen aufgetaucht ist, wo alle dann gleich Freunde waren, weil man ja mit einem gekommen war, den sie schon kannten. So aber, einfach nur so, haben mich die Leute angeschaut wie einen Psychopathen oder Penner. Das System ist: Freund oder Feind. Idiotisch.
Dabei zählen nur die ersten Sekunden, völlig schnuppe, ob alleine oder mit jemandem zusammen angekommen. Das Wesentliche passiert, einundzwanzig, zweiundzwanzig, dreiundzwanzig. Sekunden zum Mitzählen. Da passiert ziemlich viel, im Vergleich dazu, wie lange dann Gut-Ken-

nenlernen dauert. Wenn man nicht total doof ist, reichen einem schon die ersten Sekunden. Fürs Erste. Aber ich bin auch doof. Ich schnalle es manchmal nicht und schon klebt so ein Depp an mir oder so ein Hohlmädchen, weil ich ihn mal wieder nicht einschätzen konnte, den ersten Moment. Ich frage Fanny, ob sie das auch kennt. Aber sie denkt erst mal nach. Geht ihr nicht wirklich genauso.

„Nee“, sagt sie, „ich seh immer nur Ähnlichkeiten. Wenn jemand einem ähnlich sieht, den ich mag, mag ich den auch. Ist eher komisch, wenn jemand überhaupt keinem ähnlich sieht, den ich kenne, verstehst du? Reichen ja so kleine Sachen, vielleicht auch nur die gleichen Schuhe. Das ist dann immer die Verbindung. Und Pech natürlich, wenn einer aussieht wie jemand, der wirklich blöd ist. Aber nur fürs Erste, klar. Ich weiß auch, dass meine Freundin Steff immer blöde Leute mitbringt. Die kennt nur blöde Leute. Die kennt nur so Stresser, die die ganze Zeit von ihrer Arbeit reden und so tun, als wären sie auf Koks, obernervös und immer ja, ja, dabei sind die völlig nüchtern. Die meisten sind ziemlich trübe Tassen. Ich war mal auf einer Party mit ihr, da war einer, der hat einfach seine Freundin geohrfeigt, weil sie mit einem anderen geredet hat und den Rest des Abends hat er nur noch um Verzeihung gewinselt. Dann wurde er wieder unverschämt und wollte ihr noch eine knallen, weil sie ihm nicht ganz nett verzeihen wollte. Wenn einer so aussieht wie einer von Steffs Freunden, hat er gleich verloren bei mir.“

„Du hättest mal Gurkes Freunde sehen sollen. Das ist der, der gerade ausgezogen ist. Aus dem Zimmer, wo Mikro und Shaun sitzen. Mit dem hab ich nur kurz hier gewohnt. Der hat ab und zu seine Freunde zum Essen eingeladen und die haben dann schlechte Stimmung verbreitet. Alle gefressen wie die Schweine. Richtiges low level. Haben nur darüber geredet, was alles schief läuft und was alles krank macht und Scheiße ist, nur so Rentnermonologe, dass das Wetter nicht mehr das gleiche ist wegen der Klimakatastrophe und dass es keine Solidarität mehr gibt. Und wenn ich einen nach einer Zigarette gefragt habe, hat er mir nur beleidigt seine halbe Packung gezeigt und gesagt, „hab selber kaum noch welche". Das war noch ein richtiges Studentennest, als Gurke hier noch gewohnt hat und jedes Mal, wenn die wieder ankamen, habe ich mich gefragt, wozu die überhaupt Abitur haben, gerade die, diese völlig Hirnbehinderten."

„Ich hab auch keins."

„Echt. Tschuldige. Ich mein nur, weil das heute irgendwie jeder Depp hat. Oder fast nur Deppen."

„Nee, ich hab's geschmissen und sogar vergessen. Aber dann hatte ich einen Freund, der wollte mich deswegen trösten, weil der dachte, ich hätte einen Bildungskomplex. War ein echtes Arschloch."

„Klar war der ein Arschloch." Gefällt mir gar nicht, dass Fanny schon mal einen Freund hatte. Jedes Mal denke ich das. Jedes Mal, wenn mir ein Mädchen von ihrem vorigen Freund erzählt, besonders wenn er auch noch blöd war, dann werde ich fast schlecht gelaunt bei dem Gedanken. Will nicht, dass Mädchen blöde Freunde haben. Da bin ich unbescheiden. Junge, ja, das geht mich was an. Das ist fast so übel, wie wenn die Mädchen meiner Wahl gute Freunde hatten. Das ist natürlich unerträglich. Alle Mädchen gehen mich was an. Keine sollte einen Freund haben. Electric Ladyland sozusagen. Papst der Mädchen bin ich, logisch.

Jetzt muss ich aufpassen. Fanny ist da. Nicht abstrakt. Nicht irgendein Mädchen. Kommt wieder so ein Satz in mein Hirn, der da ohne Nachdenken bei mir gespeichert ist. Wer hat das gesagt, dass die Jungs eifersüchtig auf ihre Vorgänger sind, die Mädchen aber auf ihre Nachfolgerinnen? Es sind da noch mehr Mädchen- und Jungsschlauheiten in meinem Kopf. Hallo, Archiv! Schließ ihr die Wagentür zuerst auf und wenn sie dir dann von innen aufmacht, dann ist es die Richtige. Es gibt nur drei große Lieben in deinem Leben. Ich hab sie alle mit vierzehn getroffen. Jetzt weiß ich es wieder. Chazz Palmentieri in den Straßen der Bronx. Robert-de-Niro-Schwachsinn, den er da sagen muss. Jungs sind wie Klos, entweder besetzt oder, halt halt, das reicht. Wie groß ist eigentlich meine Festplatte?

„Kein Abitur haben", sage ich zu Fanny, „das ist doch heute so lässig wie, hm, wie vor zwanzig Jahren eine Tätowierung. Wirklich. Ich habe es, aber ich habe gar nicht mitgekriegt, wie. Und wenn du es hast, dann denkst du nur, du müsstest studieren. Aber was studieren? Zwei Jahre habe ich gebraucht, um zu merken, dass ich gar nicht studieren will." Fanny wirft mir einen strengen Blick zu.

„Nein, ich will dich nicht trösten. Ich mag Mitleid nicht. Aber weißt du, was noch besser ist als einfach nur kein Abitur zu haben? Noch lässiger ist, man hat so obskure gefälschte Abschlüsse aus dem Ausland und gleich noch einen Doktor dazu von so was wie der Universität von Samarkand. Wenn ich Geld hätte, würde ich jedem den Abschluss schenken, den er will und dann ist Ruhe im Karton. Oh, jetzt hab ich mich verraten. Ich bin auch nur arm. Nimmst du mich trotzdem?" Gefangen. Fanny setzt

sich kokett auf meinen Schoß wie eine Braut und küsst mich.
„Geht schon okeh", sagt sie.

„Mehr Wein?"
„Hmm."
Ich gehe rüber und frage Mikro „woher" und zeige auf die leere Flasche in meiner Hand und er zeigt auf den Fernseher. Wieso der Fernseher? Ich gehe hin und tatsächlich, hinter dem Fernseher steht Gurkes Weinsammlung. Unglaublich, da stehen mindestens zehn Flaschen. Was war nur los mit dem, dass er die vergessen hat? Ich gehe zurück in die Küche und Fanny steckt sich gerade ihr Hemd umständlich in die Hose zurück. Wir sollten eine Menge Drogen nehmen, denke ich. Oder Wein trinken. Völlig zu macht man so nette Sachen, wie ganz selbstvergessen das Hemd in die Hose stecken oder sich die Füße im Waschbecken kühlen und dabei ohne Unterbrechung weiterreden. Und es entsext gut. Besser ohne Triebschübe. Entspannter. Diese ständige Erotisierung, der große elektrische Strom, Strom elektrischer Ströme. Ich mache den Wein auf.
„Je schlechter der Wein, desto mehr", sage ich und schütte das ganze Glas runter. Und Fanny tut es auch. Betrunken will ich sein. Dann muss ich nicht darüber nachdenken, ob Fanny bleibt oder nicht. Eine Weile in meinem Leben meine ich. Wahrscheinlich das Hauptmotiv aller Trinker, das lustige Verzweiflungstrinken.

„Ah ja, worum es bei diesen verblödeten Freunden von Gurke überhaupt ging, habe ich vergessen zu sagen, weil wir uns nämlich wegen ‚Jackie Brown' gestritten haben. Die waren sich einfach zu gut dafür. Ja, aber und nein, so geht das nicht und wenn. Keiner hat sich getraut zu sagen: Junge, was für ein einfacher, schöner Film. Was für ein angenehmer Film! Entspannt. Der blanke Neid, dass einem was gelingt und sie dann mit einer Menge Leute der gleichen Meinung sein müssen, wenn sie so was auch sagen würden wie, ja, sehr schöner entspannter Film. Sonst gar nichts. Hast du ‚Jackie Brown' gesehen?"
„Hmm, ja, die Schauspielerin ist ziemlich gut."
„Pam Grier?"
„Ich dachte, die heißt anders."
„Foxy Brown. Kennst du denn ‚Foxy Brown', den Film?"
„Nein."
„Ich auch nicht. Ist auch egal." Mir fällt ein, dass ich gesagt habe, Fanny sieht aus wie Foxy Brown. So wie auf einem Foto aus dem Film oder auf einem Plakat, das ich irgendwo mal gesehen habe.
„Die hab ich aber noch nie vorher gesehen in einem Film. Die Schauspieler, die man so kennt, die gehen mir schon ziemlich auf die Nerven inzwischen und da fand ich waren nur normale Gesichter oder?"
„Nee", sage ich und die Flasche ploppt, „es spielen ziemlich bekannte Gesichter mit, nur dass die einem nicht auffallen.

Die erkennt man nicht gleich. Als wären die getarnt. Die sehen da alle so aus, als wären sie völlig unbekannt."
Fanny und ich schütten die Nudeln ins kochende Wasser und stehen noch kurz am Herd rum.
„Warst du in ‚Lola rennt'?", fragt mich Fanny.
„Auch so ein Film, über den man nicht streitet."
„Stimmt."
„Aber weißt du, was gut ist an solchen Filmen?", sage ich zu Fanny, „wenn man sich mal streitet, dann hat man die besseren Argumente, weil die Freunde von Gurke, die hatten natürlich hundert langweilige Gründe dagegen und dann musste ich mir hundert Gründe dafür einfallen lassen, warum ‚Jackie Brown' nicht blöd ist. Und zum ersten Mal fiel mir auf, dass solche Filme wie ‚Pulp Fiction' oder ‚Jackie Brown' oder ‚Lola rennt' so gut sind, weil alle die sehen wollen und dann gibt's mit den ganzen Schnarchbacken mal was zum Streiten, weil die ja sonst immer in ihrer eigenen Miniwelt leben, wo so Leute wie wir gar nicht mitreden können, weil uns so was wie deutscher Jazzfunk mit Worlmusikelementen nicht interessiert oder wie man Liegeräder baut, die noch leichter sind, weil das interessiert uns ja nicht oder?" Fanny hebt leicht die Schultern.
„Mach jetzt keine Witze Fanny, so was interessiert dich nicht wirklich oder?" Sie wiegt den Kopf. „Mann, Junge! Mädchen, meine ich. Verstehst du? Alle schauen sich endlich mal den gleichen Film an. So was ist doch großartig, wenn der Film auch noch gut ist, dann merkst du endlich, warum die Hohlköpfe alle so hohl sind, weil sie sich nämlich den letzten Schwachsinn einfallen lassen, um so was wie ‚Lola rennt' oder ‚Jackie Brown' schlecht finden zu können."

„Na ja, wozu dann überhaupt mit denen reden, wenn sie so doof sind?“

„Na, das muss ich erst mal mitkriegen, wie doof sie sind. Hast du nicht auch so was wie Hoffnung, dass einer nicht wirklich so doof ist, wie er aussieht?“

„Nee, darüber habe ich noch nie nachgedacht. Was kümmern mich die Deppen, muss ich doch nicht rausfinden, wie dumm die wirklich sind oder?“

„Stimmt schon. Ich wundere mich halt immer nur. Sonst hätte ich so einen wie Gurke auch nie ertragen.“

„Heißt der wirklich Gurke?“

„Nein, eigentlich Roland. Ich nenn ihn so, weil er mir mal erzählt hat, dass er es seiner Freundin mit einer Gurke besorgen wollte, so ein Depp.“

„Mit einer Gurke?“

„Ja, weil er sich angeblich im Bad oder sonstwo einen Genitalpilz geholt hat und seine Freundin hat ihn dann nicht mehr rangelassen, auch nicht mit Kondom und dann wollte er ihr was Nettes tun und hat die Gurke gekauft. Wahrscheinlich damit sie nicht denkt, er will ihr immer nur sein Ding reinstecken. Und weil sie Gemüse so gerne mag. Nee, das hat er nicht gesagt. Auf jeden Fall hat er mir das erzählt, weil er wissen wollte, warum ich denke, dass seine Freundin jetzt nicht mehr mit ihm redet. Der hat die Welt nicht mehr verstanden. Und jetzt ist er zu ihr gezogen. Hat kapituliert. Jetzt gibt's jeden Tag Gurkensalat bei denen, zur Strafe.“ Fanny schaut ungläubig. „Denk ich mir mal.“

„Wenn er's mit ner Gurke versuchen wollte, ist er wirklich ein Depp.“

„Wieso? … Aua.“ Fanny läßt eine Zucchini auf meinen Kopf schnalzen. Sind doch schön weich, denke ich, wo ist denn das Problem? Wahrscheinlich bin ich wirklich ein Depp.

„Und warum heißt Mikro Mikro?“, fragt mich Fanny.

„Keine Ahnung“, sage ich, „ich weiß noch nicht mal seinen Nachnamen. Oder vielleicht ist das sein Nachname. Mikrosevitsch oder so was. Deshalb denke ich auch immer, er ist ein Jugo.“

„Wie? Weil du denkst, er heißt was Jugoslawisches mit Nachnamen, denkst du, er ist ein Jugo? Was ist denn das für eine Logik?“

„Na ja, manche heißen halt einfach nur nach ihrem Nachnamen, der Brockmeier oder die Lange oder der Dose. Kannte ich auch mal einen, der hieß einfach nur Dose und ich habe mich schon immer gefragt, welche Leute warum ihren Nachnamen als Spitznamen haben. Oder wie heißt das? Als Rufnamen haben.“

„Weil sie vom Land kommen. Macht man da so.“

„Ich bin in so einer Hochhaussiedlung aufgewachsen, da hatten auch welche nur ihren Nachnamen.“

„Na, die hatten dann Eltern, die vom Land gekommen sind oder aus Bayern oder aus Österreich, da nennen sich ja fast alle mit dem Nachnamen.“ Wow, denke ich. Von der kann ich was lernen. Mal jemand, der auf die entscheidenden kleinen Fragen eine Antwort weiß.

„Na, gut, dass du nicht aus dem Süden kommst, Schatz. Oder nennt dich einer Schatz?“

„Ooch, nur bestimmte Leute.“

„Wieso, wer?“ Ich bin so blöd und falle drauf rein.

„Keiner, ich bin doch nicht blöd.“

„Die Nudeln“, sage ich und falle fast um beim Aufstehen. Hätten wir uns mal nur nicht wieder hingesetzt. Typisches

Sitztrinken, so wie man es in jeder Bar sieht, wenn die Leute, die im Sitzen trinken, aufstehen wollen und dann besoffen umfallen. Wahrscheinlich schäumt der Kreislauf beim plötzlichen Aufstehen den Alkohol auf. Wie ein Tequila-Bumm. Fanny steht auf, sicher, und dreht die Kassette um.

„Und, bist du gerade mit jemand zusammen?“, fragt sie. Aber die Frage klingt eher wie: und hast du immer Sachen am Laufen?

„Willst du es wirklich wissen?“ Jetzt ein bisschen ärgern. Wenigstens ein bisschen. Warum soll sie etwas wissen, was ich von ihr auch nicht weiß? Und gar nicht wissen will. Aber Fanny ist so mädchenschlau.

„Wo ist denn dein Klo?“, fragt sie mich und ich zeige ihr die Richtung.

„Bin gleich zurück“, sagt sie.

„Hoffe ich doch.“ Gut rausgewunden. Ich habe immer den Verdacht, dass Mädchen gar nicht aufs Klo müssen, wenn sie sagen, dass sie aufs Klo müssen. Nur was machen sie da? Mal abweinen? Ein bisschen kotzen? Oder mit einem winzigen Stift etwas in einen Kalender schreiben wie, der ist echt süß, aber er hat eine so große Nase. Aber Fanny geht wirklich nur pinkeln. Ich höre den Pullerstrahl und dann kommt sie schon wieder. Keine Klospülung? Braves Mädchen. Betrunkenes Mädchen. Sie kommt und haut mir auf den Hintern.

„Ich glaube nicht, dass du eine Freundin hast, und wenn, dann hat sie jetzt schlechte Karten.“ Sie lacht dazu und ihre Lippen und Zähne sind blau vom Wein. So winzige Dinge, die mein Herz höher schlagen lassen. Fanny flüstert mir ins Ohr, „lass uns was essen, sonst werd ich noch zu betrunken." Ich schütte das Wasser ab und wir verschwinden im Dampf, der in unsere nackten Gesichter pufft. Da liegen sie, die Nudeln, wie glänzende Meeresfrüchte. Gefischt aus einem kochenden Meer. Könnte ein Jules-Verne-Abenteuer sein.

„Ich geh mal die anderen holen", sage ich. In der Tür zu Mikros Zimmer bleibe ich stehen. Fanny hinter mir. Mikro hat die Arme ausgebreitet und dreht sich im Kreis. Shaun dreht wieder einen Joint und aus dem Fernseher kommt immer noch das Gelächter einer alten Fernsehshow.
„Ich glaube, Shaun hat Mikro eine seiner Pillen angedreht", sage ich leise zu Fanny. Ich glaube, es ist Klimbim, die schrille Stimme von Ingrid Steeger und die Musik vermischen sich.
„He Jungs, es gibt Essen", sage ich, „kommt ihr?"
Shaun nickt und ist schon an uns vorbei, sagt Mahlzeit und füllt sich seinen Teller. Fanny gibt mir ihre Hand unterm Tisch. Dann kommt Mikro in die Küche und sieht uns alle an, bestreicht alle Gesichter mit seinen Glücksspots.
„Hast ja mal ein bisschen Farbe", sagt Fanny zu ihm und er ist ihr sogar dankbar dafür. Sie bekommt einen Extraspot. Ich gieße Wein ein und sage „Cheers" zu allen und alle heben die Gläser, außer Shaun. „Los Shaun." Shaun hängt schon über dem Teller und isst. „Shaun!" Und endlich haben alle ihr Glas vor dem Gesicht. Wieso lernen die das nie? Und dann sollte man sich noch in die Augen schauen beim Anstoßen. Aber nur Fanny möchte mir in die Augen schauen. Dann gibt sie Mikro etwas auf seinen Teller und alle essen.

Ich schaue sie an. Jeder sein Tiergesicht, denke ich. Ich habe ein schönes Buch von Grandville, der vor, weiß nicht, zweihundert Jahren die Menschen als Tiere gezeichnet hat. Bei Grandville wäre Shaun eine Hyäne, Mikro eine fette Echse und Fanny eine Windhündin. Oder? Ein bisschen schon. Was wäre ich? Ich wäre ein Adler, klar, jeder wäre gerne ein Adler, aber mich kann ich ja nicht fragen.
„Wenn jeder ein Tier wäre von uns, was denkt ihr, wäre er dann?"
„Wie Tier wäre?", meint Fanny.
„Na, so wie manche aussehen wie Hunde oder Hamster oder Vögel. Wie sehen wir aus?" Ich sage ihnen, wie sie aussehen.
„Ich Hyäne?", sagt Shaun. „Mikro Echse ist nich schlecht." Shaun hat den Mund voll beim Reden, „wenn ich eine Hyäne bin, dann bist du ein Geier."
„Also nach den Haaren zu urteilen", meint Fanny und streicht mir über die Haare, „bist du ein Otter. Und Shaun und Mikro sind zwei Hunde."
Mikro macht plötzlich den Mund auf, „ihr seid alle, ihr seid alle Wellensittiche. Ihr seid so bunt und weich." Ich fange an zu zwitschern.
„Was hast du ihm gegeben, hä?", frage ich Shaun. „Vogelfutter?" Hat einfach keinen Sinn, wenn sie Grandville nicht kennen.
Shaun schlürft weiter seine Nudeln rein. Wenn er fertig ist, fängt er an zu reden und zu rauchen. Einfaches Schema. Fanny isst langsam und wir beobachten gemeinsam Mikro. Er isst nichts und seine Augen sind warme weiche Kastanien. Heiße Maronen, die gleich platzen. Pupillen-

energieschub. Der normale Zeittakt ist ausgeschaltet, diese Millisekundennorm für Blickkontakt, die richtige Verzögerungszeit beim Antworten, das Timing, gerade noch beiläufig wegzuschauen, bevor jemand merkt, dass man ihn sich ansieht. Mikro schaut uns einfach an. Mich, Fanny, Shaun, wir alle bekommen seine schwarzen Pupillen zu sehen. Ich habe das Gefühl, Mikro schaut einfach durch mich durch, durch meine Augen, durch meine Haut, einfach durch. Bis in mein Hirn, bis in die Flimmerkammern der Phosphorwelt.

Shaun wischt sich den Mund. „Gleich kommt ‚Ein Mann für gewisse Stunden'. Wer hat Lust auf ein paar heiße Callboys? Geht sogar gut aus. Wie, kennt ihr nicht? Ich schwöre, guter Film, alles schön Achtziger und Richard Gere, na Fanny? Richard Gere, is das nicht ein Angebot?"
„Meine Schwester ist ein großer Richard-Gere-Fan", sage ich.
„Und, wie sieht deine Schwester aus, gut? Können wir die nicht auch noch einladen?", meint Shaun.
„Bloß nicht. Egal, wie gut deine Laune ist, sie verdirbt sie dir. Sie ist groß und dick und hat einen Schnurrbart. Sie riecht nach Knoblauch und wenn ich sie jetzt anrufe und sage, hier ist einer, der will dich kennen lernen, dann kommt sie her und wirft sich mit ihren zwei Zentnern auf dich drauf."
„Schon gut, ich hab schon einen Frauenschaden. Ist deine ganze Familie so?"
„Ich kann ihr ja mal deine Nummer geben. Ich sage ihr einfach, du siehst ein bisschen aus wie Richard Gere." Meine Schwester, das Tier.

„Okeh, dann schaun wir den eben ohne deine nette Schwester. Los geht's, da gibt's was zu sehen, Sex und so und schöne Frauen."
„Nee", sage ich, „das ist das Unsexyste überhaupt, wenn man sich Sex auch noch anschauen muss und dann noch mit Sonne durch die Vorhänge im Gegenlicht und schön nah drauf, dass man auch viel Haut sieht, gähn, und dazu noch so ein bisschen Rubbelbewegung. Ohne mich."
„Los Mikro" und Shaun zieht den taumeligen Mikro aus der Küche, „wir rauchen noch was und streicheln uns selber" und Fanny und ich sind wieder allein in der Küche. Besseres Programm, viel besseres.

37 a love supreme

Fanny beißt in meinen Arm und tut so, als würde sie so fest sie kann. Sie lacht.
„Lass uns noch mehr trinken", sagt sie zu laut in mein Ohr. Terror, die soll mich nicht so ansexen. Ich quirle ihr erst mal mit allen Fingern durch die Haare und sie lehnt sich dabei gegen mich, dass ich fast umfalle. Sie stöhnt, „mehr! Mehr Wein."
„Hier, trink" und ich mache unsere Gläser wieder voll und schüttle ein paar Zigaretten auf den Tisch. Fanny steckt sich eine an und lässt den Rauch aus ihrem Mund dampfen.
„So eine Schwester hast du? Sieht dir gar nicht ähnlich."
„Danke."
„Die hat dich bestimmt immer verhauen, hä?" und wir fangen an zu kichern. Scheiße, jetzt läuft mir der Wein schon durch die Nase. Ich sollte nicht gleichzeitig trinken und reden.
„Schluß jetzt", sage ich. „Alles riecht jetzt nach Wein."
„Wieso?"
„Ist mir durch die Nase gelaufen. Nein, meine Schwester ist eher so ein vertrocknetes Brötchen. Einmal habe ich gesehen, wie sie raucht und seitdem denke ich, sie hat so eine Ingeborg-Bachmann-Verschlamptheit."
„Hat sie so geraucht?" und Fanny zieht mit spitzem Mund an der Zigarette.
„Nein. Das war auf einer Party, da saß sie in der Ecke und

hat völlig fertig an einer Zigarette gesaugt, so eine Feierabend-Putzfrauenzigarette."
„So wie Frauen in Filmen rauchen, wenn sie verlassen werden?"
„Genau. Fertige Männer, die rauchen ja eher so Kriegszigaretten, hart und kurz, verbissen. Gescheiterte Frauen, die seufzen sich den Rauch in die Lungen. Manchmal frage ich mich, ob die Leute rauchen wie im Film oder ob die im Film so rauchen wie die Leute. Also, wer damit angefangen hat."
„Na, die Leute natürlich."
„Dann schau dir mal den Prol an, der unter uns wohnt, der kommt mit seinen Aldi-Tüten angewankt und hat eine Kippe im Maul, die ihm in die Augen qualmt. Was denkt der, wer er ist, Jean Paul Belmondo? Oder die Powerjugendlichen unten vor dem Musikcafé, die saugen hart an ihren Gangsterzigaretten und bellen sich dabei auf Türkisch an, was sich immer so anhört, als würden sie gleich mit dem Messer aufeinander losgehen. In Wirklichkeit reden sie aber über Sportschuhe und was es zu Mittag gab."
„Und was machen wir?"
„Wir rauchen einfach, ohne Umstände oder?"
„Wir rauchen wie Madonna." Ich lächele Fanny an. Sie sieht überhaupt nicht aus wie Madonna. Wir blasen uns den Rauch ins Gesicht und schauen uns gegenseitig an durch den Nebel. „Und, wieviel E's hast du schon eingeworfen?", frage ich Fanny.
„Mal überlegen. Zwei glaube ich. Mag ich aber nicht."
„Und warum?" und mache die nächste Flasche auf. Ich möchte die blauen Linien wieder in Fannys Gesicht sehen. Lassen schon stark nach.

„Unangenehm."
„Na was, unangenehm?"
„Mit sieben oder so bekam ich mal eine gewischt. Vom Strom und alles hat mir tagelang wehgetan. So richtig in den Nerven. Und beim ersten E hatte ich das wieder. Ganz weich und warm und wund, wie wund gescheuert innen, ziemlich eklige Mischung."
„Und dann?"
„Hab ich mich noch mal überreden lassen, weil's ja erst beim zweiten Mal so richtig wirken soll. War aber dann genauso oder eigentlich noch schlimmer. Ich vertrag das Zeug einfach nicht. Und bei dir?"
„Mag das Zeug auch nicht so. Erst kommt so ein Hammer und dann geht's ewig bergab. Da sind mir fast die Beine weggeknickt beim ersten Mal und dann kam gleich der lange Abschied. Musste ich mich gleich besaufen deswegen, was ja unsinnig ist, sich wegen eines schlechten E voll laufen zu lassen."
„Und Mikro? Meinst du, der hat wirklich ein E geschluckt?"
„Ja, glaube schon. Ich weiß nur nicht wie Shaun das in ihn reingekriegt hat." Die ganze Geschichte mit Mutters Diätpillen, die ich in den Baum gesteckt habe und wie Mikro das Schubbelpulver vom Teller geleckt hat, die erzähle ich ihr jetzt nicht. Die Abkürzung tut es auch.
„Ja, Mikro wär eine gute Werbung für das Zeug", sage ich.
„Ich glaube, dass das früher als Therapie gemacht wurde, den Leuten E's eingetrichtert, gegen Frust oder Sexblockaden."
„Ja, aber da war wenigstens immer jemand dabei und hat aufgepasst."

„Ich glaube, Shaun passt schon auf."
Mikro kommt wieder in die Küche. Er hechtet zur Spüle, füllt sich ein Glas mit Wasser und trinkt es. Dann schenkt er sich noch eins ein. Nach dem dritten Glas seufzt er, dreht sich um und rülpst erleichtert. „Ich bin so weich", sagt er, „wow, weich" und sieht uns glücklich an. Als Mikro wieder weg ist, sage ich, „hast du das gehört, hast du jemals jemanden so laut schlucken gehört?" Fanny und ich nehmen erst mal selber einen großen Schluck.
„Macht richtig Durst", sagt Fanny.
„Ich glaube, Mikro ist doch so was wie ein Käfer, ein unglaublich durstiger Käfer, der schon fast versteinert war, bevor er hier reinkam, so trocken kam der mir vor."
„Stell dir mal vor, so was würdest du ständig hören", meint Fanny und trinkt wieder.
„So was höre ich ständig, glaub mir. Manchmal komme ich nach Hause und dann liege ich da und kann nicht einschlafen und plötzlich höre ich solche Geräusche. Von überall kommen solche Geräusche, überall Gehuste und Gekratze und Gekeuche und Gegrunze. Unter mir und über mir. Direkt hinter der Wand neben mir auch. Das hört sich dann an, als würde alles abgetragen werden wie von Termiten, Schicht für Schicht, Tag für Tag. Alles wird abgeschabt und eingespeichelt und an einer anderen Stelle wieder aufgepappt, als würden die die ganze Nacht durch die Wohnung schleichen und rumfummeln und alles abreiben und rumrollen und schniefen und furzen und beim Masturbieren mit den Fingernägeln die Wände abknibbeln."
Fanny fiept.
„Nein wirklich. Manchmal denke ich, ich lebe in einem Haus voller Käfer. Vielleicht gibt es ja Menschen, die

von Insekten abstammen, manche von Hunden und andere wieder von Ratten oder sie sind auf irgendeine Weise verwandt mit solchen Tieren. Und mein Haus ist nun mal ein Insektenhaus. Nur so einsame Studentenschaben und Rentnerkäfer und Prolfamilien, die ihren Müll in der Wohnung herumrollen und ständig schniefen. Alle hocken aufeinander, Schicht für Schicht und Wohnung für Wohnung und machen sich gegenseitig nervös mit ihrem Husten und Getränke holen und an den Zigaretten saugen und Fenster aufreißen und wieder zumachen und dazu den Fernseher einschalten mit voller Lautstärke und gleich wieder ausmachen. Das ist ein unglaubliches Gefummel, mit dem sie sich gegenseitig auf Trab halten. Und ich kann dann auch nicht mehr einschlafen. Ich fange dann auch an, die Fenster aufzureißen und Musik anzumachen und gleich wieder aus und dazu stecke ich mir ab und zu eine an."

„Auf dem Land kenne ich Leute, die besuche ich manchmal", sagt Fanny, „und ich bin dann ganz froh, wenn ich keine Fernseher mehr höre oder wie sich die Leute über mir streiten. Ziemlich hellhörig, unsere Wohnung. Neben uns wohnt einer, der hat seinen Radiowecker auf fünf Uhr morgens gestellt. Und, meinst du, der wacht davon auf?
Aber das ist komisch, was du sagst, mit den Insektengeräuschen hier. Das Gleiche höre ich nämlich auf dem Land. Ich fahre da manchmal übers Wochenende hin und danach reicht's mir wieder, weil ich diese Tiergeräusche nicht mehr aushalte und die Dunkelheit. Wenn ich zurückkomme, bin ich heilfroh, dass die Stadt wieder so schön laut ist und fett. Und hell. Die Nacht auf dem Land ist mir auch unheimlich. Wie ein tintenschwarzes Meer und es ist ganz

still. Jedes Mal denke ich, ich bin allein im Weltraum. Und dann kommen die Mäuse und graben weiter an ihren Löchern und was weiß ich noch alles und machen einen Heidenlärm. Ich bin so froh, wenn ich wieder zu Hause bin. Vor allem, weil da Licht ist. Vierundzwanzig Stunden Licht, das vermisse ich auf dem Land."
„Du musst öfter zu mir kommen", sage ich. „Immer Licht und rund um die Uhr Käfergeräusche. Und ab und zu können wir bei dir dem Radiowecker lauschen."
„Pschscht", sagt Fanny und hält mir den Mund zu. Ich nehme ihre Hand, die ganz warm ist und küsse sie.
Junge, denke ich, habe ich gut die Kurve gekriegt. Runter vom kalten Koksgipfel in die weichen Weinhänge. Und jetzt trinken wir wie zwei, die herausfinden wollen, was sie sturzbetrunken noch so tun. Sonst trinke ich mich schnell an den Abgrund und bremse dann ab und trinke langsam weiter, um immer den gleichen Abstand zu halten zum wirklichen Betrunkensein. Ist ja nicht lustig, wie ein Gehirngelähmter herumzutorkeln. Aber jetzt passe ich nicht auf. Und Fanny auch nicht. Als wäre ein Loch in mir und in Fanny. Viele Flaschen Wein passen da rein in das Loch, in das Doofloch, damit es schön voll klingt, wenn wir uns was sagen. Vielleicht können wir das mal ganz gut gebrauchen, so ein bisschen doof zu sein vom Alkohol, denke ich.
Vielleicht ist es die Geschwindigkeit, von der uns ganz schwindelig ist, die Geschwindigkeit, mit der wir uns annähern. Dass alles ganz am Anfang ist, aber trotzdem schon auf Level 7. Wir haben alles übersprungen, das Buch in der Mitte aufgeschlagen und jetzt wundern wir uns, dass wir schon reden wie hundert Seiten weiter. Ich will zurück

auf Start. Ich will die ersten Zeilen noch einmal lesen. Ich mache unsere Gläser voll.

A love supreme, supreme, supreme, a love supreme und Fanny summt mit. Klingt wie ein ziemlich gutes Getränk, a love supreme. Die Farben haben sich verändert. Der blaue Wein um Fannys Mund, die Küche in Gelb. Licht an. Mein leeres Glas weiß, elfenbeinweiß, nicht mehr durchsichtig. Abendmilch. Und Fanny atmet an meiner Schulter. Der Atem vom Wein gegerbt, schön, denke ich. Die Sonne in den Trauben, Pflanzenblut. Was für ein Luxus. Blut aus Pflanzen. Der Wein senkt meine Geschwindigkeit. Von splitternden Beats zum summenden Bass.
„In San Sebastian", sage ich zu Fanny, „ganz im Norden von Spanien, am Atlantik, da gibt es einen Berg, auf dem sich die Verliebten treffen. Die Stadt hat zwei kleine Buchten und in der Mitte davon, nein, das ist eher ein Felsen und um den rum sind Wege mit alten Eisengeländern und Bänken zum Draufsetzen. Da spazieren die jungen Paare auf und ab und ab und zu setzten sie sich auf eine Bank und knutschen. Dann spazieren sie wieder weiter. Und von da oben können sie die ganze Stadt sehen, die Lichter und die Menschen in den Straßen. Ist nicht groß, die Stadt."
„Schön", sagt Fanny schläfrig und dreht ihren Kopf weiter in meine Armbeuge. Nicht einschlafen, Mädchen, denke ich, erst wenn wir besinnungslos sind und völlig erschöpft. Von was auch immer.
„Und manchmal wird auch einer ermordet."
„Wieso?"
„Ist so, wenn einer auf der Abschussliste steht, dann muss er da rauf und wird dann abgestochen oder vom Felsen he-

runtergestürzt oder beides. Die ganzen Pärchen kriegen ja nichts mit und es ist ein schöner Ort zum Sterben, deswegen gehen die da rauf."

„Was?" Fanny hebt den Kopf. „Was erzählst du da? Die gehen da rauf, um sich abstechen zu lassen?"

„Klar, ist doch besser, als irgendwo unwürdig zu sterben." Aber ich bin ein schlechter Lügner, Fanny schaut mich an und sieht das sofort.

„Idiot", sagt sie und schlägt mir auf die Brust und ich halte sie nur fest und wir küssen uns wieder, aber Fanny hört gleich wieder auf.

„Hast du denn schon mal einen Toten gesehen?" Und wie sie jetzt wach ist!

„Na klar, durch eine Scheibe, in einem düsteren Keller im Krankenhaus" und dazu mache ich Nosferatu-Krallen in der Luft, die über ihr schweben. Unbeeindruckt.

„Und", meint sie, „warst du erschrocken? Hattest du Angst?"

„Na ja, er war schon ziemlich tot. Ich wußte nicht, dass man so tot aussehen kann, weil der wirklich aussah wie so ein weggeworfener Gegenstand. Ausgeplündert. Leer. Und vor allem grün. Ich kannte den kurz mal als Lebenden. Aber als Toten hab ich ihn kaum wieder erkannt. Und du?" Ich habe gerade das seltsame Gefühl, je mehr wir trinken, desto nüchterner werden wir.

„Letztes Jahr. Bin ich mit Freunden in die Masuren gefahren. Mit Zelten und Fahrrädern. Wir hatten einen, der kannte sich da aus, wo wir schlafen konnten und so weiter. Aber ich bin abgehauen nach einer Woche, weil mein Freund ständig drauf war, genauso wie die anderen Arschlöcher. Ich war schon ziemlich sauer, weil die nur noch wie

gelähmt rumhingen und nichts mehr auf die Reihe gebracht haben und dann hat auch noch der beste Freund von meinem Freund damals versucht, mich nachts in meinem Zelt zu besteigen. Da hat's mir dann endgültig gereicht. Ich hab ihnen die Räder aufgestochen und bin abgehauen.
Dann ging mein Rad auch kaputt und ich wusste überhaupt nicht mehr, wo ich bin. Mitten in der Einsamkeit. Nur noch Landschaft um mich rum. Kein Dorf weit und breit. Nur Feldwege, Äcker und Bäume. Ich war so wütend, dass ich noch nicht mal Angst hatte, wie ich da wieder rauskommen sollte. Ich bin gelaufen und gelaufen vor lauter Hass auf meinen Freund und seine widerlichen Kumpels, aber das konnte ich gar nicht durchhalten, weil es so schön war. Sah so friedlich aus da, so nach großem absterbenden Sommer und die Felder schon abgeerntet und braun und still alles. So einen riesigen Sommer habe ich noch nie gesehen."

Fanny redet und ich sehe die Bilder dazu, meine eigenen Bilder, Bäume, Wege, sogar die Erde und das Gras und einen Bach, als wäre in mir ein Bildersouffleur zu Fannys Worten. Bilder von alten Bäumen und den Stoppeln auf den Feldern, von Käfern am struppigen Rand des Weges und lautlosen Wolken, die im Himmel stehen. Diese ganzen Bilder folgen aufeinander, wie Fannys Worte aufeinander folgen. Nicht überblendet oder eins nach dem anderen. Gehen einfach ineinander über. Als wäre ich selber da gewesen, folge ich weiter dem Strom, in Fannys Worte eingebettet und nicke, verstehe, während sich unmerklich meine Bilder mit Fannys Geschichte verbinden.

„Dann kam ich an einer Hütte vorbei und wollte sie mir ansehen, weil ich wissen wollte, was für eine Hütte das ist. Das war nur so ein Bretterverschlag mit einer Tür, die schon in den Angeln hing. Der stand da ziemlich brüchig und fertig auf einem Acker. Den ganzen Tag habe ich nichts anderes gesehen als Bäume und Äcker und Himmel, also stieg ich über einen kleinen Bach und quetschte mich durch ein paar junge Bäume und dann hatte ich schon so ein seltsames Gefühl. So eines, wie wenn die Musik in einem Film plötzlich bedrohlich wird, so war das, als wäre die Sonne verschwunden, ich hatte plötzlich Angst und eine fürcherliche Gänsehaut. So was Grauenhaftes war plötzlich in der Luft, wie in einem schlechten Gruselfilm.
Aber ich wollte es wissen. Die war so klein, da hätten wir beide uns noch nicht mal richtig reinstellen können, in die Hütte, und dann habe ich so lange an der Tür gestanden und ins Dunkel gestarrt, bis ich den Kopf sehen konnte. Wie ein weißer Stein sah der aus. Der lag so verdreht da und ich stand in der Tür und war schon an seinen Beinen dran. Der lag einfach da, ganz dünn und weiß. Die Angst war wieder weg. Auch die Sonne schien wieder, so kam's mir auf jeden Fall vor. Da lag so ein armer Mensch, der sich in der Hütte verkrochen hat und da ist er dann seinen einsamen Tod gestorben. Der hat auch nicht gerochen. Ich glaube, der war schon ein wenig eingetrocknet.
Aber was ich nie vergesse ist die Angst, die ich schon vorher hatte und dieses Gefühl, dass die Musik ganz schwer wird oder verschwindet, weil ich die ganze Zeit schon so eine Musik im Kopf hatte, so eine Sommermusik, schon traurig, aber angenehm und außerdem war ich ja noch auf-

geregt. Aber da an der Hütte hat sie aufgehört, als würde alle Musik weggesaugt. Dass der da lag und tot war, das war dann gar nicht mehr so schlimm. Der war nur noch ein Stück Sommer. Jetzt weiß ich auch, warum man sagt, ich hab den Tod gesehen. Nicht nur irgendeinen Toten. Den Tod. Weil der immer gleich ist. Sieht immer gleich aus."
„Und dann?" Ich gebe ihr das Glas. Trink, Mädchen. Wein verscheucht den Tod. „Wie bist du da weg?"
„Später kam ich auf eine Straße und bin getrampt und dann vom nächsten Bahnhof aus wieder nach Hause. Dafür habe ich eineinhalb Tage gebraucht, um wieder heimzukommen. Und meinen Freund war ich los. War mir auch egal. Aber musst du dir mal vorstellen. Der hat noch nicht mal mehr angerufen. So ein Arschloch. Ich hoffe nur, der hatte ein paar Tage Schiss, mir wäre was passiert. So ein Riesenarschloch."
„Vielleicht ist er ja ertrunken?"
„Nee, ich hab ihn auf einer Party gesehen und ihm mit der Zigarette ein paar Löcher in seine blöde Patagonia-Jacke gebrannt."
Ich stehe auf und zünde eine Zigarette an und gebe sie Fanny. Shaun kommt in die Küche. Schaut in den Kühlschrank und nimmt eine halb leere Fantaflasche mit. Aus dem Zimmer kommt Gelächter und Shaun beeilt sich.
„Möchtest du noch Musik?", frage ich Fanny.
„Hmm." Mikro hat einen ganzen Berg Tapes hingelegt. Ich nehme ein rotes. Der Melodymaker piept und bockt ein bisschen und dann schwingt ein Vibraphon durch den Raum und ich muss diesem seltsamen Schwebeklang einen Moment lang nachlauschen, wie er sich unsichtbar verteilt in der Küche. So klingen Nordlichter, denke ich.

Soeben auf die Liste gesetzt von den Dingen, die ich noch sehen muss in meinem kurzen Leben. Ganz oben auf die Liste. Schwebende Bänder aus phosphorisierendem Licht in einer eisigen Nordnacht.

„Und, denkst du noch manchmal dran?“

„Nö. Ich denke nur manchmal daran, was für eine Angst ich hatte, bevor ich den da liegen sah und wie die Angst weg war, als ich so nah dran war. Daran denke ich manchmal. Vielleicht ist das so, dass man kurz bevor man dem Tod gegenübersteht wieder ruhig wird und gelassen. Ich meine, der hat also auch was Gutes, der Tod, wenn man ihn vor sich sieht. Dann ist alles gleich und einfach.“

Draußen leuchtet der Mond. „Komm her“, sage ich zu Fanny und mache das Licht aus. Wir stehen am offenen Fenster und sehen zwischen den Dächern den halben Mond und steife Wolken, die an ihm vorbeiziehen wie wütendes Ektoplasma.
„Ich dachte gerade an Nordlichter, dass ich die Nordlichter gerne mal sehen würde. Neulich habe ich sogar eine Weltkarte mit Nordlichtern gesehen, die waren angeblich von einem Satelliten aus aufgenommen. Auf der Karte konnte man auch helle Flecken sehen, gelbe und rote, von den Lichtern, von so was wie Sportstadien und Flughäfen oder was weiß ich. Aber ganz oben auf der Karte, zwischen Norwegen und Grönland, waren die grünen Schleier des Nordlichts. Das einzige Licht, das von selber leuchtet oder? Denn wo leuchtet es sonst von alleine? Außer der Sonne leuchten doch nur die Fische in der Tiefsee und das Nordlicht und die Leuchtkäfer oder?“
„Der Mond leuchtet.“
„Na, die Sonne scheint auf den Mond.“
„Quatsch, die Sonne ist doch untergegangen.“ Vielleicht hat sie Recht und das stimmt alles gar nicht, was ich aus meinen Was-ist-Was-Büchern noch alles weiß. Wir müssen ganz eng stehen, um in den Himmel sehen zu können und ich halte Fanny noch fester.
„Siehst du auch, wie der Mond in einem Tuch steckt“, sagt Fanny, „so wie eine Kugel, die halb in einem Billardtisch

versenkt liegt? Der Himmel ist die Tischplatte und die müsste eigentlich ein paar Straßen weiter auf der Erde lehnen. Siehst du das?"
„Hmm, stimmt", sage ich. „Wie eine riesige Wand. Aber die Wolken passen nicht so richtig dazu. Die Wolken machen aus dem Himmel wieder eine Decke, unter der sie schweben." Wir starren weiter nach oben.
„Wie aus einem Vampirfilm", sage ich. „Mond und Wolken. Die Armen, können gar nichts dafür, dass das schon wieder so ein Klischee ist. Als würde der Mond mit den Wolken in der Nacht schon jemand anderem gehören. Findest du nicht auch?"
„Wem gehören?"
„Na, irgendjemand hat sie schon benutzt, seit ewigen Zeiten tauchen sie in jedem Gruselfilm auf und auf Postkarten und was weiß ich. So ein Gefühlstrigger ist das. Ich denke, schaurig schön, wenn ich das so sehe, aber es ist ein geklautes Gefühl. Oder ein schon ziemlich benutztes."
„Verstehe."
„Das muss doch den meisten Menschen so gehen, dass sie was sehen in der Welt und es wieder erkennen von einer Postkarte, die sie eben schon vorher davon gesehen haben. Meistens sind das ja Bilder im Kopf. Und die Bilder, die gibt es dann schon, im schlimmsten Fall als Postkarten eben."
„Hmm. Zum Beispiel?"
„Zum Beispiel Himbeereis. Ich habe Himbeereis gegessen, bevor ich jemals richtige Himbeeren gegessen habe, verstehst du? Und dieses künstliche Aroma von Himbeereis, das ist in meinem Kopf. Irgendjemand hat den Himbeergeschmack vereinheitlicht und ein künstliches Aroma

daraus gemacht und jetzt ist der künstliche Himbeergeschmack in meinem Kopf die Mutter des Himbeergeschmacks. Dabei schmecken Himbeeren völlig anders als Himbeereis."

„Ja, aber das sind doch zwei unterschiedliche Geschmäcker. Richtige Himbeeren schmecken doch immer noch so wie richtige Himbeeren."

„Mir nicht. Als Kind habe ich mir mein erstes Himbeereis gekauft und gedacht, so schmecken Himbeeren. Und wenn ich richtige Himbeeren esse, dann denke ich jedes Mal, komisch, die schmecken ja gar nicht wie Himbeeren. Eher wie Mjambeeren."

„Mjambeeren?"

„Na, wie irgendwas, das ich noch nicht kenne. Mjam halt."

„Und was hat das mit dem Mond und den Wolken zu tun?"

„Mond mit Wolken, das gibt es halt schon als richtige Vorlage. Es gibt Kataloge mit Bilder, die man kaufen kann, vorgefertigt. Sonnenuntergänge, lachende Kinder, der Mond hinter den Wolken, eigentlich alles. Ist alles schon erfasst. Menschen an Caféhaustischchen, Paare im Regen, Paare ohne Regen im Park, Kinder, die Ball spielen, ein Mädchen und ein Junge, die am Fenster stehen und in den Himmel schauen. Weil das jeder kennt. Eigentlich auch schon wieder egal, weil das nur hirnlose und langweilige Bilder sind. Aber jeder, der etwas darauf zum ersten Mal sieht, erinnert sich an dieses Bild, wenn er es dann mal wirklich erlebt. Das Bild ist der künstliche Himbeergeschmack und das echte Erleben die Himbeere, klar?"

„Ahoi Käptn."

„Es ist nur traurig, weil das langweilige Erinnerungen und die Bilder alle leer sind, Klischees. Wie in ‚Soivent Green', so einem Zukunftsfilm, wo alle nur noch grüne Plättchen essen und es keine Bäume mehr gibt, gar nichts mehr, nur noch Dreck und Hunger und wenn man sich freiwillig meldet zum Sterben, dann bekommt man eine Giftspritze und darf sich langlegen und noch mal alles Schöne ansehen auf einer Leinwand und da läuft dann der gleiche Blödsinn, also Sonnenuntergänge und Schafherden, die über grüne Hügel laufen und Wasserfälle, die irgendwo runterstürzen. Wie aus dem Prospekt, so wie das kein Mensch kennt. Das ist dann wirklich totaler Schwachsinn, für so was sterben zu wollen.

Ich meine, heute stirbt ja keiner für so was, aber wenn die Leute in ein Reisebüro gehen, dann sehen sie sich tote Bilder an und fahren dahin und sehen nur noch die tote Vorlage von dem Ort, an den sie gefahren sind. Und auch wenn man nicht in ein Reisebüro geht, springen einen diese toten Bilder an, wo man geht und steht."

„Ich erinnere mich an ein Kinderbuch mit Tieren. Da waren Fotos von Hamstern drin, die saßen in kleinen Autos und Mäuse hockten in kleinen Häuschen mit Betten und allem drin. Und dann hatte ich einen Hamster und habe ihn gehasst dafür, dass er nur gestunken hat und den ganzen Tag in seinem blöden Laufrad herumgelaufen ist wie ein Bekloppter. Der konnte nichts außer fressen und scheißen und in seinem blöden Laufrad rumlaufen. Der Hamster war auf jeden Fall nicht das, was ich dachte, was ein Hamster wäre."

Ich hole ein paar Kerzen und zünde sie an und wir trinken.

„Aber es ist doch auch nicht schlecht“, fängt Fanny wieder an, „wenn es nur noch künstliche Aromen gibt. Jedenfalls, wenn es nur künstliche Hamster gibt und Wellensittiche, weil die nicht mehr stinken. Besser, jeder hat ein Tamagotchi als einen Pitbull oder ein Terrarium zu Hause, das nach Schlangenkacke stinkt.“
„Ich glaube so geht das nicht. Tamagotchi gegen Pitbull.“
„Aber irgendwie muss es ja auch weitergehen oder? Irgendwann gibt's halt keine Himbeeren mehr und das vermisst dann auch niemand mehr, dafür ist was anderes da. Immer das Geheule um die gute alte Welt.“
„Ja, klar. Ich habe auch nichts gegen Himbeeraroma. Ist genauso echt wie die Himbeeren im Wald und manchmal denke ich, wir leben doch in verdammt guten Zeiten, weil wir Himbeeren UND künstliches Himbeeraroma haben. Himbeerkondome, Himbeersirup, Himbeertee in Beuteln, Himbeerlippenstift. Wahnsinn, was es alles mit Himbeer gibt.“
„Himbeermond“, sagt Fanny.
„Himbeermond, ja. Uui, lecker, klingt wie Erdbeermund. Jetzt gibt es wieder was Neues. Vielleicht war das schon immer so, dass man das Neue schon riechen konnte, während das Alte verendet. Nur frage ich mich“, ich nehme einen großen Schluck Wein, weil ich die große Frage aus meinem Hirn klauben muss, „nur frage ich mich, wo das ganze Neue hinkommt, weil ständig immer schneller was Neues dazukommt. Wo soll das alles hin? Ist ja nicht alles Neue so schön wie Himbeermond. Das meiste ist doch Müll und leer. Das kann unmöglich alles verfallen. Irgendwann ist es weg oder zu was anderem geworden, das mehr Spaß macht.“

„Wie weg?"
„Na, verzaubert. Nimm so was wie Myst oder Quake, das habe ich erst ein paar Mal gespielt und dann die ganze Nacht und danach hatte ich das tagelang in meinem Kopf, in meinem Kopf war plötzlich eine eigene Welt, aber um mich herum war die alte normale Welt ohne eine Verbindung dazu. So was muss sich doch verbinden, verschmelzen und dann muss was Neues dabei herauskommen oder? Weil es Quatsch ist zu sagen, so was wie ein Computerspiel wäre nicht real, schließlich fängt man an in dieser Welt zu leben und seine Reflexe darauf zu trainieren. Jedes Level bekommt da genauso viel Speicherplatz wie eine ganze Woche Leben, also ist es genauso real. Das muss sich jetzt nur noch verbinden, zack, eine Welt werden, sich komprimieren, verstehst du? Das macht doch sonst alles keinen Sinn."
„Hmm, tut es doch, ständig triffst du doch Leute, die davon reden oder sogar von gar nichts anderem mehr reden. Für die macht das Sinn. Die leben schon in einer anderen Welt." Verdammt, sie hat Recht. Das Neue ist schon da, denke ich, nur in anderen Hirnen.
„Ich glaube", sagt Fanny wieder, „du machst es dir zu schwer, als wären das zwei Paar Schuhe, das Neue und das Alte oder?"
„Ja, vielleicht. Ich habe mir das nur immer gerne so vorgestellt, dass alles Überflüssige, das ständig um einen herum ist, verpufft, so" und ich schnippe mit den Fingern dazu. „So! Eigentlich frage ich mich nur, was man denn dazulernt, wenn man sich jahrelang alles reinsaugt, weil das, was man sich reinsaugt, fast zu hundert Prozent Müll ist und das lagert sich ab oder verschwindet in einem, ich

weiß nicht. Ich hoffe immer nur, dass es sich in etwas Kleines, Kompaktes, Schlaues verwandelt."
„Hört sich auf jeden Fall religiös an, findest du nicht?"
„Ja, das meint Shaun auch. Es gibt einen Maler, Polke, der hat ein Bild gemalt, das heißt ‚Höhere Wesen befahlen mir: male die obere rechte Ecke schwarz'. In diese Richtung geht das, höhere Wesen, die in einem drin sind, nicht so Außerirdische, sondern in meinem Kopf. Die mich einen höheren Sinn erkennen lassen."
„Au weia, echt religiös."
„Ja, schon religiös, klar", sage ich, „aber mehr sexy, so stelle ich mir das vor, der ganze Müll verschwindet und das sexy thing ist da. Alles, was langweilig war, ist plötzlich sexy."
„Sexy, sexy, kann doch nicht immer alles sexy sein. Wie ihr euch Jungs das immer vorstellt, das immer alles sexy sein muss, aber wenn mal was ein bisschen langweilig ist, dann fällt euch dazu nichts mehr ein, so ist das."
„So meine ich das gar nicht."
„So ein Blödsinn."
So etwas wie eine scharfe Haarnadelkurve kommt jetzt im Weinberg. Fanny nimmt eine Zigarette und knickt sie. Die blöde Kuh. Keine Lust, mich zu streiten. Ich schaue in eine Kerze und Fanny knickt weiter Zigaretten.
„Hör auf", sage ich.
„Was, hör auf?" und knickt wieder eine und ich packe ihre Hand und wir fangen das Ringen an und Fanny keucht wütend, bis sie am Boden liegt und sagt „... au".
„Komm her", sage ich und sie lässt sich von mir tragen. Ich lege uns beide wieder auf das Sofa und halte sie fest, wie eine Gerettete. Ich wickle sogar noch eine Decke um sie

herum und sie lässt sich es gefallen. Dann sortiere ich ihr Haar. Einige müssen hinters Ohr und ich lasse mir Zeit für jedes einzelne. Ein alter Mann singt etwas Knarziges auf Spanisch und wir hören ihm zu.

„Was hast du gedacht" und ihre Stimme ist wieder mein Freund, „was hast du gedacht, als du mich das erste Mal gesehen hast?" Also doch.

„Ich dachte, wenn die so gut ist, wie sie aussieht, hat sie sicher schon einen Freund." Das sitzt.

„Na ja", sagt sie, „das muss nicht immer so sein."

„Na, dann sag mir einen guten Grund, warum du hier bist. Dann frag ich dich nicht mehr danach." Ihre Lippen fühlen sich an wie in Wein eingeweichtes Brot und sie gibt mir damit einen schweren Kuss. Schmeckt schon ganz anders als vorhin, denke ich.

„Schmeckst anders", sage ich ihr, „noch viel besser als vorhin."

„Wusstest du das nicht", fragt sie mich nachsichtig, „wenn du dich mit jemandem öfter küsst, dann entwickelt sich erst der richtige Geschmack. Das dauert eine Weile. Erst mal eine ganze Nacht durchküssen. Das ist schon ein guter Anfang. In einer Woche weißt du, wie ich wirklich schmecke."

Das ist ein ziemlich gutes Versprechen, denke ich. Soll ich sie gleich rübertragen in mein Bett? Ich quetsch sie an mich, aber Fanny springt auf.

„Ich will noch was trinken", sagt sie. Auch wieder so ein Mädchenblödsinn. Dass das Streichholz länger brennt, wenn man es vorher nur ordentlich reibt. Ich rede vom Verliebtsein. Aber vielleicht hat sie Recht.

„Ich hab dir sogar was mitgebracht." Fanny holt eine XXL aus der Tasche mit Trauben und Nüssen.
Shaun kommt schon wieder. „Hände auf die Decke", ruft er und macht das Deckenlicht an.
„Was ist denn hier los. Oh, danke" und bricht sich zwei Rippen ab. „Stör ich? Tut mir echt Leid, aber diese ständigen Werbeunterbrechungen." Wieder Gelächter aus dem Zimmer.
„Was macht ihr denn da?", frage ich. Ich wundere mich wirklich.
„Na", sagt Shaun, „in jeder Werbepause schalte ich um auf Mr. Bean. Ich sag's euch, mmh Trauben Nuß, Richard Gere und Mr. Bean, eine echt explosive Mischung. Also bis gleich. Richard hat gleich Sex mit Laureen Hutton im Gegenlicht und so, wisst schon." Shaun wieder ab.
„Hoffentlich kommt jetzt nicht wieder Mikro an ohne Hose", sage ich zu Fanny, „so ausgelassen ist der mir richtig unheimlich. Die ganze Zeit wollte ich, dass der mal lockermacht, aber jetzt fürchte ich mich schon davor. Vorhin kam er an ohne Hose und wollte sich auf keinen Fall wieder anziehen."
„Und wieso hat er jetzt wieder was an?"
„Ich habe gesagt, du kommst gleich, vielleicht hat er davon einen Steifen bekommen."
„Blödmann." Au. Ich mag es gerne, wenn Fanny mich haut.
„Komm", sage ich und gebe ihr die Hand, „ich zeige dir mein Zimmer." Fanny nimmt den Wein und ein Glas in eine Hand und lässt sich von mir ziehen.
„Du bist gemein", sagt sie, „und außerdem wäre das über-

haupt nicht schlimm, wenn Mikro einen Steifen kriegt wegen mir."
„Sag nicht, Mikro gefällt dir", sage ich.
„Doch, ich find ihn ganz süß."
„Wie, ganz süß?"
„Na, viele Mädchen fanden den in der Schule ganz süß, nur hat er's nicht gemerkt."
„Welche Mädchen. Sag nicht, du kennst Mikro."
„Doch, klar, aus der Schule, da gab's viele Mädchen, die standen auf den. Aber ich glaube, der steht nicht auf Mädchen. Der sah nie so aus, als wäre er in ein Mädchen verliebt."
„Vielleicht mag er ja nur ältere Mädchen. So ein bisschen überreif, mehr den mütterlichen Typ."
„Quatsch, was soll er denn mit denen?"
„Noch nie gehört, dass sich ein Schüler in seine Lehrerin verliebt? So richtig? Dürfen doch nicht nur Mädchen oder? Bei denen wundert sich immer keiner, wenn sie einen Freund haben, der zehn Jahre älter ist. Ich habe schließlich auch eine Freundin, die ein bisschen älter ist als ich", Fanny schaut mich misstrauisch an, „und ein bisschen größer und dick ist die und hat Muskeln wie ein Bär. Wetten, dass sie gleich reinkommt, um dir ordentlich den Hintern zu verhauen" und ich renne hinter Fanny her und haue ihr auf den Hintern.
„Hör auf, ich kann nicht mehr, au," sagt sie und hält sich den Bauch. Ich lege mich neben sie. Völlig außer Atem, meine kleine Fanny.
„He", sag ich zu ihr, „pass auf, dass du nicht platzt."
Sie atmet schnell und schiebt meine Hand wieder weg. Ihre Haut ist kühl und ihr Puls flattert wie ein Kinderherz.

Ein schnelles Tack, Tack, Tack, Tack, hundertzwanzig Beats in der Minute. So kommen sie auf die Welt, die Kinderherzen, mit einem rasenden Puls, der ihnen ordentlich Turbo gibt, immer. Oder sehen Kinder eher alles langsamer, eine Welt, die sich unendlich langsam bewegt, weil sie mit ihren Herzen so schnell sind?
Ich denke an meinen Lieblingsfilm, Nummer eins meiner Lieblingsfilme, wie eine Fliege auf einem Küchentisch sitzt und aus ihrer Sicht kommt unendlich langsam ein Monster mit der Fliegenpatsche auf sie zu und die Fliegenpatsche kommt ganz langsam runter, als hätte sie nur einen leichten Drall in der Schwerelosigkeit. Das Monster hat ein weißes Unterhemd an mit Trägern und macht Uuuurghammmbnbnuhhgnnn. Und die Frau des Monsters macht auch Uuuhrgnngn. Die Fliege fliegt dann ganz locker weg und eine Ewigkeit später kommt die Fliegenpatsche dann auf dem Tisch an und macht Mmstschstbumpf. Ein BBC-Film war das. Habe ihn nie wieder gesehen, leider.
Fanny atmet immer noch schnell. Ist ganz bleich und drückt meine Hand.
„Was los Mädchen?“ und ich nehme sie wieder in meine Arme. „Ganz ruhig.“ Wird ruhiger und versucht, tief und langsam zu atmen. Soll mir mal ein Psychologe erklären. Ich finde körperliche Gebrechen sexy. Das Mädchen hat eine eindeutige Neigung zum Hyperventilieren. „Was ist los?“, frage ich sie und Fanny versucht zwischen zwei Atemzügen zu reden, dauert.
„Hab ich manchmal. Puh! Besser.“
„He, das ist vielleicht schon so ein Ecstasyflash.“
„Ne, hatte ich schon immer.“ Was muss das für ein glücklicher Vater gewesen sein, denke ich, der seine Tochter mit

dem flatternden Atem in den Armen gehalten hat. Highspeed-Frequenz des Lebens. Wie hätte er ihr noch einen Wunsch abschlagen können? Aber, fällt mir ein, der wollte ja nur, dass sie für ihn seine Autoteile schmuggelt. Der Depp.

39 blau pinkeln

Fanny nimmt noch mal einen tiefen Atemzug und entfesselt sich.

„Junge, das läuft durch. Lass mich mal“ und hüpft aufs Klo. Was ist das denn jetzt? Hinkt gar nicht mehr. Na ja, war nicht wirklich ein Hinken, aber dieser unregelmäßige Gang eben. Der verschwindet, kaum dass sie mal ein bisschen hüpft. Ob ihr das je jemand gesagt hat? Du süßes Hinkebein oder komm her, mein kleines krummes Reh? Besser nicht, das verdirbt den ganzen Spaß. Fanny macht ihre Geräusche und kommt zurück. Und hüpft wie in einem Kinderspiel.

„Und“, sagt sie, „raucht dein Köpfchen schon? Ich hab ganz fest an dich gedacht beim Pinkeln. Nichts gemerkt?“

„Nee. Dann müsste ich jetzt Schluckauf haben oder?“

„Nicht, wenn jemand beim Pinkeln an dich denkt. Aber vielleicht hast du ja einen Steifen davon gekriegt.“ Ziemlich frech, das Mädchen. Warum kommt man eigentlich immer so erfrischt zurück vom Klo, wenn man mal Wasser gelassen hat? Lähmt der Druck auf der Blase das Gemüt? Fanny macht erst eine Grätsche und stellt sich dann auf die Hände.

„Hast du neue Batterien drin oder was?“, frage ich sie.

„Hör auf.“ Fanny macht einen Handstand. Ich bin schon beeindruckt.

„Hör auf, ich kann Akrobaten nicht ausstehen. Und schon gar nicht Jongleure“, sage ich, weil Fanny gerade anfängt, mit der Zigarettenschachtel und dem Feuer zu jonglieren.

„Schluss jetzt“ und stürze mich auf sie. Schon wieder rumtollen, so geht das nicht weiter. Und Shaun kommt auch schon wieder rein.
„Was los, seid ihr magnetisch oder was. Könnt doch nicht den ganzen Tag lang aufeinander kleben oder?“
„Und was mit dir?“, frage ich ihn. „Is dir zu langweilig?“
„Ach, Mikro ist voll auf Babyspaß. Der will nur noch Mr. Bean gucken. Hab ihm eine ordentliche Tüte gedreht und jetzt is große Lachparty angesagt. Sollte echt nicht jeder Drogen nehmen dürfen.“
„Sagst gerade du“, sagt Fanny, „von dir hat er doch das Zeug.“
„Jetzt keine Panik, dem geht's bestens.“
Wir setzen uns alle auf mein Klappbett, meine Klappliege, mein Sofaklapp, wie nennt man das eigentlich? Knicksitzbett. Auch nicht schlecht. Shaun quetscht sich zwischen uns.
„Macht mal Platz, ihr Keulen. Was macht ihr hier? Wetttrinken ohne mich? Und dazu abquatschen oder? Ich seh's doch schon an euren glänzenden Augen, dass ihr die ganze Zeit quatscht vor lauter Aufregung und Wein trinkt und dann seid ihr so betrunken, dass ihr wieder rumtollen müsst, weil ihr nicht wisst, wohin mit den Sexenergien und dann schaut ihr euch an wie im Film, wie in dieser Superzeitlupe und euer Atem geht ganz schnell dabei, hab ich Recht? Mann, vielleicht bin ich doch nicht schwul. Sagt Bescheid, wenn da doch nichts läuft, ich hätt jetzt auch mal Lust auf eine Runde Rumtollen und Zuatmen.“
„Sag mir gleich, ob du den auch kennst“, sage ich zu Fanny.
„Wieso, klar kenn ich die“, knurrt Shaun, „du bist doch die, warte, die Ex von Bruno.“ Fanny zeigt ihm den Vogel.

„Mach keinen Scheiß", sage ich, „ich frage ja nur, weil sich plötzlich rausstellt, dass sie Mikro schon kennt. Dabei denke ich die ganze Zeit, sie kennt den nicht."
„Na klar", sagt Fanny, als würde es ihr plötzlich wie Schuppen von den Augen fallen, „du bist doch der Typ, der neulich auf Susannes Party eine ganze Stunde auf dem Boden rumgekrochen ist, weil er sein Piece nicht mehr gefunden hat." Fanny und Shaun schlagen ein. „Und wieso bist du jetzt doch nicht schwul?"
„Weiß nicht, Fannyhoney, überlege ich mir gerade. Mal sehen, was mir noch so über den Weg läuft."
„So kann man's auch sehen." Fanny drückt meine Hand. Ich hoffe, das heißt, sie kennt Shaun doch nicht. Schließlich will man ja auch mal jemanden von außerhalb kennen lernen. Raus aus dem Dorf, das ständig um einen ist.
„Also, kriege ich jetzt auch mal ein Glas? Danke." Fanny macht ihrs voll und gibt es ihm. „Echt entspannend, wirklich, bei euch, angenehm. Mikro macht nur äck äck äck, die ganze Zeit. Mann, ich hab's nicht mehr ausgehalten. Kennt ihr das, wenn die Leute vor euch im Kino losgeiern? Dann hat man doch selber keine Lust mehr oder?" Trinkt vom Wein. „Uup, schmeckt wie. Bah", schaut sich das Glas noch mal mißtrauisch an, „muss rein" und leert das Glas und schüttelt schnell den Kopf.
„Wieviel muss man davon trinken, hä? Is ja wie Morgenpisse trinken." Fanny gießt sich wieder Wein in ihr Glas und stößt mit mir an. Wir trinken langsam.
„Okeh, macht mich fertig. Fluppe!" Shaun wölbt umständlich seine Hände um die Flamme und saugt die Glut ein. Dann lehnt er sich schlaff zurück.
„Kinder, hier seht ihr mal wieder ein abschreckendes Bei-

spiel für übermäßigen Drogenmissbrauch. Ich denk nicht mehr mal an Sex, ehrlich."

„In Polen", sagt Fanny, „da steht auf jedem Schild drogi. Weiß nicht mehr, was das heißt, aber es kommt ständig vor, drogi, überall, wo man langfährt, steht drogi."

„Die Polen", murmelt Shaun, „ja die Polen, die haben es doch polendick hinter den Ohren, die Polen. Klar, dass da überall drogi drogi steht, so sind die drauf da, die Drogipolen, logisch."

„Und vor den Bars", sagt Fanny, „stehen immer Schilder, auf denen Drinki Drinki steht, so als wollte sie einen reinlocken."

„Drinki, drinki." Shaun bückt sich umständlich nach vorne und trinkt Fannys Glas in einem Zug leer. „Ääfz, Drinki sauer. Gibt's noch mehr?"

„Und wenn die Polen fluchen", sagt Fanny, „dann sagen sie immer Kurva! Eigentlich ständig, kurva, kurva, kurva. Das bedeutet Schlampe."

„Nutte", sagt Shaun, „kurva heißt Nutte. Die sagen den ganzen Tag Nutte statt Scheiße. Nutte, jetzt ist der Wein alle und Nutte, ich bin völlig pleite. Oder Nutte, die Bullen sind hinter mir her."

„Hubbli bubbli", sage ich.

„Was?"

„Hubbli bubbli. Sagen sie einem ständig in Ägypten und lachen und winken. Habe ich ewig gebraucht, bis ich gemerkt habe, dass die wollen, dass ich mitkomme, Wasserpfeife rauchen. Ich dachte schon, sie wollen mir kleine Jungs andrehen."

„Jetzt klaut der mir schon wieder die Geschichten." Shaun richtet seinen Zeigefinger auf mich, „glaub dem kein

Wort, wenn der den Mund aufmacht und es kommt eine einigermaßen gute Geschichte raus, dann hat er sie garantiert wieder von mir geklaut."
„He, kennst du den?", frage ich und haue mit den Knöcheln meiner Faust auf seinen Schenkelknochen.
„Au, du Fotze", schreit Shaun und schlägt mir genauso auf den Oberarm und ich hämmere zurück.
„Aaih", Shaun humpelt weg, „gibt nichts Schöneres als ein bisschen Schmerz am Abend."
„Mmmh", sage ich, „und macht schöne blaue Flecken."
„Kriege ich auch", meint Fanny zu mir.
„Von dem bisschen Rumtollen? Stell dich nicht so an", sage ich.
„Klar", meint Fanny und schaut mich mit einem seltsamen Glanz in ihren Augen an, schaut mich zum ersten Mal an, als wäre sie wirklich ganz meine, meine Fanny, nur meine.
„So?", fragt sie und zeigt Shaun die Knöchel ihrer Faust. Shaun nickt und sie schnalzt sie mir oben in den Arm und trifft genau die richtige Stelle.
„Au, das gibt einen Blauen." Dieses Biest. Ich stehe auf und wedle mit meinem Arm. Tut wirklich weh. Diese kleine hinterlistige ...! Aber sie hat schon Recht, ich würde sie jetzt auch gerne ein bisschen hauen. Rein aus Liebe. Und es ist sexy, blaue Flecken an jemandem zu sehen. Nicht diese blauen Augen, die die Prolweiber mit sich rumtragen. Aber bei einem Mädchen blaue Flecken am Arm zu sehen. Vor allem, wenn sie selber noch gar nichts gemerkt hat und die Ärmel hochkrempelt oder ein T-Shirt anhat und jeder das Liebemachen sehen kann. Fingerabdruckflecken vom Festhalten, meine ich. Das ist sexy.
Knutschflecken sind schon wieder das Gegenteil. Dieses

eine Mädchen, mit dem ich auf der Schule war, mit der hatte ich die ganze Nacht rumgeknutscht und am nächsten Tag hatte sie ein richtig aufgerauhtes rotes Gesicht davon. Immer wenn sie an mir vorbeikam auf dem Schulflur mit ihrem wund geschleckten Gesicht, wurde mir richtig verliebt ums Herz davon. Sie hat mich aber schon nicht mehr angeschaut. Und es wurde auch nichts mehr daraus. Egal.
„Lass mich los!“ Fanny tritt mir ans Bein und ich lasse sie los. Jetzt hat sie auch ein paar Blaue an den Oberarmen. Für alle Fälle.
„Finde ich nicht lustig“, sagt Fanny wirklich ein bisschen gekränkt. Vielleicht hätte ich nicht so fest. Ich hebe ihre Haare vorsichtig und küsse sie aufs Ohr. Fanny rutscht noch ein kleines Stück weg. So leicht ist sie nicht zu kriegen. Wir rauchen wieder. Ein Auto fährt vorbei mit irgendwelchen Deppen, die johlen und hupen. Das Tape in der Küche ist aus und wir hören den Fernseher. Shaun tänzelt durchs Zimmer.
„Und was machen wir jetzt mit dem angebrochenen Abend?“
„Was ist mit Mikro“, fragt Fanny, „ist der jetzt abgefüllt?“
„Der ist schon okeh, glaub ich. Geh gleich mal gucken. Wo is mehr Wein?“
„Hinter dem Fernseher“, sage ich und Shaun verschwindet. Fanny legt ihre Hand in meine. Ab und zu blasen wir Rauch in die Luft.

Shaun kommt zurück mit zwei Flaschen und noch einem Glas. In der Küche scheppert der Melodymaker wieder. Shaun hat ihn bis zum Anschlag aufgedreht und es zischelt und kratzt und die kleinen Plastikteile vibrieren in ihm um

ihr Leben. Hört sich an wie eine ganze Straße voller Menschen, eine komplette Party, mit einem Rhythmus, den man gerade noch hört. Soundgranulat, denke ich, genau. Fette zischende Megaperls aus Soundgranulat, die in einer großen Lottokugel herumgeschleudert werden. So habe ich mir das vorgestellt, das Geräusch, nicht allein zu sein. Aufregende Welt in der Küche. Das können schöne große Boxen nicht und schöne teure CD-Player noch weniger. So einen Sound kann nur ein Gerät machen, das sich beim Abspielen quält und schwitzt und wegen der Bässe fast vom Tisch fällt.
Shaun schraubt den Korkenzieher in die Flaschen und lässt sie ploppen.
„So, jetzt kann sie steigen, die", schaut aufs Etikett, „Schattoh de Medok Party oder wie das Zeug heißt. Dass ich noch mal Wein trinke heute" und steckt sich den Finger in den Hals.
„Und?", fragt Fanny, „was ist mit Mikro?"
„Was'n los, is der Bluter oder was?" fragt Shaun ungeduldig. Aber Fanny schaut ihn nur an, ohne zu antworten. „Meinst du, der springt jetzt gleich durchs Fenster, weil er Drogen genommen hat, oder kriegt einen epileptischen Anfall?" Fanny drückt langsam ihre Zigarette aus.
„Na, sag schon, sag Shaun, was deinem kleinen Herz so Sorgen macht."
„Na, nicht alle kommen so gut drauf von dem Zeug. Was is, wenn's ihm jetzt mies geht?"
„Was meinst du", stöhnt Shaun, „nur weil er aussieht, als hätte er noch nie eine Zigarette geraucht, deshalb müsste ihm gleich jemand helfen. Das is wieder typisch Mädchen, dass sie die kleinen unscheinbaren Jungs, die sich immer

nur in der Ecke rumdrücken, beschützen müssen. Mikro is hart im Nehmen, könnt ihr mir glauben. Innen drin ist der ne richtig harte Wurzel und nicht so ein Seelchen. Alles, was harmlos und unsexy aussieht, weckt bei euch Mädchen immer gleich den Mutterinstinkt und dann kommt er eines Tages hier an mit so einer Gemüsetante, die Karottenjeans anhat und nach Schaumzäpfchen riecht und die nistet sich hier ein und dann will ich dich mal sehen, was du dazu sagst, dass Mikro hier mit so einem Suppenhuhn rumhängt und ihr euch den ganzen Tag so völlig abstoßende Sexgeräusche anhören müsst, weil sie's nicht gewohnt sind, leckeren Sex zu machen, sondern schon völlig verkocht sind vor lauter Sexgier und deshalb einfach nur noch brutalst übereinander herfallen und dann will ich dich mal sehen, ob du dann immer noch denkst, der wäre so ein kleiner, hilfloser Hundewelpe, dem du unbedingt helfen musst."
„Na ja", sage ich, „vielleicht hat sie ja nur Angst, dass er auf die Straße rennt und ältere Frauen anspricht."
„Quatsch", sagt Fanny, „ich will den nicht beschützen, der sah vorhin nur so aus, als hätte er ein bisschen zu viel abgekriegt. Mit Mädchen hat der nie was, sicher."
„Ja, großartig", und Shaun läuft vor uns auf und ab mit Propellerarmen, „meinst du, der ist schwul, weil schwule Jungs so süß sind, so kleine Kuschelbärchen, die keinen Ständer kriegen, wenn du dich mit ihnen auf dem Sofa rumwälzt?" Shaun trinkt sein Glas leer.
„Shaun hat eine Sexkrise", sage ich zu Fanny, „sein Schwert is kaputt."
„Schwert?"
„Nee, das is nicht kaputt, Mann, das hat nur keinen Bock mehr, so wie Mikro keinen Bock hat zu reden und keiner

weiß warum, so hat mein Schwert keinen Bock zu reden, soll's doch, wozu brauch ich ein Schwert?"

Ich muss an Mikros Ding denken, an diese große gelbe Wurst, die sich mit Mikro auf den Futonlappen gelegt hat, um mit ihm Fernsehen zu gucken. Ich hätte nie geglaubt, dass Mikro so etwas wie einen nackten Körper hat und es hätte mich auch nicht gewundert, wenn Mikro unter seinen Kleidern wieder Kleider anhat und wieder und wieder und sein Körper ganz einfach aus vielen Schichten Schlabbershirts und Irgendwiehosen besteht. Ein Stoffmensch. Muss ja nicht jeder aus Fleisch und Blut sein.

„Auf jeden Fall", sagt Shaun ruhig, „ist Mikro nicht schwul. Der ist ein ganz normaler heterosexueller Wurm, jede Wette."

„Nee, besser Mikro ist schwul", sag ich, „da ist er in besseren Händen." So jemand aus Stoff muss ja pfleglich behandelt werden, denke ich. Und Shaun hat Recht, so ein Karottenhosenhuhn, das wäre Mikros Tod. Und meiner.

„Ach", sagt Fanny und winkt ab und plötzlich steht Mikro in der Tür.

„Hi", sagt Fanny, „hier" und macht Platz neben sich. Mikro sieht erschöpft aus. Er schlappt zu uns rüber und legt sich zwischen uns.

„Was geht ab?", meint er matt.

„Alles klar?", frage ich ihn.

„Bin fast eingeschlafen", murmelt Mikro, lehnt sich an Fannys Schultern und schließt die Augen. Wir schauen alle Mikro an, wie er erschöpft an Fanny liegt. Aufregender Tag, denke ich, nicht nur für Mikro.

Shaun macht eine Mischung aus Shuffledance und Karateübungen und Fanny sitzt da mit Mikros Kopf auf dem Schoß. Ich gebe Fanny ihr Glas und setze mich neben sie. Shaun tanzt weiter.

„Jetzt in die lange Nacht im Marmorhaus, drei Karatefilme zum Preis für einen."

„Gibt's nicht mehr", sage ich.

„Wirklich?"

„Weiß nicht, glaube nicht."

„Gibt's immer. Gibt immer picklige Kids, die die ganze Nacht Popcorn fressen und Bruce Lee und Jackie Chan gucken wollen. Klar gibt's die noch. Ich brauch jetzt so einen Eastern. Is besser als jedes Training, die wirbeln ab und fighten rum und ich fühl mich dabei fit wie ein Turnschuh. Und das is geil, in den Pausen und danach alle sich so am Abchecken für ein kleines Kämpfchen. Eh, nach acht Stunden Karate denkt wirklich jeder, er kann's."

„Stimmt", sage ich, „nach Hongkong-Action geht's mir immer gut, als hätte ich schon jahrelang Kampfsport gemacht. Nach so einem Film mache ich alles mit superpräzisen Bewegungen, so eine messerscharfe Körperbeherrschung habe ich plötzlich." Fanny schaut uns an, als wären wir bekloppt und ich lehne mich auch gemütlich an sie.

„Was ist, Fanny, geht's dir nie so, dass du aus dem Kino rauskommst und ein bisschen so bist wie der Film, den du gerade gesehen hast?"

„Nee, vor allem nicht nach einem Karatefilm. Diese dämlichen Quiekstimmen gehen mir ziemlich auf den Geist."
„Ja, Mann", ruft Shaun und bleibt stehen, „das wäre gut, Hongkong-Action ohne Worte. Nur mit Geräuschen. Das wäre hart. Oder nur noch auf Chinesisch, original, klingt dann auch nur noch wie Kampfsound. Hat haaa tshh dokh" und Shaun übersetzt es in Bewegungen.
„Genau", Shaun spricht mir aus dem Herzen, „wir gehen nicht ins Studio oder zum Yoga, wir gehen ins Kino zum Hongkong-Training. Aber mindestens zweimal die Woche." Es gibt nichts Entspannenderes als anderen beim Kampfsport zuzuschauen. Explosionen und Automassencrashs und Häuser, die zusammenstürzen und Maschinengewehre nonstop, nur das entspannt, sonst nichts, wie ein Beruhigungsmittel. Aber diese ganzen billigen Kämpfe in Karatefilmen, die sind wie Meditation.
„Obwohl", sagt Fanny, „nach ‚Lola rennt' dachte ich auch ein paar Tage lang an alle Möglichkeiten im Leben, wie es hätte weitergehen können oder parallel immer weitergeht. Dass es immer noch eine andere Version gibt von dem, was ich gerade mache." Shaun tanzt weiter, nur sieht es jetzt mehr nach rhythmischen Tai-Chi aus.
„Na, schon im Film bist du ja in einer Version deines eigenen Lebens", sage ich und dabei höre ich meine Stimme in mir, beim Reden. „Wenn ich in einem Agentenfilm war, dann bin ich eine Weile ein Agent. Eigentlich müsste man ständig ins Kino gehen, weil das Gefühl nach einem guten Film immer irgendwann aufhört und das ist schade, weil das ein gutes Gefühl ist, in einem anderen Leben zu sein. Man muss ja auch mal die eigenen Versionen leben. Nicht nur Action, klar. Nach ‚Love Streams'

von Cassavetes war ich genauso ein Nervenbündel wie Gena Rowlands, was auch sehr angenehm ist, wie nach fast jedem Cassavetesfilm, so neurotisch zu sein. Ein wenig schmerzhaft, nein, so ein Gefühl, dass alles zu leicht und flüssig wird."

„Wein", sagt Fanny und streckt ihr Glas nach vorne. „Mir geht's so nach Träumen, dass ich erst nicht weiß, ob das wirklich war oder nicht." Shaun gießt ihr nach und trinkt dann selbst kleine Schlucke aus der Flasche. „Ich stehe auf und weiß wirklich nicht mehr, ob ich das erinnere oder ob ich das nur geträumt habe."

„Zum Beispiel?", frage ich sie.

„Na, zum Beispiel, dass ich die Straße langgehe zum Bäcker und denke, wann kommt denn endlich der verdammte Bäcker, weil ich gehe schon eine ganze Weile. Die Straße ist ewig lang. Dabei gehe ich die oft. Und dann hatte der Bäcker noch zu, mitten am Tag."

„Wie, das war's, so was Reales träumst du?" Ich kann es wirklich nicht glauben.

„Ja und? Den schlimmsten Traum hatte ich neulich, da habe ich mein ganzes Zimmer neu gemacht, so wie es mir wirklich gefällt, alles umgebaut. Den ganzen alten Kram raus und ich hatte auch neue Sachen gekauft, vor allem eine schöne Lampe für mein Bett und dann wache ich auf und schaue mich um und es ist immer noch das gleiche Zimmer wie vorher."

„Och", sage ich und drücke sie ein wenig. „Aber träumst du keine wilden Sachen, nie irgendwas Abgedrehtes oder Fremdes? Sachen, die du noch nie gesehen hast?" Da wieder, dieses Brummen in mir, wenn ich rede.

„Nö, was denn? Was träumst du denn so?", fragt sie mich.

Meint sie ernst. Sie schaut mich wirklich an, als könnte sie sich gar nichts anderes vorstellen.

„Na, viel, bunt, durcheinander. Und wenn ich Glück habe, dann wache ich auf und denke, was für ein erstklassiger Film war das denn? Letzte Nacht erst wieder, da gehe ich durch so ein Industrieviertel, weil ich in einen Laden will, der Sys-Lab heißt, weil das U-60 zuhatte."

„Was is das denn für ein Laden?" Shaun wiegt sich weiter, wie ein fauler Frühsportler, aber langsamer.

„Gibt's nicht wirklich. Das war einfach so in dem Traum. Auf jeden Fall ist das nur eine winzige Bar, aber dann sehe ich eine kleine Hintertür und dadurch komme ich in ein ganzes Labyrinth aus Räumen, die alle groß sind wie Säle und überall sitzen Leute an Tischen, alles ist voll mit Leuten, die da sitzen und trinken und sich unterhalten und irgendwann kommt ein Servierwagen vorbei, in dem zwei Chinesen stecken. Nur die Köpfe gucken aus zwei Löchern heraus, als wären sie glasierte Schweinsköpfe auf Tellern. Und beide haben ziemlich feiste Gesichter, der eine hat einen Pagodenhut auf aus Stroh und der andere hat ein Hitlerbärtchen und beide reden ziemlich schnell, werden aber weitergeschoben, immer weiter und weiter, ein Saal nach dem anderen ist da, jeder von einem funzeligen Kerzenlicht beleuchtet. Dann bin ich aufgewacht." Ich drehe mich um zu Fanny. „Und ich wusste, dass es ein Traum war."

„Das mit den Chinesen finde ich nett", sagt sie und legt den Arm um mich. Shaun spricht wieder über unsere Köpfe weg. Oder mit der Wand. Er kann nicht aufhören, sich zu bewegen.

„Den letzten Traum, den ich hatte, da habe ich ständig versucht, mein Fahrrad abzuschließen und es ging nicht.

Immer wieder, Mann, war das öde. Wo ich doch Fahrräder hasse."

„Wahrscheinlich hat dir der Schnubbel im Hirn was weggeätzt, deshalb hast du jetzt nur noch öde Träume", sage ich. Alles Immaterielle, denke ich, wird von dem Kokapulver weggescheuert, weggeblasen. Heute Nacht träume ich ganz sicher nichts.
„Mann, ich träume fast nie was, dafür habe ich ein lustiges Leben. Egal, wenn ich nichts träume. Ich meine davon hab ich nichts, mir is lieber, es is was los und ich kann mitmischen, als dass ich so ewige Träume träume und die sind dann weg, wenn ich aufwache, wozu soll das gut sein?"
„Na ja, ich habe schon gerne gute Träume", sagt Fanny und schaut über ihr Glas in die Luft, „wenn ich welche habe. Und dann habe ich gute Laune beim Aufstehen, das ist doch auch schon was. Aber zum Beispiel dieser Traum vom Bäcker, zu dem ich ewig laufen musste und der dann zuhatte, danach ging's mir eigentlich gut. Am Morgen nach dem Traum hatte ich gute Laune. Weiß nicht warum. Vielleicht hatte der Bäcker wirklich zu und ich hab mir den Weg dahin gespart."
„Ja, seltsam. Das dachte ich auch schon mal, dass der Traum nicht immer was mit der Laune beim Aufstehen zu tun hat." Ich stehe auch auf und laufe durchs Zimmer. Shaun schraubt an einer neuen Flasche, reißt den Korken raus. Fanny schüttelt den Kopf, als er ihr einschenken will.
„Mal wirklich", sagt er, „wer viel träumt, der hat sich doch einfach nicht richtig ausgetobt. Hier, Fanny und ich, wir haben unseren Spaß und dann schlafen wir und erholen

uns und ich weiß nicht, was du machst den ganzen Tag. Liegst nur faul rum und glotzt an die Decke oder? So wie Mikro. Der träumt wahrscheinlich alle James Bonds zusammen in einer Nacht. Mann, die Synapsen müssen sich doch auch mal austoben. Bei dem einen spasten sie im Schlaf und bei den anderen, wenn sie wach sind."
„Müll, Labermüll", sage ich. Fanny spricht weiter für mich.
„Nee, ich glaube, das hängt eher damit zusammen, ob man träumen will oder nicht, ob man wirklich so viel träumen will. So Träume, wie du sie hast, die wären mir zu anstrengend. Ich will schlafen, wenn ich müde bin."
„Genau Fanny!", ruft Shaun, „außerdem, schlafen können wir, wenn wir tot sind!"
„Junge, das haben schon viele andere vor dir gesagt. Ich sage ja, du redest Müll."
„Du mieser Aidsjunkie."
„Du irrer Krüppel" und Shaun kichert und wir zeigen mit den Fingern auf uns.
„Was ist das denn", ärgert sich Fanny, „seid ihr nicht ganz dicht?"
„Nein", sage ich zu ihr, „Larry Flint. So reden Courtney Love und, wie heißt der, der Larry Flint spielt? So reden die miteinander, weil sie sich lieben, Fanny."
„Ich glaub, bei euch ist schon BSE im Kopf", sagt sie und hält Mikros Kopf fest, den sie auf dem Schoß hat.
„Ich schlafe, wenn ich irgendwann umfalle", Shaun weiter, „ich brauch doch so ein Nickerchen nicht, so ein Schlümmerchen, bei dem mir schöne Sachen einfallen. Und dann träume ich vielleicht noch von Sex, au weia, was soll ich denn damit im Traum, kannst du mir das mal verraten?"
Shaun verschwindet in der Küche und dreht das Tape um.

Ich setze mich neben Fanny und sie lehnt müde ihren Kopf an mich.
„Stütz mich", murmelt sie, „leih mir deine Schulter, mein kleiner Silver Surfer." Ihr Kopf ist ganz warm. Hitze der Erschöpfung.

Ist schon seltsam, denke ich. Warum träume ich so viel Zeug? Vielleicht bin ich selbst im Schlaf noch ungeduldig, weiter weiter. Aber Shaun hat auch Recht. Wenn ich einen langen Traum hatte, in dem es drunter und drüber ging, denke ich natürlich den ganzen Tag über, es wäre schon eine ganze Menge passiert. Dann wird es natürlich unwichtig, ob an dem Tag noch was Großartiges kommt oder nicht.
Ich trinke manchmal sogar Kaffee vor dem Schlafengehen, damit der Schlaf so langsam wie möglich über mich kommt und der Bogen runter zum Schlaf lang ist und flach, nicht so ein Reinfallen in eine dunkle Grube. Langsames Hineindämmern in den Schlaf für viele Träume. Ich bin sogar mal eine Weile lang angezogen und bei voller Beleuchtung eingeschlafen. Damit mein Kontrollzentrum nicht glaubt, ich will schlafen, sondern dass ich mich eben nur mal langlege mit Schuhen und Jacke und Licht in der ganzen Wohnung. Aber der Trick funktioniert nicht mehr. Ich wache auf mit der Lampe im Gesicht und fühle mich klebrig und unausgeschlafen. Nur, wenn ich mich ausziehe und alle Lichter lösche und mir sogar noch die Zähne putze, dann bin ich nicht mehr müde. Geht doch jedem so oder? Vorbereitet auf den Schlaf, wie kann er einen da noch überraschen?
Ich höre Shaun in der Küche reden. In sein Handy. Das höre ich an der Partylautstärke seiner Stimme. Vielleicht

kann auch nicht jeder träumen, denke ich. Von so Typen wie Shaun kommt der Spruch, dass der Tod Schlafes Bruder ist. So ein Quatsch. Schlaf ist supraleitfähiges Leben, jeder Traum ist hochoktanig raffiniertes Kerosin, explosiv, flüssig, das das Leben auf hundertfache Geschwindigkeit bringt. Oder wie schnell auch immer die neuesten CD-ROMs sein müssen.

So ist Schlaf, super Rapid Eye Movement, lässig entladen sich die Blitze. Und wir verdanken dem Schlaf die größten Erfindungen. Jahrelang sitzen die Forscher vor ihren Versuchsanordnungen wie die Kaninchen vor der Schlange und ganz unerwartet kommt ihnen dann beim Träumen die Idee. Nicht die, nach der sie die ganze Zeit gesucht haben. Es ist etwas Größeres, Strahlenderes, das sich entlädt.

Dass sich die Moleküle im Benzol wie eine Schlange in den Schwanz beißen, dass sie einen Ring bilden, das hat einer im Traum herausgefunden. Klar, das Skateboard wurde auch im Traum erfunden, die ersten Computer halluziniert. Die blöde Logik wird übersprungen im Traum.

He, Shaun!, denke ich. Komm zurück, ich hab's, ich kann's dir erklären. Aber Shaun telefoniert. Der Träumer träumt das Neue. Die Nichtträumer regeln das Alte. Junge, was für ein Hippiegedanke. Nee, nicht Hippie. Für die Hippies riechen die Träume nicht nach Nachttankstellen und frischem Polyethylen.

„Als ich klein war“, sage ich zu Fanny, „habe ich mich gefragt, woher ich im Schlaf weiß, wann der Traum zu Ende ist und ich wieder wach bin. Ich hatte die Idee, dass ich im Traum nur darauf warten muss, dass was völlig anderes kommt. Dann weiß ich, dass ich wach bin. Und gleich in

der nächsten Nacht habe ich natürlich zwei völlig verschiedene Träume nacheinander geträumt. Das war ein Schock. Ich dachte im zweiten Traum, ich komme gar nicht mehr raus aus den Träumen."
Aber ich weiß gar nicht, ob Fanny mich noch hört. Atmet still an meiner Seite und hält noch ihr leeres Glas fest. Von Stefan habe ich noch geträumt. Ich vergesse es manchmal, ein Mast der U-Bahn hat ihn umgebracht, als er sich nach draußen lehnte in den Wind. Es war im Sommer. Er machte die Tür auf, lehnte sich raus und weg war er. Von ihm habe ich geträumt, dass er dabei war. Er war dabei, irgendwo, mittendrin und wir haben uns unterhalten. So wie wir uns immer unterhalten haben, darum habe ich es vergessen. Dabei ist er ja tot, seit ein paar Jahren schon. Es ist ungerecht, denke ich. Wenn er wieder geboren wird, dann ist er jetzt woanders, ein Kind. Und wenn nicht, dann ist er ganz weg, nur in meinem Traum. Auch ungerecht.
Shaun kommt zurück und schreit TSCHAU in sein winziges Handy. Er braucht eine Weile, bis er die Taste zum Auflegen findet.
„Nichts mehr los, Mann. Bobby meint, er war gerade im Club 39 und im Kumpelnest und keine Sau da." Wer ist Bobby?, denke ich. Scheiß drauf. Ich kann mir keine Namen merken. Shaun hat diese unangenehme Angewohnheit, immer von Vornamen zu reden, die ich nicht kenne oder die mir nichts sagen. Ist ihm wahrscheinlich egal. Er erzählt immer von irgendwelchen Gabis und Chucks und Ramonas, als müsste jeder gleich sagen, ja klar, der Chuck! Logo, die Ramona! Alles klar, Gabi, natürlich! Soll er von seinem Bobby reden.

„Bobby hat gerade Ulf angerufen und weißt du, was der macht?"
„Nö."
„Hat sich mit Susanne Videos ausgeliehen und jetzt gucken sie ‚Der Pate', alle drei Teile. Mann, das haben wir letzte Woche gemacht. Öde oder?"
„Und mit Bobby alles klar?", sage ich.
„Klar ist alles mit Bobby klar. Blöde Frage." Shaun konzentriert sich wieder auf sein Handy. „Mann, wo ist meine Telefonnummer? He Mann, du weißt doch meine Telefonnummer" und er schaut mich an und dann Fanny und plötzlich sagt er, „nein! Scheiße, Fanny! Der Typ sabbelt dir auf die Hosen." Ich schaue auf Fannys Bein. Auf ihrer Jeans breitet sich langsam ein dunkler Fleck aus, der aus Mikros Mund kommt.
„Komm Fanny", sagt Shaun und nimmt ihre Arme von Mikros Kopf. „Los, wir wuchten den rüber", sagt er zu mir.
„Nicht so schlimm", murmelt Fanny, aber Shaun und ich tragen Mikro umständlich aus dem Zimmer. Zu zweit ist das wirklich schwieriger als für einen allein, weil einer an den Achseln zieht und der andere im Gleichschritt laufen und dabei die Beine festhalten muss. In diesem Fall ich. Fanny macht sich erleichtert lang auf der Knickcouch und bettet ihren Kopf in die Arme. Seufzt. Ich weiß gar nicht, ob sie die Augen überhaupt noch mal aufgemacht hat.
Shaun hebelt die Klinke mit seinem Ellbogen.
„Hat er ja ganz gut vertragen, deine Mitbringsel."
„Ich sag doch, der Typ ist hart wie Plexiglas" und Shaun macht eine Schlagbewegung bis knapp vor Mikros Arm.

„Du musst ganz kurz und hart schlagen, dann wacht er nicht auf davon. Echt, das weiß ich, ich zeig's dir" und Shaun holt noch mal aus. Ich will seinen Arm festhalten, aber ich kralle sein Hemd, damit ich nicht auf Mikro falle.
„Mann, lass mein Shirt los, du Hirnpropf" sagt Shaun und stößt mich weg und stolpert über Mikros Beine. Mikro grunzt und Shaun knallt gegen den Blechschrank. Pschscht! mache ich mit dem Finger am Mund und ziehe ihn aus dem Zimmer in die Küche. Tür zu. Wir müssen kurz ablachen.
„Nee, der hat schon eine zarte Seele", sage ich, „der wird sich auch so noch wundern morgen früh, was mit ihm los ist." Von Shaun kommt auch der Vorschlag, dass man jemand mit einem Sack Orangen verprügeln muss oder mit einem Telefonbuch, dann kann einem nachher keiner mehr was nachweisen. Über so was denkt der nach.
„Noch eine?", fragt Shaun und pult ein Plastikklümpchen aus seiner Hosentasche und wir setzen uns an den Tisch.
„Mann, was is das denn wieder?" Ich schaue ihm dabei zu, wie er versucht, das Ding aufzuknibbeln.
„Eh, hatt ich fast vergessen. Mann, voll eklig. Hab ich von nem Typ auf der Potsdamer, der hat das Zeug den ganzen Tag im Mund. So ein schmieriger Libanese, wenn du den fragst wie viel, dann holt er aus seinem Maul so ein zugespeicheltes Plastiksäckchen und gibt dir was ab. So schnell schnell und dann guckt er wie ein Bescheuerter die Straße rauf und runter, ob ihn jemand sieht. Wie im Film. Mann, da sind ständig Leute, die an ihm vorbeirennen. Also was soll der Schwachsinn?"
„Hatte der Herpes?"
„Wieso?"

„Nur so."
„Hör auf Mann, nein, der hatte keinen Herpes." Shaun beugt sich drüber. „Ich weiß noch nicht mal, was da drin ist. Auf ein Neues." Er schiebt zwei Lines auf dem Küchenbrett und hält sie mir hin. Ich will nicht und er fährt sie beide ab und knetet sich die Nase danach.
„Mann, ich weiß nie, ist das Scheuerpulver oder Speed, was so brennt? Hammer, nachspülen!"

41 plasma nano

Shaun trinkt den Wein aus, der noch auf dem Tisch steht, hält das Glas noch einen Moment am Mund mit dem Kopf im Nacken. Wir lauschen der Musik, die den Raum flutet, jede Stelle zwischen uns, über uns. Ich schaue aus dem Fenster. Alles, was ich sehe, ist voller Musik, überall ist Musik. Nur die Sachen, die ich sehe, wissen das nicht.

Ich schaue auf die dunkle Straße. Jede Nacht schaue ich auf die dunkle Straße und jedes Mal sehe ich den Waschsalon gegenüber. Jetzt ist der Waschsalon mit Musik. Wie sich das gehört für einen Waschsalon. Aber ich weiß, dass da keine Musik ist, weil ich in so vielen Nächten schon daran vorbeigelaufen bin. Da ist nur ein Summen und graues Flusenlicht, das durch die großen Scheiben sickert und daneben ist eine Garageneinfahrt, die nach unten geht ins Dunkel.

Und jedes Mal bin ich erstaunt, dass die Einfahrt so absolut dunkel ist. Lichtlos. Eine Abfahrt ins Nichts, ein Loch in der Erde ist das. Und ich schaue mir auch jedes Mal im schwachen Licht die Betonwand an, die mit der Einfahrt in die Tiefe geht, weil man darauf die Maserung der Bretter sehen kann, auf die der Beton gespritzt wurde.

Irgendwas hält mich da immer fest, ich gucke auf die Maserung und wie sie weiter unten im grauenhaften Dunkel verschwindet. Ich denke dann an den längst verschwundenen Wald, der einen Abdruck auf dem schmutzigen Beton hinterlassen hat und wie der Beton mit diesem verschwundenen Wald in der Tiefe verschwindet, im Nichts. Und dazu summt der Waschsalon und verstreut sein kraftloses Licht.

Von hier aus sehe ich den Wald nicht. Dafür habe ich die Musik. Aber das Schwarz ist genauso schwarz wie immer, nur kleiner. Fotze. Ja vielleicht ist es eine Fotze, denke ich. Eine Waldbetonfotze, eine Flusenwaschsalongaragenfotze, die mich jedes Mal anstarrt, wenn ich in die Nacht gucke. Der Tod ist eine schwarze Fotze.
Starr mich nicht an, Tod! Ich bin unsterblich! Ich denke an den Jungen in „Targets“, so will ich sein, wie er. Aber so oft habe ich aus dem Fenster auf dieses trostlose Loch geschaut und genauso oft stand ich davor, hinter mir die leere Straße, über die ab und zu ein Dämon zischt.
Ich wollte schon immer ein Aufnahmegerät haben, mit dem ich aufzeichen kann, was in meinem Kopf ist, wenn ich auf diesen trostlosen Tod schaue. Ob ich mich fürchte. Wirklich fürchte. So ein kleines handliches Gerät, mit einer schwarzen Gummioberfläche. Ich würde gerne sehen, was da in meinem Kopf ist, wenn ich leer bin und ins Dunkle schaue. Ich würde mir auch gerne das Geräusch in meinem Kopf anhören und die Geräusche der anderen anhören. Tapes austauschen. Hier hör mal! Mir anschauen, was in Mikros Kopf ist. Oder in Fannys.
Träume aufzeichnen, das Denken, das wäre ein Hammer. Play. Gedanken, die sich schimmernd krümmen wie eine DNS, waberndes Plasma und das Leuchten der Erinnerung. So was will ich mir aus der Videothek holen. Und das Rauschen dazu oder die Musik, die doch sowieso immer im Kopf ist. Das wären gute Musikvideos. Weiter, weiter,

weiter, will ich, Welt, entwickle dich! Muss auch nicht so ein blödes schwarzes Teil sein. Schluss der schwarzen Technik. Der Gedankenrekorder ist aus grünem gallertartigen Plasma, das in einem Glaskörper steckt, so wie diese Kuchen, wie heißen die? Konditorolas oder so ähnlich. Kann man sich auf den Tisch stellen und er leuchtet dann im Dunkeln.
Und feinste Forschung steckt da drin, klar, beste Nanotechnologie, organisch. Anschließen und nur an das denken, was man sucht. Play. Ich würde mir Fannys Gedanken ansehen und ihre Geräusche anhören und natürlich Mikros, wenn er gerade ein Tape mixt. Dafür überspiele ich den beiden ein paar gute Träume. So geht das. Und vielleicht schaue ich mir auch mal was an von meiner Schwester oder von Shaun, aber erst später, wenn mir wirklich langweilig ist.
„Ne, Shaun“, sage ich und klopfe ihm auf die Schulter, „in dein Hirn schaue ich später! Oder ich fahr Ski auf dem ganzen Schnee, der da drin ist und dann mache ich abends ein kleines Feuerchen, damit dein Sexzentrum wieder funktioniert.“ Shaun hört nur kurz auf, seinen Kopf zum Takt zu bewegen.
„In dein Hirn scheiß ich, dass du nicht mehr gerade gehen kannst.“ Vielleicht ganz gut, dass er nicht in mein Hirn rein kann. Alte Welt, denke ich, jeder für sich und setze mich wieder zu ihm an den Tisch.
„Weißt du, was heute das Schärfste war?“, fängt er plötzlich wieder an, „ich stehe an der Oranien und so ein Typ schießt mit seinem Luftgewehr auf mich. Erst macht’s immer so deng deng auf einem Schild neben mir und ich warte, weil ich rüber auf die andere Seite will und dann

zwickt mich plötzlich was in den Arsch und ich wundere mich und neben mir macht es wieder deng deng und ich dreh mich um und seh den Typ auf seinem Balkon mit seinem Gewehr. Ich denk nur, Scheiße, das gibt's doch nicht, was macht der Kranke da oben, im gleichen Moment merkt er, dass ich ihn gesehen hab und er packt ganz gemütlich sein Gewehr wieder ein und geht weg.
Mann, ich bin hoch, in den Neubau und hab die Tür gesucht. Den wollt ich platt machen. So eine Nazisau, die mitten am Tag auf mich schießt und da sind nur so Resopaltüren und jede mit einem kleinen Türspion, alle sehen gleich aus. Mann, hätt ich gewußt, wo der wohnt, den hätt ich sein Ding lutschen lassen. Scheiße, woher soll ich wissen, hinter welcher Tür der Aso steckt? Das macht der wahrscheinlich jeden Tag und keine Sau findet den. Krass oder?"
„Auf mich hat auch einer geschossen", sage ich, „in der U-Bahn" und Shauns Telefon klingelt und er dreht sich ein Stück weg und er schreit „Ja Mann, was?" und lauscht in sein kleines Plastikding mit der Hand auf dem anderen Ohr. Auch so eine debile Angewohnheit, denke ich, sich wegdrehen mit seinem Handy und dann schreien. Als würde das noch einen Unterschied machen.

Ich lege meinen Kopf in die Hände, leer. Und ich schaue mir die alte leere Welt an, ich sehe den Tisch und einen Salzstreuer und leere Gläser mit einem Rest Rot drin. Ohne Bewegung die Welt, angenehm. Steht da und wartet auf mich. Meine Augen sind zu, merke ich, die sind gar nicht offen. Merke ich an den schweren Lidern, die drauf-liegen. Und warum sehe ich dann was? Was sehe ich denn

da? Licht auf dem Tisch, ein paar Nudeln, Gegenstände, den Wein. Ich sehe den Tisch, an dem ich sitze.
Ich mache die Augen wieder auf und sehe das Gleiche, fast das Gleiche. Anders. Anderes Licht und ein bisschen unscharf. Der Unterschied ist tatsächlich wie ein Foto und real. Wow, kann ich jetzt durch meine Augenlider sehen? Ist das wie mit meiner Stimme, die ich vorhin in mir gehört habe, nur jetzt habe ich ein Foto in mir von dem, was ich sehe? Ich mache die Augen wieder zu. Aber jetzt ist es dunkel und ich sehe gar nichts mehr. Verdammt, warum habe ich die Augen aufgemacht? Kleine Parallelwelt, bist du weg?
Ich mache mir ein Glas voll und trinke. Schweres Zeug. Shaun reibt sich die Nasenwurzel und sagt ab und zu „jo, Mann" und ich denke wieder an das Loch in der Scheibe und den knisternden See aus gesplittertem Glas ringsherum. Wie ich in diesem Waggon sitze und plötzlich ist dieses Loch da und von draußen der warme Fahrtwind, der zu mir reinwill. Zack. Von einem Moment auf den anderen.
Jetzt ist ein Loch in meinem Kopf, denke ich. Nicht von einer Kugel oder einem Meteoriten, da ist einfach ein Loch in meinem Kopf und ich denke an ein altes Bild, einen Stich, auf dem vier Pferde zu sehen sind, die an einer großen Eisenkugel zerren und die Eisenkugel ist hohl und ihre beiden Hälften werden nur zusammengehalten von dem Vakuum, das in der Kugel ist. Und so stark die Pferde auch ziehen, sie bekommen sie nicht auseinander.
Und dann zack. In einem Moment stehen die Pferde noch still und im nächsten stolpern sie schon übereinander mit je einer Hälfte der scheppernden Kugel hinter sich. Von einem Moment auf den anderen, weil da ein winziges Loch

in der Hülle der Kugel war und die Luft einströmen konnte und das Vakuum vertrieben hat. Shaun spricht weiter in sein Plastikteil und ich gehe rüber zu Fanny.

Ihre Augen sind zu. Sie liegt auf meinem Bett wie nur Mädchen daliegen können im Gras oder auf Betten und Autorücksitzen. Sie liegt auf der Seite, ihre Arme unter dem Kopf und die Beine angezogen und ich schaue sie an und ein unglaubliches Gefühl überkommt mich wie sie so daliegt, ein unverschämtes und banales großes Gefühl wie mein Mädchen so anmutig daliegt und nur ich sie so sehen kann. Und weil das Mädchen Fanny ist und keine andere, mitten in meinem Leben. Von einem Moment auf den anderen. Weil sie mein Mädchen ist und eine Weile auf mich aufpassen wird und das ist größer als jeder Gedanke, größer als alle Gedanken, die ich je gedacht habe. Junge, denke ich, ist das brutal in seiner schlichten Schönheit, dass sie nicht ich ist.

Elke Naters
Königinnen

Roman
Gebunden

»Natürlich ist es schöner, wenn man wo ist, wo es schöner ist. Dann sitzt man abends am Meer, und die Sonne geht unter, glutrot, und man denkt sich, mein Gott, ist das schön, eigentlich müßte es mir viel besser gehen, weil das hier so schön ist. Das redet man sich ein, aber besser geht es einem deshalb noch lange nicht. Weil man immer der gleiche Mensch bleibt. Egal, wo man ist. Das will man nur nicht zugeben, weil es so schön ist.«

VERLAG
KIEPENHEUER
&WITSCH

Elke Naters
Lügen

Roman
Gebunden

»Elke Naters verklärt ihre Geschlechtsgenossinen nicht, sie läßt ihnen ihren Egoismus, ihre Ressentiments, ihren Kleinmut, ihre gelegentliche Verzagtheit und ihre Illusionen. Und sie gibt ihnen den Biß und den Mutterwitz, das Herz und den kühlen Verstand, den die notorisch gefühlsseligen Männer nur selten aufbringen, wenn sie das verminte Terrain ihrer Leidenschaften wagemutig betreten.«

Martin Krumbholz, Neue Zürcher Zeitung

Christian Kracht
Der gelbe Bleistift

KiWi 512
Originalausgabe

Wie es einem an einem fremden Ort ergeht, davon handeln die Geschichten in »Der gelbe Bleistift«. Kracht, ausgewiesener Asien-Kenner und ehemaliger Indien-Korrespondent des »Spiegels«, zeigt dem Leser ein Asien, wie er es bislang noch nicht schauen durfte. Lakonisch beobachtet, nie zynisch, flaniert er durch den Kontinent und knüpft hierbei an die große angloamerikanische Tradition der Reiseschriftstellerei an.

KiWi Paperbacks bei Kiepenheuer & Witsch